제로
○존재감
아마도

VivaVivo 45

아마도 제로 존재감

탐신 윈터 지음
김인경 옮김

뜨인돌

목소리 내기를 어려워하는 모든 사람과
내 목소리를 찾게 해 준
나의 아들에게 이 책을 바칩니다.

0

이야기를 시작하기 전에 알아야 할 것이 있다.

1. 나는 착한 아이가 아니다. 그건 여러분이 내가 썩 마음에 들지
   않을지도 모른다는 뜻이다.
2. 나는 몇 가지 나쁜 짓을 했다. 진짜 나쁜 짓이다.
3. 거짓말을 했다. 사실 내가 아는 모든 사람에게 그랬다.
4. 위에 적은 것들은 내가 의도하고 계획한 일이다.
5. 나는 존재감 없는 '미스 노바디'다.

어색한 침묵

내가 공식적으로 별난 아이라고 진단받은 건 2년 전, 열두 살 때다. 그전에도 비공식적으로 별난 아이긴 했다. 부모님도 짐작했던 것 같다. 그날 랭리 선생님의 진료실에서 모두 나만 쳐다보고 있었기 때문이다.

"이름을 말해 주겠니?"

말이 안 되는 말이다. 선생님은 오랫동안 우리 가족을 진료했다. 만에 하나 그때까지 내 이름을 몰랐다면, 선생님은 내 이름으로 예약된 진료 시간에 누가 나타나리라 생각한 걸까? 사실 나는 말을 할 수 있다. 하지만 지금처럼 특별한 상황에 맞닥뜨리면 머릿속에서 어떤 일이 벌어진다. 내가 하려는 말이 머릿속에서 감쪽같이 사라져 버리는 것이다. 그럼 나는 아무 말도 할 수가 없다.

혹은 머릿속에 너무 많은 말이 한꺼번에 떠올라서 엉망진창 난장판으로 변해 결국 한마디도 하지 못하곤 한다. 어떤 때는, 하고 싶은 말이 뭔지 정확히 아는데 그 말이 어딘가에 걸려 도저히 꺼낼 수 없다.

마치 입술을 초강력 접착제로 붙여 놓은 느낌이 든다. 진짜 싫다.

이런 일이 벌어지면(아주 자주 벌어진다), 나는 단 한마디도 할 수 없다.

진료실에서 모두 나를 쳐다보는데, 이런 일이 벌어지고 말았다. 이런 일은 내 주변에 모르는 사람들이 있(고 아는 사람도 많)을 때, 그 사람들이 나를 쳐다보지 않아도 생긴다. 랭리 선생님과 진료 약속을 잡기 전까지만 해도 부모님은 내가 수줍음이 많은 편이지만 좀 크면 괜찮아질 거라 생각했다. 사실 모두가 그렇게 생각했다. (나만 빼고 말이다.)

아주 오래전부터 나는 알고 있었다. 온 세상을 통틀어 오직 네 사람과만 정상적인 대화가 가능하다는 것은 수줍음이 많은 성격 탓이 아니라 다른 무엇 때문이라는 것을.

그날, 나는 내가 외계 행성에서 왔거나 인간이 아닌 다른 존재가 분명하다고 생각했고, 그 생각을 랭리 선생님에게 털어놓을 작정이었다. 그런데 단 한마디도 할 수 없었다. 하고 싶은 말이 머릿속에 갇혀 버렸기 때문이다. 부모님과 남동생과 이웃집 퀸니 아주머니 외에 다른 사람 앞에서 말을 못 한다는 이야기, 학교에서는 보조 교사인 파머 선생님에게만 아주 작은 목소리로 가끔 (그것도 주변에 아무도 없을 때만) 이야기할 수 있고, 그 외엔 누구와도 이야기할 수 없으니 내가 학교를 얼마나 싫어하겠냐고 말하지 못했다. 또 담임인 롱 선생님이 내가 대답하지 못할 때마다 어이없다는 듯 눈동자를 굴린다는 이야기도 할 수 없었다. 롱 선생님은 엄청나게 많은 질문을 칠판에 적고 한 명씩 돌아가며 대답하게 했다. 그럴 때마다 뱃속에서 엄청난 공포가 솟아올라 목구멍을 통과한 뒤 머리끝까지 차올랐다. 선생님은 나를 손가락으로 가리키며 이렇게 물었다.

"3번 답은?"

답을 알아도 대답할 수 없었다. 마치 누군가 가위로 목소리를 잘게 잘라 버린 느낌이었다. 겁에 질린 채 자리에 앉아 바닥만 내려다보았다. 선생님은 손가락을 딱딱 튕기며 나를 다그쳤다.

"답이 뭔지 알잖아! 어서 말해!"

나는 눈앞에 앨리스가 뛰어든 토끼굴이 생기기를 간절히 바랐다. 하지만 교실에 토끼굴 따위가 나타날 리 없었다. 공포심이 부글거리는 상태로 다시 자리에 앉아 나는 왜 다른 아이들처럼 편하게 말을 못 하는 걸까 생각했다. 부모님이 학교에 올 때마다 선생님은 늘 같은 말을 했다.

"수줍음이 너무 많아서 걱정입니다."

시간이 지나 롱 선생님이 퇴직하고, 카스틸로 선생님이 새로 왔다. 수업 첫날 카스틸로 선생님이 출석부를 확인하며 내 이름을 부르자, 필립 데이가 소리쳤다. "선생님, 걔는 말을 안 해요."

우리 반에서 가장 평범한 수준의 별난 사건이라는 말투였다. 카스틸로 선생님은 그렇게 생각하지 않는 듯했다. 선생님은 부모님께 전화해서 특별 상담을 요청했다. 상담 후 부모님은 나를 랭리 선생님에게 데려왔다.

랭리 선생님 진료실에서 내 이름조차 대답하지 못한 채 앉아 있는 건 그런 이유에서다(내 이름이 로절린드라는 사실을 모두 아는데도 말이다). 남동생 세브는 바지를 내렸다 올렸다 하며 진료실을 돌아다녔다(말을 못 하는 것보다 동생의 행동이 훨씬 별나다고 생각한다). 하지만 엄마는 세브의 행동에 대해서는 한마디도 하지 않고 말했다.

"얘는 왜 이렇게 수줍음이 많죠? 왜 사람들 앞에서 말을 안 할까요?"

또다시 모두 나를 쳐다보았다. 외계인과 한방에 있을 때나 지을 법한 표정이었다. 나는 얼굴이 화끈거려서 신발만 쳐다보았다.

나는 '저 아이에겐 심각한 문제가 있어요'라는 진단을 받을 테고, 동생은 '나는 용감해요!' 스티커를 받겠지. 랭리 선생님 앞에서 자기 이름을 말하지 못하는 건 용감하지 못해서고, 여덟 살짜리가 사람들 앞에서 자기 엉덩이를 까 보이는 것은 용감해서니까. 랭리 선생님이 '나는 별나요!' 스티커를 가지고 있다면 보나 마나 나에게 주었겠지. 평생 그런 스티커를 붙이고 살아왔으니 더는 받고 싶지 않다. 선생님은 내 문제가 무엇인지 말하지 않았다. 다만 내 증상이 지나치게 수줍음이 많기 때문은 아니라고 했다. 그 때문이었다면 자라면서 증상이 사라져 지금쯤은 괜찮았을 거라고 덧붙였다. 그건 세브가 항상 공룡과 똥 이야기를 하는 것과 비슷했다. 세브는 나이를 먹어도 그런 얘기를 그만두지 않았다. 아빠는 세브의 성격 탓이라고 했다. 어쨌든 내 별난 증상은 훨씬 심각한 문제다.

우리는 어색한 침묵 속에서 진료실을 나왔다. 선생님이 목소리 나오는 약을 처방해 주지 않아서 다들 실망한 눈치였다. 아빠가 내 손을 잡았다. 나는 병원을 나오는 내내 신발만 쳐다보며 걸었다.

집으로 돌아오는 차 안에서 세브는 아르헨티나에서 발견된 가장 큰 공룡 화석에 대해 쉬지 않고 이야기했다. 화석에 이름을 붙였는데 기억나지 않는다. 그날 아침 난생처음 들은 말들 때문에 화석 이름 따위 머리에 담아 둘 여력이 없었다. '장애' '과민증' '심리학자' '불안' 같은 단어가 들어간 말이었다. 그 단어들이 머릿속에서 깜빡였다. 차창을 타고 빗방울이 흘러내리자 모든 형체가 일그러졌다. 궁금했다. 내가 지나치게 수줍어하는 성격도 유별난 아이도 또 외계인도 아니라면….

그럼 나는 누구일까?

담벼락 소녀

몇 주 후, 첫 정신과 상담을 잡았다. 그때까지 나는 정신과 의사나 심리학자가 어떤 일을 하는 사람인지 몰랐다. 아빠가 뇌 전문가들이라고 알려주긴 했다. 나는 누군가 내 머리 뚜껑을 열고 안을 엿보거나 귓구멍으로 아주 작은 카메라를 집어넣거나 특별한 현미경으로 뇌 속 어딘가에서 내 목소리를 찾는 모습을 상상했다. 너무나 끔찍했다.

아빠는 심리학자라는 단어를 백과사전에서 찾아보라고 했다. 백과사전이란 아주 느리고 무거운 구닥다리 버전의 구글인데, 아빠는 어떻게든 백과사전을 읽히려고 했다. 검색이라는 말만 나와도 백과사전을 가리키며 "검색 엔진이 발명되기도 전에 검색할 수 있었어!"라거나 "백과사전에 광고 따윈 없어!"라면서 구글보다 브리태니커 백과사전이 훨씬 멋진 이유들을 나열했다. 문제는 그 말에 전혀 공감할 수 없다는 거다. 구글 검색을 하지 않는 것이 얼마나 유별나고 짜증스러운 일인지 누누이 설명했지만, 아빠는 항상 "나중에 나한테 감사하게 될걸!" 하고 답했다. 물론 그럴 일은 절대 없다. 뭔가를 찾을 때마다 늘 엄청나게 시간이 걸리니 말이다.

백과사전에 따르면, 심리학자는 인간의 정신을 연구하고 문제를 겪는 사람들을 돕기 위해 상담과 치료를 한다. 나쁘지 않았다. '심리 치료'라는 말을 찾아보았다. 사람들이 고민이나 자기 문제를 털어놓는 일도 포함된다는 설명이 있었다. 그건 싫었다. 엄마 아빠에게 말하지 않았지만, 심리 치료가 불가능할 거라는 사실을 직감했다. 생각만으로도 목구멍이 이상해졌다. 아무 말도 하지 못할 때의 느낌처럼 말이다. 나는 상담하러 가는 내내 그 시간만이라도 내가 사라지게 해 달라고 기도했다. 그곳에 도착하자 마침내 내가 사라져 버린 기분이 들었다.

상담실 한쪽에는 일반 사무실처럼 나무로 된 책상과 검은 가죽 의자가 있었다. 다른 편은 작은 실내 놀이터처럼 보였다(나는 어렸을 때도 실내 놀이터를 좋아하지 않았다. 너무 북적대고 시끄러웠다). 커다랗고 파란 소파에 빨갛고 노란 쿠션이 있었고, 다양한 모양의 장난감 상자가 쌓여 있었으며, 여러 가지 모양이 뒤섞인 그림들이 검은 액자에 담겨 걸려 있었다. 유일하게 마음에 든 한 가지는 바닥에 깔린 커다랗고 하얀 구름 모양 러그였다. 그걸 내려다보면서 시간을 때웠다. 내가 들어가자 선생님은 농담을 던졌다.

"나는 피크(Peak) 선생님이야. 그러니까 숨바꼭질하자고 하면 안 된다!"

처음엔 무슨 말인지 몰랐다. 선생님에게 숨바꼭질하자고 말할 수 있다면 애초에 그곳에 갈 일이 없었을 테니까. 나는 이내 그 농담을 알아차렸다. 그러니까 어른들이 자기는 '보통 어른들과는 달리' 재미있고 아이들을 이해하는 사람이라는 점을 강조하고 싶어서 흔히 하는 그런 농담 말이다. 그 때문에 나는 선생님이 더 무섭고 이상해 보였다. 게다가 그 농담이 개

연성이 없고 황당한 이유가 더 있었는데, 선생님의 이름은 '봉우리'라는 의미의 피크(Peak)지, '엿본다'는 의미의 피크(Peek)가 아니었다. 안타깝게도 나는 그 말조차 하지 못할 것이 분명했다. 내가 자리에 앉자 선생님은 작은 회색 상자의 스위치를 눌렀다. 그러고는 모든 것이 녹음될 거라고 했다. 나는 그 즉시 '엿본다'는 뜻이 아닌 '봉우리'란 뜻의 피크 선생님에게 아무 말도 하지 못하리라는 사실을 백 퍼센트 확신했다. 이미 잔뜩 겁을 먹어서 선생님에게 한마디도 못 하는데 내 목소리를 녹음하겠다니, 상상했던 것보다 백만 배는 나쁜 상황이었다. (차라리 귓구멍으로 카메라를 집어넣는 편이 낫겠다.) 내 표정이 안 좋아 보였는지 선생님이 나를 안심시켰다.

"걱정할 필요 없어. 내가 없다고 생각해."

나 같은 사람에게 그 말은 굶주린 사자를 방에 들여보내면서 "그냥 사자가 없다고 생각해!"라고 말하는 것과 같았다.

엿보지 않는 피크 선생님은, 말을 할 수 없었던 최초의 순간을 떠올려보라고 했다. 그러면서 내 이름이 적힌 노란 공책을 건넸다. 나쁘지 않았다. 글쓰기는 자신 있었다. 나는 여덟 살 때 처음 갔던 생일 파티의 경험을 적었다.

로런의 생일 파티

로런의 생일 파티 날이었다. 로런은 같은 반 친구를 모두 초대하며 마술사가 올 거라고 했다. 나는 썩 내키지 않았다. 사람이 많은 곳에 (그러니까 기본적으로 어디든) 가면 너무 긴장되고 무서웠다. 아빠가 마술사는 사람을 반으로 자르는 마술도 할 수 있다고 해서 더 그랬다. 로런네 집에 도착해서 나는 펑펑 울었다. 엄마가 나를 끌어당겨 엄마 옆에 앉혔다. 마술사

14

가 도착하자 우리는 바닥에 앉아 마술쇼를 봐야 했다. 마술사가 쩌렁쩌렁한 목소리로 외쳤다.

"안녕하세요, 신사 숙녀 여러분! 저는 마술사 앤디입니다!"

그러더니 모두에게 "안녕하세요, 앤디 마술사님!" 하고 소리치라고, 더 크게 외치라고 몇 번을 반복했다. 나는 입도 뻥긋할 수 없어 가만히 있었다. 마술사는 "아브라카다브라!"라고 외치라고 했다. 아무도 내 목소리에 귀 기울이지 않기만을 바랐다.

"자, 제 조수가 되어 마술을 도와주실 분?"

마술사 앤디가 말했다. 그 말을 듣자마자 나는 속으로 생각했다. '싫어요, 나는 사람들 앞에 서는 것도 싫고 누가 쳐다보는 것도 싫어요.' 그때쯤에는 저 마술사가 싫다고 마음을 굳힌 상태였다. 모두 손을 드는데 나와 손가락으로 코를 파던 찰리 후퍼라는 아이만 손을 들지 않았다. 그런데 악몽 같은 일이 진짜로 벌어졌다. 마술사 앤디가 터무니없게도 나를 조수로 뽑은 거다. 조수가 될 마음이 없어서 손을 들지 않은 유일한 사람을 말이다(찰리가 코를 판 것은 확실하지만 손을 들었는지 잘 모르겠다). 모두가 고개를 돌려 나를 보았다. 다 같이 합심해서 나를 놀리는 것 같았다. 지원한 적 없는 일에 갑자기 지원자로 뽑혔기 때문이다. 얼굴이 화끈거리고 어지러웠다. 엄마를 찾기 위해 고개를 돌리는 것도 힘들었다. 완전히 얼어붙는 나를 누군가가 도와줘서 간신히 앞으로 나가자 아이들이 손뼉을 쳤다.

미술사가 이름을 물었지만, 한마디도 못 했다. 마법 주문도 말하지 못했다. 눈으로 엄마를 찾았지만, 엄마는 없었다. 결국 나는 울음을 터뜨렸다. 로런의 엄마가 와서 나를 감싸 안고 부엌으로 데려가 의자에 앉혔다. 로런네 할머니가 말하는 소리가 들렸다.

"그렇게 예민하게 굴면 세상 살기 힘들다!"

그때 엄마가 들어와 나를 데리고 집으로 갔다. 그 후 나는 또 비슷한 일이 벌어질까 봐 생일 파티엔 절대 가지 않았다. 아빠가 계속 설득을 했지만, 나는 파티에 가기 싫다며 화를 냈고 그러면 엄마가 가지 않아도 된다고 했다. 얼마 후부터 아이들은 나에게 초대장을 주지 않았다.

피크 선생님이 글을 읽고 몇 가지 질문을 했지만, 나는 대답하지 못했다. 해야 할 말들이 뒤섞였고 목구멍이 꽉 닫혀 버렸다. 선생님은 알겠다고 하더니 클립보드에 뭔가를 잔뜩 적었다.

한 달에 한 번, 피크 선생님과의 상담은 그런 식으로 흘러갔다. 아무 말도 하지 않는 내 목소리를 녹음하기 위해 작은 회색 상자를 책상 위에 놓아둔 채로 말이다. 물론 단 한마디도 녹음되지 않았다. 녹음기에는 그저 길고 어색한 침묵만이 흐를 것이다.

회색 상자가 내 머릿속의 엉망진창 난장판을 녹음할 수 있다면 얼마나 좋을까. 아니면 목에 꽉 끼인 말이라도. 아니면 내가 얼마나 애쓰는지, 혹은 선생님의 질문에 답하지 못하는 내 마음이 얼마나 안 좋은지라도. 그러면 내가 얼마나 간절히 도움을 바라는지 선생님도 확인할 수 있을 테니까. 하지만 작은 회색 상자는 그런 것을 기록하지 못한다. 나는 상담 시간마다 선생님에게 대답 한 번 못 한 채 하얀 구름 러그만 내려다보았다. 그것이 진짜 구름으로 변해 나를 태우고 멀리 날아가면 좋겠다고 생각하며, 노란 공책에 또 다른 어색한 침묵의 순간들을 써 내려갔다.

피크 선생님과 상담하면서 유일하게 마음에 들었던 부분은 선생님이 내 증상을 뭐라고 부르는지 알려 준 것이다. '선택적 함구증'이라고 했다.

내 증상에 공식적인 명칭이 있다는 점이 마음에 들었다. 그 명칭이 이렇게 별난 일을 겪는 사람이 세상에 나 혼자만은 아니라는 사실을 분명히 알려 주었기 때문이다.

아빠는 내 증상을 별난 정도로 따지면 10점 만점에 7점 정도라고 했는데, 솔직히 그 점수에 완전히 실망했다. 어색한 침묵이라는 단 하나의 특징만으로도 최소 9점은 받아야 한다. 아빠는 투레트 증후군이 더 심각하다고 생각했고, 만약 내 별스러움이 더 많은 점수를 받기 원한다면 분발해서 뭔가 다른 걸 보여 줘야 할 거라고 했다. 아빠는 세브가 내 별남 점수를 순식간에 뛰어넘으리라 예상했다. 그 의견에 내가 화를 낼라치면 아빠는 항상 이렇게 말했다.

"로절린드, 네가 얼마나 별나든 평범한 것보다는 백 배 나아."

아빠가 내 아빠기 때문에 그렇게 말하는 거다. 아빠가 우리 학교에 다녀야 한다면 절대 그런 식으로 말하지 못할 거다. 내 유별남이 문제가 되는 까닭은 친구를 사귈 수 없다는 데 있다. 내가 기억하는 한 나는 친구가 있었던 적이 단 한 번도 없다. (형제자매는 제외다.) 어떤 사람들(주로 내가 항상 보는 사람들)이 누군가에게 다가가서 "안녕!" 하고 말하면 상대방이 "안녕!" 하고 대꾸한다. 그렇게 대화를 시작한다. 이 모든 과정은 아주 평범하게 진행된다. 만약 사람들에게 다가가서 아무 말도 하지 않는다면 저리 비키라는 말이 돌아올 거다. 운 좋게 인사를 건네 온다 해도 마치 담벼락에 대고 말하는 것 같을 텐데, 대부분은 담벼락 같은 친구를 사귀려 하지 않는다.

이쯤 되면 내가 안됐다고 느낄 텐데, 그러지 마시길. 모두 내 잘못이니까. 롱 선생님도 항상 그렇게 말 한마디 못 붙일 거면 친구 사귈 생각은 하지도 말라고 했다. 안타깝게도 선생님 말씀이 맞았다. 나는 누군가에게 말을 걸어야 하는 상황을 겪느니 변기통에 머리를 처넣는 편을 택하겠다. 세브가 화장실에서 한바탕 '똥 터짐'을 벌이고 난 뒤라고 해도 말이다.

어쨌든 피크 선생님과의 첫 상담이 끝나고 얼마 지나지 않아 세브가 아프다는 사실을 알게 되었다. 엄마 아빠는 나를 그냥 내버려 뒀다. 그게 2년 전 일이다. 우리 집에서는 실제로 죽어 가는 상황이 아니라면 우선순위에서 밀려난다. 가끔 죽고 싶다는 생각이 들더라도 말이다.

네 이야기를 해 봐

피크 선생님에게 한마디도 못 하고 일 년 하고도 반이 지나자, 선생님은 다른 방식의 치료를 받아 보라고 했다. 나는 엄청나게 안도했다. 앞으로 어색한 침묵에 둘러싸인 채로 선생님 방에 앉아 있지 않아도 되니까. 한편으로 새로운 누군가를 만나야 한다는 생각에 덜컥 겁이 났다. 선생님은 엄마 아빠와 면담하는 동안 나와 가족에 관한 글을 써 두면 새로 만날 선생님에게 전해 주겠다고 했다. 나는 의자에 앉아 마지막으로 노란 공책을 펼쳤다.

우리 집은 바이런 힐 3번지에 있습니다. 유명한 시인들의 이름을 따서 길 이름을 지었어요. 로제티 드라이브랑 셸리 클로즈도 있고, 테니슨 거리, 콜리지 가, 클레어 거리도 있답니다. 우리 동네는 그럭저럭 괜찮은 지역이에요. 그 말은 더 좋을 수도 있고 더 나쁠 수도 있다는 뜻이죠.

우리 집의 주요 관심사는 제가 아니라 세브예요. 세브는 제 남동생으로 아주 똑똑한 아이인데, 죽어 가고 있어요. 금세 목숨을 잃는 것이 아니라 아주 천천히 죽어 가는 중이에요. 우린 꽤 오래전에 세브가 병에 걸렸다는 사실을 알았어요. 세브는 항암 치료를 네 번이나 받았지만, 전혀 좋아지지 않았죠. 저 역시 치료에서 좋은 성과를 얻지 못했고요. 피크 선생님과 열일곱 번 상담했는데, 여전히 전 세계 인구의 0.0000000001퍼센트에게만 말을 할 수 있어요.

세브가 아프다는 사실을 처음 알았을 때 엄마는 이사를 가고 싶다고 했어요. 근처에 나무가 자라고 사람들이 오가며 서로 "안녕하세요!" 하고 인사를 건네는 더 좋은 동네에 살고 싶다고요. 아빠에게 진짜 이사 갈 거냐고 물었더니 "문제는 우리가 돈 먹는 하마 같은 아이들을 키우고 있다는 거야"라고 하더라고요. 어리둥절한 제 마음을 읽었는지 아빠는 이렇게 덧붙였어요. "생각해 봐. 우리가 더 비싼 동네로 이사 간다면 옷이나 음식에 돈을 쓰기 힘들어진단다."

엄마는 항상 "세브 상황이 정말 안 좋지만 희망을 버려서는 안 돼"라고 해요. 하지만 지난주 아빠가 "최악의 상황을 대비해야 해"라고 말하는 걸 우연히 들었어요. 저는 어떻게 해야 할지 잘 모르겠어요. 세브는 괜찮아 보이다가도 너무 아파서 잠만 자기도 하고, 그러다가 또 평범한 열 살짜리 남자애(성격과는 다른 얘기예요)처럼 보이기도 하죠. 여튼 저는 낯선 사람이 "안녕하세요!"라고 말 걸 일이 없다는 사실 만큼은 엄청나게 다행이라고 생각해요.

세브는 이제 학교에 다니지 않아요. 세균에 감염될 가능성이 있어서죠. 세브는 제가 아는 그 누구보다 똑똑해요. 브라이언 선생님이 집으로 와서 세브를 가르치는데, 세브는 그분을 브레인 선생님이라고 불러요. 선생님이 진짜 똑똑하기도 하지만 철자를 살짝 바꾼 비슷한 단어라는 이유도 있죠. 수업 첫날 브레인 선생님은 아이큐 테스트를 했어요. 세브의 아이큐는 평균보다 훨씬 높대요. 그날 이후로 아빠는 "우리 가족은 평범하지 않다" 라는 말을 입에 달고 살아요. 저도 그 말에 동의해요. 그게 좋은 일인지 나쁜 일인지는 잘 모르겠어요.

세브는 우주 비행사와 별자리와 공룡 이름들처럼 진짜 어려운 것들을 외우고 있을 뿐 아니라 똥에도 집착해요. 진작부터 꽂혀 있었지만, 약 때문에 종일 설사를 하면서부터 자신을 '응가 히어로'라고 부르더니, 적어도 하루에 한 번은 똥에 관한 농담을 하죠. 세브가 평균 이상으로 영리하긴 해도 그 애의 뇌에서 나이와 관련된 영역은 평균보다 어리다는 증거가 아닐까 싶어요. 또 세브는 평균 이상으로 행복한 아이기도 해요. 저는 세브가 슬퍼하는 모습을 본 적이 없어요. 죽어 가는 중인데도요. 그건 저랑 정확히 반대인데, 저는 대부분 슬픈 상태지만 아픈 적은 거의 없거든요.

집에서 저는 평범하게 말할 수 있지만, 세브가 곁에 있을 때만큼은 그 애의 병 이야기를 꺼내지 않도록 조심해요. 세브도 자신이 아픈 줄은 알지만, 본인이 직접 말하는 것이 아니라면 대화 도중에 그 이야기를 꺼내서는 안 되는 거죠. 한번은 엄마에게 세브가 죽으면 또 아기를 낳을 거냐고 물었는데, 엄마가 굉장히 슬퍼했어요. 어찌나 오래 울던지 저는 그 말을 한 걸 두고두고 후회했어요. 그 뒤로 그 얘기는 하지 않으려고 애쓰고 있어요. 세브가 죽으면 저는 외동딸이 될 테고 그러면 친구가 한 명도 없죠.

엄마가 세브를 돌보느라 일을 그만뒀기 때문에 우리는 경제적 여유가 없어요. 하지만 가족 여행을 가려고 돈을 모으고 있어요. 피라미드를 보고 싶다는 세브의 꿈을 이루기 위해 이집트에 갈 계획이에요. 세브는 파라오에 꽂혔어요. 지난번 병원에 입원했을 때는 간호사 선생님에게 장난감 공룡을 미라로 만들게 붕대를 좀 달라고 부탁하기도 했어요. 또 포일로 가발을 만들더니 그걸 쓸 때마다 자신을 '파라오 뿌직카멘'으로 부르라고 했죠. 우리는 입이 닳도록 그 이름을 불러야 했어요.

오래전에 엄마가 '꿈을 이루어드립니다'라는 단체에 편지를 보냈대요. 죽어 가는 사람들의 소원을 들어주는 곳인데, 사람들의 소원을 모두 들어줄 여력은 없을 테니 그곳만 믿고 있을 수는 없었죠. 우리 가족은 여윳돈이 생기면 몽땅 세브의 여행 자금으로 모으고 있어요. 그래서 저는 용돈을 받지 않아요. 제 돈도 세브의 꿈을 위해 써야 한다고 생각하거든요. 저는 전 국민이 다른 언어로 말하는 나라에 가 보고 싶어요. 그곳에는 제가 말하길 바라는 사람이 없을 테니까요.

세브가 병에 걸렸다는 사실을 알게 된 뒤로 우리 가족은 세브가 함께 있을 때만 행복해요. 그렇지 않을 때는 다들 무척 슬퍼하죠. 지난주만 해도 세브가 다시 병원에 입원했는데, 엄마는 계속 울더라고요. 세브가 입원하면 저는 나쁜 일이 일어날 것만 같은 기분이 드는데, 엄마 아빠는 그렇지 않은 척해요. 분명히 안 좋은 일이 벌어지고 있다는 걸 낯선 침묵이 증명해 주거든요. 우리 집에 색깔이 있다면 햇살처럼 밝은 오렌지빛이었다가 비구름 같은 잿빛으로 바뀔 거예요. 차라리 옆집 퀸니 아주머니네에 가 있는 편이 좋아요. 아주머니네라고 행복만 가득한 건 아니지만 그곳은 늘 변함없거든요. 또 아주머니네 집에 감도는 침묵은 무섭지 않아요.

엄마는 세브 병원에 가야 하고 아빠는 연장 근무를 해야 해서 저는 퀸니 아주머니 집에 자주 가요. 퀸니 아주머니를 좋아하는 이유 중 한 가지는 제가 말할 수 있는 몇 안 되는 사람이기 때문이죠. 아빠 말에 따르면,

퀸니 아주머니는 반은 잔소리쟁이에 반은 정신 나간 사람이고, 세브 말에 따르면, 아주머니는 자기 고양이 메리와 버나드가 우리 정원에 똥을 찍찍 갈기게 내버려 두는 사람이에요. 엄마는 소위 '퀸니 아주머니의 빅토리아식 신부 수업'의 진정한 가치를 높이 평가해요. (퀸니 아주머니는 그걸 예법이라고 불러요.) 아주머니는 저에게 테이블 세팅하는 법이며 손수건에 이름의 첫 자를 수놓는 법을 가르쳐 주었고, 책 세 권을 머리 위에 얹고 거실을 걸어 다니는 법도 알려 주었어요. 아주머니는 '바른 자세 잡기'라고 하면서 결혼할 마음이 있다면 아주 중요한 부분이라고 했어요.

아빠는 제가 그곳에 가지 않았으면 해요. 지난 크리스마스 때 아빠가 산타 할아버지에게 받고 싶은 선물이 뭐냐고 물었는데, 제가 '지구 평화'를 원한다고 했거든요. 아빠는 퀸니 아주머니가 절 세뇌했다며 한마디 해야겠다고 했어요. 그러자 엄마가 아빠를 말렸죠.

"로절린드는 옆집에서는 말하는 데 문제가 없어. 퀸니 아주머니도 로절린드를 예뻐해 주시고. 그냥 외로워서 그러시는 거야. 하나님에 대해 조금 배운다고 로절린드에게 해가 될 것도 없잖아."

아빠는 이렇게 대답했어요.

"좋아, 하지만 로절린드가 수녀가 되고 싶다고 말하는 날엔 당신도 책임을 면치 못할 거야."

아빠는 한걸음 물러났어요. 분명히 해 두자면, 퀸니 아주머니에게 수녀들은 침묵의 서약을 할 수 있고, 그러고 나면 누구와도 대화해서는 안 된다는 이야기를 들었을 때, 수녀가 될까 한 이틀 정도 고민했어요. 하지만 수녀는 아침 일찍 일어나야 하고 일이랑 기도도 엄청 많이 해야 한다는 설명을 백과사전에서 읽은 뒤 마음을 바꿨어요. 만약 제가 수녀가 된다면 하나님은 저를 별로 좋아하지 않을 거예요. 제가 진심으로 간절히 원하는 건 침묵의 서약과 정확히 반대거든요. 저는 원하는 것들을 모두에게 말하고 싶어요. 안타깝게도 여윳돈을 모아서 이룰 수 있는 꿈은 아니죠.

쿤니 아주머니가 가르쳐 준 것 중 최고는 캘리그래피예요. 아주 특별한 손글씨로 예술의 한 형태죠. 캘리그래피라는 말은 그리스어에서 왔는데 '아름다운 글씨'라는 뜻이에요. 쿤니 아주머니는 완벽에 가까운 작품을 만들었는데 이젠 나이가 들어서 예전만 못하대요.

쿤니 아주머니가 맨 처음 가르쳐 준 것은 소용돌이 모양의 글자를 쓰는 방법이에요. 보통 알파벳 쓰기부터 시작하는데 그것만 해도 엄청난 시간이 걸려요. 그러고 나서 짧은 글귀를 쓰죠. 이렇게요.

'안녕, 친구야!'

캘리그래피 작업을 하는 게 좋아요. 머릿속에서 벌어지는 일을 종이 위에 그대로 적기만 하면 되거든요. 캘리그래피를 시작한 뒤로 머릿속의 말들이 멋져 보이게 적을 수 있어요. 머릿속에서는 절대 그렇게 느껴지지 않았는데 말이에요. 걱정거리가 생기면(자주 그래요), 캘리그래피를 했고 덕분에 머릿속 공황 증세가 조금씩 사라졌어요.

이 글을 쓰는 까닭은 선생님이 나 같은 사람들을 돕는 전문가라고 피크 선생님에게 들어서예요. 그 말이 진짜였으면 좋겠어요. 말하고 싶을 때 말들이 머릿속에 꽉 끼는 문제를 도와줄 사람이 필요해요. 아빠는 평범한 건 별로라지만, 저같이 사는 것보다는 수십억 배 낫거든요.

새로운 학교

피크 선생님과 말 한마디 나누지 않았지만, 내가 선택적 함구증이라는 사실을 알고 난 뒤로 초등학교 생활이 아주 조금 나아졌다. 내가 수업 시간에 말을 하지 않으니까, 카스틸로 선생님이 특별한 카드를 나에게 주었다. 빨간색은 혼자서 5분 정도 교실 밖에 나갔다 오고 싶을 때, 분홍색은 화장실에 다녀오고 싶을 때(이 카드가 있어서 정말 안심했다), 초록색은 답을 알고 있을 때 사용했다. 또 뭔가 적을 수 있는 화이트보드도 있었다. 수업이 끝나고 주변에 아무도 없을 때는 아주 작은 목소리로 선생님에게 말할 수 있게 되었다. 내가 훨씬 좋아졌다는 사실을 모두 인정했다. 진짜 친구라고 부를 만한 아이는 없었지만, 누구도 나를 '별종'이나 '담벼락'이라고 놀리지 않았다.

6학년을 마치고 나는 아는 아이가 한 명도 없는 완전히 다른 지역의 중학교에 입학했다. 마지막 면담에서 피크 선생님은 엄마 아빠에게 초등학교를 같이 다닌 친구가 없는 중학교로 가는 편이 도움이 될 거라고 했다.

그러면 내가 완전히 새롭게 시작할 수 있다고 말이다. 선생님은 그런 환경이 내가 말 한마디 못 하는 '습관을 깨고' 정상적으로 말하는 데 도움이 되리라 생각했다. 그 말을 이해하지 못하는 사람은 나뿐이었다. 어쨌든 나 같은 아이의 부모라면 (안타깝게도 내가 아닌) 전문가의 말을 귀담아들을 수밖에 없다. 반 아이들은 모두 스탠토프 중학교로 가는데, 나는 도시 반대편의 메이너 중학교로 가야 했다.

그리고 이 모든 일이 시작되고 말았다.

새로운 학교에 다니는 일은 마치 거대한 열차가 나를 향해 달려오는데 선로에 몸이 묶여 꼼짝달싹 못 하는 느낌과 같았다. 머릿속에는 오만 가지 질문이 박쥐처럼 날아다니고 갖가지 어색한 침묵의 시나리오가 떠올랐다. '내 이름도 말 못 하면 어떡하지? 또 무시당하면 어떡하지? 새로운 학교의 친구들이 전부 나를 별나다고 생각하면 어떡하지? 나 같은 아이가 아무도 없으면 어떡하지?' 그러다 가장 중요한 문제가 고개를 들었다. '진짜로 한마디도 못 하면 어떡하지?'

그러고는 모든 말이 뒤섞여 엉망진창 난장판으로 변해 버렸다.

어쩌지 어떡해 중학교에 등교하는 첫날이 오기 전에 선택적 함구증이 마술처럼 사라지기를 바랐다. 하지만 너무 걱정한 나머지 증상은 더 심해지고 말았다. 결국 내가 옳았다는 것이 증명되었다. 얼마나 간절히 소망하는지와 상관없이 나 같은 사람에게 꿈이 이루어진다는 것은 불가능에 가깝다.

시작부터 꼬임

9월의 시작이자 메이너 중학교에 등교하는 첫날이었다. 세브는 몸이 좋지 않아서 침대에 누워 있었다. 밤에 세브가 앓는 소리를 들었다. 아빠는 세브 상태가 나빠지면 늘 그러듯 집 안을 깨끗이 쓸고 닦았고, 엄마는 주방 식탁 앞에 앉아서 대체의약품에 관한 책을 읽었다. 세브는 그걸 엄마표 '기적의 치료법'이라고 불렀지만, 기적과는 거리가 멀었다. 실제로 전혀 듣지 않았기 때문이다. 나는 새 교복을 입고, 첫 등교를 앞두고 생긴 어마어마한 침묵 공황을 감추기 위해 최선을 다했다(엄마는 그 증상을 개선할 기적의 치료법을 갖고 있지 않을 테니까).

엄마는 나를 꼭 안아 주고 셔츠를 정리한 뒤 맨 윗단추를 채웠다.

"됐다. 정말 멋진걸! 학교에 함께 들어가지 않아도 진짜 괜찮겠어? 아빠가 교실 찾는 것도 도와주면 좋을 텐데. 네가 괜찮은지 볼 수도 있고."

"아니야, 괜찮아. 정말 완전 괜찮아. 진짜 기대된다니까!"

물론 새빨간 거짓말이었다. 첫째, 새 학교에 가느니 똥이 여기저기 뒹구는 장미 덩굴 위를 맨발로 걷는 편이 낫고, 둘째, 사실 진심으로 아빠가 함께 가 주길 원하지만, 새 학교 첫날 완전 별종이 되는 지름길이 바로 아빠와 함께 등교하는 일이기 때문이다. 특히 아빠가 대문짝만한 퍼그 강아지 그림에 '퍼그는 사랑이에요'라고 적힌 티셔츠를 입고 있다면 두말할 것도 없다. 비누 거품이 잔뜩 묻은 고무장갑을 낀 아빠는 조심조심 나를 안아 주었다.

"괜찮을 거야, 로절린드. 그야말로 새로운 시작이잖아?"

아빠 말에 나는 인정한다는 표정으로 온 힘을 다해 웃음 지었다. 비록 머릿속에는 '내가 살해당하면 어떡해?'라는 말이 떠올랐지만.

"세브가 카드를 만들었어."

아빠가 식탁 위를 가리켰다. 카드의 앞면에는 '행운을 빌어, 로절린드 누나!'라고 적혀 있었고, 안에는 '새 학교에서의 첫날, 대박 나길!'이라는 글과 함께 학교가 폭발하는 사진이 들어 있었다. 아무쪼록 세브가 비밀스럽게 간직해 온 테러리즘의 환상을 드러낸 것이 아니라, 메이너 중학교에 가고 싶지 않은 내 마음을 이해한다는 표현이길 바랐다.

"아빠랑 나도 준비한 게 있지."

엄마가 나에게 빨간색과 흰색 줄무늬 포장지를 두른 꾸러미를 건넸다. 새 펜과 공책이었는데, 공책 첫 장에 이런 글이 적혀 있었다. '로절린드 뱅크스입니다. 가끔 말하기 힘들 때가 있어요.'

아빠가 입을 열었다.

"별일 없을 거야. 선생님들도 다 아셔. 네가… 그런 것 말이야. 이건 만약의 경우를 대비한 거야."

그 말을 듣자 내 머릿속에서 수백만 개의 작은 잿빛 구름이 단어의 비

를 뿌리기 시작했다. '그냥 집에 있자.'

하지만 나는 "괜찮지, 그럼. 이런 건 필요 없을 거야"라고 말했다. 엄마가 울 것 같았기 때문이다. 나는 폭발하는 학교 사진을 펴 보였다.

"엄마 아빠가 걱정해야 하는 건 내가 아니야."

"세상에, 그런 사진은 어디서 구했다니!"

아빠가 엄마를 가리켰다. 그렇게 여름 내내 똑같은 아침을 반복했다. 새로운 학교에 다니는 일은 별문제 아니라고 부모님을 안심시키면서 말이다. 안타깝게도 부모님은 내 말을 믿었다. 그건 정말 짜증 나는 일이었다. 나는 줄도 묶지 않고 엄청나게 높은 절벽에서 번지점프하는 기분이었다. 부모님에게 사실대로 말하지 않은 것은 내가 저지른 첫 번째 중대한 실수였다. 엄마가 내 셔츠를 정리하고 윗단추를 잠그고 펜과 공책을 손에 든 채로 나를 메이너 중학교로 보내도록 둔 일은 두 번째 중대한 실수였다.

그날 트라우마를 겪을 정도로 충격적인 첫 번째 경험은 스쿨버스를 타면서 시작되었다. 말 한마디 못 하는 나에게 낯선 사람뿐인 버스에 오르는 일은 나에게 물개 복장을 하고 굶주린 상어가 들끓는 수조 속으로 들어가라는 것과 같았다. 우르릉대는 엔진 소리에 아이들의 목소리가 겹쳐 버스 안은 정말 시끄러웠다. 버스에 오르자 여기저기서 아이들이 소리쳤고, 학교 가는 내내 아빠에게 학교에 데려다 달라고 (아니면 앞으로 브레인 선생님과 홈스쿨링하게 해 달라고) 하지 않은 것을 후회했다. 파란 안경을 쓴 여자아이가 내 옆자리에 앉더니 말을 걸었다.

"안녕, 난 엘라야. 너도 이 학교에 처음이야?"

나도 "안녕!" 하고 인사하고 싶었지만, 말이 온데간데없이 사라졌고 심지어 고개조차 까딱할 수 없었다. 그 아이는 내가 무례하다고 생각한 모양이었다.

"됐어! 나랑 말하기 싫으면 하지 마!"

그 애는 앞으로 몸을 기울이더니 앞자리에 앉은 여자아이에게 말을 걸었다. 나는 고개를 숙이고 새 신발을 보았다. 거대한 조명이 나를 비추고 버스에 탄 모두에게 내가 말 한마디 못 하고 친구도 하나 없는 아이라는 사실을 설명하는 느낌이었다.

버스가 교문 앞에 멈췄다. 나는 모두가 내릴 때까지 기다렸다. 무슨 말이라도 하고 싶었다. 피크 선생님이 말한 것처럼 단어 하나라도 혼자 속삭이려고 했다. 버스 밖에는 수백 명이 소리를 꽥꽥 지르며 몰려 있었고, 버스 기사 아저씨는 빨리 내리라며 나를 재촉했다. 내 입술은 꼼짝하지 않았다.

나는 버스에서 내려 무시무시한 폭풍 구름처럼 거대한 그림자를 드리우는 잿빛 건물을 올려다보았다. 모든 것이, 그리고 모두가 초등학교 때보다 훨씬 컸다. 줄 서라고 말하는 선생님도 없었다. 중학교는 내가 생각했던 것보다 훨씬 시끄럽고 붐볐다. 나는 입학 전에 열린 1학년 오리엔테이션에 참석하지 못했다. 세브가 갑자기 열이 펄펄 끓는 바람에 급히 병원에 가야 했다. 그래서인지 나만 빼고 모두 어디로 가야 하는지 아는 듯 보였다. 학교에서 보내 준 흐릿한 건물 배치도를 보았다. 혹시라도 내가 말을 해 볼만한 곳이 있는지 궁금했다.

담임 선생님은 브라이언트 선생님이고, 교실은 '영14'였다. '영어 교실 14'를 줄여 쓴 것으로, 교실에 가려면 어떻게든 영어관을 찾아야 했다. 세브는 건물 배치도를 보고 크리스토퍼 콜럼버스도 헤매게 생겼다고 했다. 하물며 길치에다 어마어마한 침묵 공황에 시달리는 나에게 교실을 찾는 일은 불가능에 가까웠다.

나는 무리 지어 있는 아이들 사이에 압사당하지 않을 정도의 틈이 생기기를 기다렸다가, 고개를 숙이고 옳은 방향이라 짐작되는 쪽으로 걸어갔다. 갑자기 짙은 색 머리카락이 까치집을 지은 키 큰 남학생이 내 앞을 가로막았다. 남학생은 내 발을 반쯤 밟고 서서 자기 코가 내 코에 닿을 정도로 바짝 몸을 숙였다.

"머저리!"

그 애가 소리치자 사나운 숨결이 내 얼굴 위로 쏟아졌다. 그 애는 킬킬대며 달아났고 내 뺨은 화끈 달아올랐다. 그 사건은 나의 메이너 중학교 환영식인 셈이었다. 나를 반기는 종소리는 울리지 않았고, 누군가에게 말할 기회는 '가능성 적음'에서 '절대 불가능'으로 추락하고 말았다. 손이 덜덜 떨리고 눈시울이 찌르르하더니 눈물이 솟구치는 바람에 눈앞이 뿌옇게 흐려졌다. 덕분에 지도가 조금 잘 보이는 것 같았다. 아이들이 몰려오는 통에 떠밀리다시피 앞으로 나갔는데, 마치 물과 함께 배수로로 쓸려 내려가는 작은 거미가 된 기분이었다.

왼쪽 건물에 '영어'라고 적힌 글자가 보였다. 그쪽으로 향했다. 여기 있는 사람들에게서 벗어나기만 하면 된다는 생각뿐이었다. 건물 안으로 들어가니 교실에는 번호가 없었고, 다들 너무 무서워 보여서 공책에 적어둔 것을 보여 주며 뭔가 물을 엄두가 나지 않았다. 벽에 그래피티가 그려진 복도를 오가면서 늦기 전에 '영14' 교실을 찾게 해 달라고 하나님께 급히 기도했다. 하나님이 내 기도를 듣고 계셨는지, 그저 별난 유머 감각을 소유한 건지 모르겠지만, 나는 우리 반 교실을 찾았다. 하지만 그 안에서 나를 기다리고 있는 상황과 마주하자 차라리 늦는 편이 나았겠다 싶었다. 교실에서는 이제 막 자기소개 게임을 하려는 참이었다.

사람들에게 자신을 소개하는 일은 말이 완전히 사라졌을 때는 말 그대로 불가능하다. 그건 그냥 손을 들고 "미안해, 얘들아. 난 로절린드인데, 내 이름 하나도 말 못 할 상황이라서 그 게임은 못 하겠다"라고 말할 상황이 아니라는 뜻이다. 대체 누가 이런 게임을 만들었는지 궁금했다. 둥그렇게 둘러앉아 모두 나를 바라보는데, 정작 나는 창문에 맺힌 물방울을 바라보며 수증기로 변해 버렸으면 좋겠다고 생각하는 일이 재미있을 리 없다.

브라이언트 선생님은 이런 사실을 모르는 것이 분명했다. 선생님은 "이렇게 하면 서먹서먹한 분위기도 깨고 서로를 잘 알 수 있단다!"라고 말했다. 그건 사실이 아니다. 내 이름을 말할 차례가 되자, 나는 아무 말도 하지 못했다.

반 아이들은 모두 나를 바라보면서 "쟨 왜 아무 말도 안 해?"라고 소곤댔다. 그러자 파란 안경을 낀 엘라가 "버스에서 나한테도 말을 안 했어!"라고 속삭였다. 내 주변으로 거대한 얼음벽이 꽝꽝 얼어붙어서 아무도 가까이 오고 싶어 하지 않는 상황과 다를 바 없었다.

브라이언트 선생님은 내가 누군지 깨닫고 당황해서 "아, 잠깐만! 그래 그렇지! 미안하다!" 하고는 허둥지둥 출석부를 확인했다.

"로절린드니?"

나는 가까스로 고개를 끄덕였다. 선생님은 다음 학생에게 자기소개를 시작하라고 했다. 아이들이 소곤대는 소리가 들렸다.

"쟤 영어 못 해?"

"왜 말을 안 하는 거래?"

"반항하는 건가?"

나는 말 한마디 못 한다는 패배감에 휩싸인 채, 굴욕적인 죽음을 맞아도 이 상황보다는 낫지 않을까 생각했다.

종이 울렸다. 브라이언트 선생님이 나에게 남으라고 했다. 선생님은 미안하다며, 조금은 수업에 참여할 수 있는 학생이라 생각했다고 털어놨다. 목소리가 완전히 사라진 상태에서 최선의 참여 방법은 비상구로 뛰어나가지 않는 것뿐이었다(선생님에게 이렇게 말하진 못했다). 특수 교육 담당인 킹슬리 선생님이 점심시간에 나를 만나고 싶어 한다고 했다. 선생님은 내가 가진 건물 배치도에 킹슬리 선생님의 사무실을 찾아 작은 동그라미를 그려 주었다.

시간표를 보았다. 과목마다 선생님이 달랐는데, 롱 선생님과 카스틸로 선생님이 대부분의 과목을 가르치던 초등학교와는 달랐다. 첫 시간은 딘 선생님이 가르치는 역사 시간이었다. 서둘러 복도를 지나 중앙 현관을 가로지른 뒤 인문관으로 향했다. 차가운 공기가 달아오른 뺨을 식혀 주길 바랐다.

교실에 도착하니 모두 자리에 앉아 있었다. 내가 걸어 들어가자 다들 쳐다보았다. 빈자리를 찾아 앉는데 몇몇 아이들이 "얼굴이 완전 빨개!"라고 말하는 소리가 들렸다. 나는 힘껏 몸을 구부려 작게 만들었다. 마음속으로는 의자에 비상 탈출 단추가 있길 바랐다. 딘 선생님이 들어 와 인사했다.

"안녕하세요, 여러분!"

걸걸한 목소리가 교실에 울려 퍼졌고, 선생님의 희끗희끗한 콧수염이 꿈틀거렸다. 선생님이 활동지를 나눠 주며 인상적인 역사의 순간을 적어

보라고 했다. 초등학교 때 했던 모둠 과제 중에 2차 세계대전에 관한 내용이 있었다. 카스틸로 선생님이 피난민들은 명찰을 달고 다녀야 했다고 이야기한 것이 인상 깊었다. 진짜 좋은 생각 아닌가. 명찰을 달고 다니면 아무도 나에게 이름을 묻지 않을 것이 분명했다.

글을 쓰기 시작하자 스쿨버스를 타고 올 때 생긴 목 안의 커다란 덩어리가 차츰 사라졌다. 소리 내서 말하려고 하면 말들이 몽땅 얼어붙지만, 글로 적을 때는 그런 일이 벌어지지 않는다. 나는 제목을 '영국 대공습'이라고 적고 눈 깜짝할 새에 네 쪽을 써 내려갔다. 기분이 썩 괜찮았다. 딘 선생님이 내 글을 보고 "아주 잘했다! 메이너 중학교 기네스북에 올려야겠는걸!"이라고 하기 전까지는. 선생님 말씀에 몇몇 아이들이 웃었다. 나는 얼굴이 달아올랐고 목구멍에는 다시 커다란 덩어리가 생겨났다.

점심시간에 킹슬리 선생님을 만났다. 너무 긴장한 나머지 선생님이 말할 때마다 금빛 안경테에 달린 사슬이 선생님 머리카락에 걸리는 것만 바라보았다. 선생님은 내 이름이 적힌 빨갛고 커다란 파일을 꺼내더니, 문장이 적힌 카드 한 묶음을 건넸다.

"널 위해 만들었어. 한번 살펴보고 더 필요한 게 있으면 얘기하렴. 공책을 가지고 다니는 것 같던데, 정말 좋은 생각이야."

선생님은 안경을 쓰더니 종이 몇 장을 살펴보았다.

"책 읽는 걸 좋아한다던데, 정말이니?"

나는 고개를 끄덕였다.

"잘됐구나! 네 마음에 들 장소가 딱 한 군데 있지!"

내가 멍하니 바라보자 선생님이 안경을 벗고 말했다.

"도서관이란다!"

메이너 중학교 도서관은 초등학교 도서관보다 훨씬 컸다. 책장 선반도 더 높았고, 나무로 된 원형 탁자에 일렬로 놓인 컴퓨터도 있었다. 바닥엔 커다랗고 알록달록한 동그라미가 그려진 카펫도 깔려 있었다. 뒤쪽 벽에는 끝이 구부러진 글씨체로 이런 문구가 적혀 있었다.

'책 속에 풍덩 빠져 봐요!'

나는 생각했다. 만약 책 안에 숨을 만큼 큰 공간이 있다면 당장 빠지고 싶다고. 갈색 곱슬머리를 한 여자 선생님 한 분이 뒤편 창가의 탁자에 앉아서 세 학생과 이야기하고 있었다. 학생들은 모두 나보다 나이가 많아 보였다. 킹슬리 선생님은 나를 그쪽으로 데려갔다.

"구데이커 선생님, 얘가 로절린드랍니다. 메일에 적었던 1학년 여학생이에요. 로절린드, 이분은 구데이커 선생님이셔. 우리 사서 선생님이지. 나는 다른 학생들을 만나러 갈게. 내가 어디 있는지 알 테니까 필요하면 언제든지 찾아오렴. 금요일 점심시간에 또 보자."

킹슬리 선생님이 떠나고, 구데이커 선생님이 나를 향해 따뜻하게 미소 지었다.

"정말 잘 왔다! 네가 오길 기다렸어. 여기 앉으렴. 이쪽은 도서관 위원회 학생들이야!"

나는 미소 지으려 애쓰면서 세 명의 새로운 얼굴을 바라보았다. 만일 메이너 중학교에서 어딘가에 들어가야 한다면 지금이 가장 좋은 기회일지도 모른다고 (또 내 입술을 움직일 수만 있다면 오늘 하루와 내 인생 전체를 끔찍한 재앙에서 구할 수 있을 거라고) 생각했다. 구데이커 선생님 옆에 앉은 남학생이 일어섰다.

"만나서 반가워. 나는 래짓이야. 3학년이고 도서관 특공대를 책임지고 있지. 잠깐 도서관을 소개할게. 그러고 나서 면접을 시작하자."

내가 기절하기 직전에 구데이커 선생님이 입을 열었다.

"래짓, 내가 몇 번이나 말했니. 우리는 도서관 위원회지 특공대가 아니야. 게다가 면접 같은 건 안 한다. 지원자가 넘치는 것도 아니잖니?"

선생님이 나를 향해 다시 미소 지었다.

"한창 회의 중이었단다."

"죄송해요. 선생님."

래짓 오빠가 어색하게 웃으며 자리에 앉았다. 구데이커 선생님이 나를 나머지 위원회 학생들에게 소개했다. 수지 언니와 윌리엄 오빠는 2학년이라고 했다. (지원자가 넘치는 건 아니라는 말은 조금도 과장이 아니었다.)

"잠깐 딴 길로 샜지. 올해는 방학 전에 있을 독서 마라톤 홍보를 조금 일찍 시작하면 좋겠구나. 누가 홍보용 광고지를 만들어 볼래?"

말이 떨어지기 무섭게 래짓 오빠가 손을 들었다.

"벌써 작업 중입니다, 선생님."

"그래. 이번에는 광고지를 나눠 주기 전에 나에게 꼭 보여 주면 좋겠구나. 작년에 겪은 낭패를 반복하고 싶지 않아. 상품은 만 원짜리 도서 상품권이고, 책을 세 권 이상 읽는 사람은 수료증을 받을 거야."

"작년에도 그렇게 적었습니다. 선생님."

"글쎄, 학생들이 '거액의 상금'이라는 말을 오해했잖니. 이번엔 '상품권'이라고 분명히 적어야 한다. 광고지에 책 그림도 꼭 넣고. 작년처럼 지폐 그림을 사용해서 혼란을 주면 안 된다."

회의를 마치고 구데이커 선생님과 수지 언니가 도서관을 소개하면서 도서관 모니터 요원이 맡은 여러 가지 일을 알려 주었다. 내 이름이 적힌 도서관 카드를 받고 대출할 책을 한 권 골랐다. 도서관을 나오기 전 구데이커 선생님이 책 모양의 작은 초록색 배지를 교복 상의에 꽂아 주었다. 수지 언니가 말했다.

"너도 이제 도서관 특공대 소속이야."

윌리엄 오빠가 기네스북 뒤에서 양손 엄지를 세웠다. 메이너 중학교에와서 처음으로 뇌에 적색경보가 울리지 않았는데, 오전 내내 서커스 외줄위에서 시간을 보낸 뒤 가까스로 땅에 발을 디딘 느낌이었다.

사람들을 피해 숨어 지내야 하는 전염병 환자 느낌이 들지 않는 학교안의 유일한 장소는 도서관뿐이었다. 안타깝게도 도서관에서 보내는 시간이 많다는 사실은 내가 숨어 지내야 하는 병을 앓고 있다는 사실을 다른 사람들에게 확인시키는 일이기도 했다. 하지만 사람들에게 말해야 하는 상황을 겪으니 차라리 화장실 변기에 머리를 처박는 편이 나으니까, 그런 일 따위 중요하지 않았다. 그때는 그렇게 생각했다. 점심시간 뒤 첫수업은 카터 선생님이 가르치는 영어였다. 교실에 들어가자 선생님이 함박웃음을 지었다.

"어서 오세요, 여러분!"

선생님은 컴퓨터를 만지작댔다. 나는 선생님이 뭔가 말하라고 하지 않게 해 달라고 기도했다. 화면이 켜졌고 우리는 '카터 선생님의 규칙과 기대!'라는 글을 받아 적어야 했다. 우리가 글을 쓰는 동안 선생님은 책상사이를 오가며 출석을 확인했다. 나는 그 방식이 마음에 들었다. 이름을말하는 대신 출석부에 적힌 이름을 손가락으로 가리키는 동안 아무도 나에게 관심을 기울이지 않았다.

금관악기 동아리, 연극 동아리, 체스 동아리 등 다양한 동아리 홍보 포스터가 벽에 붙어 있었다. 동아리에 들어가기 위해서는 악기 연주를 잘한다든가, 연기를 잘한다든가, 아니면 진짜 영리하다든가 등등의 특별한 재능이 있어야 한다. 나에게 그런 재능이 없다는 사실은 그렇게 놀랄 일도 아니지만, 동아리에 들어가는 건 우정이라는 성스러운 선물, 즉 일생의 친구를 찾는 지름길이었다. 특출한 재능이 없는 나 자신에게 솔직히 짜증이 났다. 내가 잘하는 것은 캘리그래피뿐이었다.

수업을 마칠 즈음, 카터 선생님은 내 공책을 들어 반 아이들에게 보여 주면서 글씨체가 좋고 전체적으로 아주 깔끔하게 정리한 사례라고 했다. 하지만 글씨체가 좋고 깔끔하게 정리하는 능력은 이 학교에서 친구를 사귀는 데 아무런 도움도 안 된다. 진짜다.

○

집에 도착하니 세브가 엄마와 함께 거실에 있었다. 세브의 상태는 좀 나아 보였다. 내가 들어가자 세브가 말했다.

"누나, 우리가 이거 만들었다!"

세브는 형광 초록색 케이크를 가리켰다.

"우아, 그거 초록색이야?"

"콧물은 아니야!"

세브가 소리 지르더니 숨이 넘어가도록 웃었다.

"세브, 진정해! 간호사 선생님이 오늘 뭐라 그랬니? 그건 그냥 아보카도 케이크잖아."

엄마는 내가 뭐라고 말을 꺼내기 전에 케이크를 한 조각 잘라 주었다.

"몸에 진짜 좋대!"

엄마는 맛없는 음식을 두고 늘 그렇게 말했다.

"그래, 학교 첫날은 어땠니?"

나는 집에 오는 길에 대답을 준비했다. 무시무시한 스쿨버스나 머저리라고 소리친 남학생이나 자기소개 게임 실패나 온종일 말 한마디 못 한 채 보낸 일이나 나를 두고 수군댄 아이들 이야기를 할 생각은 없었다. 나는 엄마와 세브에게 도서관 모니터 요원 배지를 보여 주면서 구데이커 선생님과 도서관 위원회, 킹슬리 선생님과 브라이언트 선생님 이야기를 했다. 또 온종일 공책을 펴 보일 필요가 없었다고도 했다. 엄밀히 따지면 거짓말이 아니라서 양심에 찔리지 않았다. 케이크가 맛있다고 한 것만 빼면 말이다.

그러고 나서 퀴니 아주머니에게 영어 공책을 보여 주고, 카터 선생님이 내 글씨체를 칭찬한 걸 말하려고 옆집으로 갔다. 아주머니는 정말 잘됐다고 했지만, 나는 너무 좋아하지 않으려고 노력했다. 자만하면 끔찍한 일이 벌어지기 마련이니까.

옥타비아 선생님

다음 날 아침, 나는 중앙 현관에 서서 조회에 참석하려면 어디로 가야 하는지 고민했다. 엘라를 쫓아가려 했지만 버스에서 내리는 아이들 틈에서 놓치고 말았다. 아이들이 빨갛게 달아오른 내 얼굴을 보는 게 싫었다. 바람에 머리카락이 사방으로 날려 얼굴이 고스란히 드러났다. 모여 있는 아이들 사이에서 에이드리언이라는 키 큰 남학생을 발견했다. 그 애는 트럼펫 가방을 짊어지고 우리 반 남학생이랑 걸어가고 있었다.

그 애들을 따라 중앙 현관을 가로질러 돌계단이 놓인 회색 건물로 들어갔다. 건물 안의 긴 복도는 줄 선 아이들과 느긋하게 빈둥대는 아이들로 북적였다. 천장이 무척 높았는데, 수백만 가지 목소리들이 천장까지 꽉 찬 느낌이었다. 거기에는 내 목소리만 없었다.

브라이언트 선생님은 복도 맞은편 끝의 양쪽으로 열리는 커다란 문 앞에 서 있었다. 내가 건물 안에 들어갔을 때 선생님은 아이들에게 알파벳 순서대로 줄을 서라고 말했다. 내 성은 뱅크스라서 앞쪽으로 가야 했다.

아이들은 서로 이름을 물었는데, 한 남학생이 "나는 마이클 벨이야"라고 하더니 계속 이름을 물었다. 목이 꽉 닫히고 말이 뇌의 진공 영역으로 숨어 버렸다. 알파벳 순서가 아닌 자리에서 기절해 쓰러질 것 같았다. 브라이언트 선생님이 들어가라고 했고, 마이클은 내 귀에 대고 "가!"라고 하며 내가 앞쪽으로 발을 옮길 때까지 계속 채근했다. 하지만 모두 반대 방향으로 수십 킬로미터 달리기라도 하는 듯 움직이는 상황에서 쉬운 일은 아니었다.

강당은 숨죽인 듯 고요했다. 학생들이 속삭이면 선생님들이 "쉿!" 하고 제지했다. 앞쪽에 안경을 끼고 갈색 정장을 입은 남자가 팔짱을 끼고 서 있었다. 큼지막한 창문을 통해 들어온 빛이 마치 커다란 스포트라이트처럼 내 얼굴을 비췄다. 수백 개의 눈이 나를 바라보는 느낌이었다. 신발이 나무 바닥 위에서 뻑뻑 소리를 냈고 손은 땀으로 축축하게 젖었다. 해적에게 협박당해 나무판자 위를 걷는 기분이 이렇지 싶었다. 다른 점이라면 내가 빠질 곳은 상어 떼가 들끓는 물이 아닌 거대한 미지의 바닷속이라는 것이다. 심장이 너무 세게 뛰어서 사람들에게 들릴 것 같았다.

우리 반은 1학년 1반이라 앞줄에 앉아야 했다. 갈색 정장을 입은 남자는 알고 보니 엔더비 교장 선생님이었다. 교장 선생님은 우리 앞을 오갔다. 내 머릿속에서 '교장 선생님이 나를 콕 집어서 뭔가 말하라고 시키면 어떡하지?'라는 질문이 마치 누군가 강당에서 기침할 때처럼 메아리쳤다. 이 메아리가 점점 크게 울리는 바람에 (교장 선생님이 여러 번 강조한) 새 학기를 멋지게 시작하는 느낌이 전혀 들지 않았다.

교장 선생님이 제니 베이커라는 2학년 언니 이야기를 시작하자 마음이 조금 놓였다. 제니 언니는 여름 방학에 티브이 수학 퀴즈 대회에 출연했는데, 어려운 덧셈 문제를 진짜 빨리 풀어야 하는 프로그램이었다. 교장 선생님은 짧은 영상을 보여 주더니 그 언니 이야기를 엄청나게 오랫동안 했다. 알고 보니 제니 언니는 퀴즈 대회에서 우승한 것도 아니었다.

"전국에서 5위를 했다는 것은 엄청난 성취고, 여러분은 그 점을 매우 자랑스러워해야 합니다!"

나는 오만함을 경계하라던 퀸니 아주머니의 말이 떠올라, 제니 언니를 지나치게 자랑스러워하지 않기 위해 마음을 다잡았다.

"너 얼굴이 왜 그렇게 빨개?"

강당을 빠져나가는데 킬킬대는 소리가 들리더니 엘라가 내 팔을 쿡 찌르며 말했다. 머릿속에서 모든 말들이 뒤엉키더니 커다란 매듭처럼 뭉쳤다. 엘라는 케이티와 메이지 쪽으로 고개를 돌리더니 "봤지?"라고 했다. 그 아이들은 선생님이 조용히 하라고 할 때까지 키득댔다.

가능한 한 빨리 계단을 오른 뒤 수학 교실로 향했다. 뺨이 불에 덴 듯 화끈거렸다. 나는 교실 뒤편 창가 쪽 책상에 앉았다. 시끌벅적한 소리와 함께 같은 반 아이들이 들어와 내 옆자리만 비워 둔 채 자리를 잡았다. 코너 몰드라는 남학생이 내 바로 뒷자리에 앉더니 너무 시끄럽게 하지 말라고 했다. 그러자 비니가 "그래, 그만 좀 떠들어!"라고 했다. 수업 시간 내내, 피어슨 선생님이 교실 다른 쪽으로 가기만 하면 코너와 비니는 "정신 사납게 굴지 마!"라거나 "말 좀 그만하라고!" 같은 말을 해 댔다. 그러면 피어슨 선생님도 한마디 했다.

"그쪽에 앉은 여학생, 조용히 좀 하렴!"

피트 이모부가 하던 말이 떠올랐다. 나는 피트 이모부와 마리 이모를 태어난 이후로 줄곧 알고 지냈지만, 두 분이 집에 올 때면 거대한 두려움의 파도가 해일처럼 밀려와 나를 덮치는 느낌이었다. (나는 자주 이런 느낌에 휩싸인다.) 두 분이 머무는 내내 나는 아무 말도 하지 않고, 고개를 끄덕이거나 양옆으로 흔들 뿐이었다. 마리 이모는 상냥했다. 하지만 피트 이모부는 "안녕, 수다쟁이 아가씨!" "그만 좀 떠들어, 로절린드!" "너랑 대화가 되는 사람은 이 세상에 한 명도 없을 거야!" 같은 농담을 건넸다. 헤어질 때면 "평생 나랑 말하지 않고 지내기는 힘들 거다, 요 녀석아!"라고 했는데, 이모가 이혼하는 바람에 그날 이후로 이모부를 만날 수 없었다. 이모도 더는 피트 이모부와 말하지 않는 것 같았다.

나는 그날 수업 시간 대부분을 새 교과서에 얼굴을 숨긴 채로 보냈다. 겨우 메이너 중학교에서 보내는 두 번째 날이었는데, 나는 이미 '말하지 않는 별난 여자애'가 되었다. 내 옆 자리는 영영 빈 채로 남았다.

점심시간이 지나 두 시간 연달아 있는 체육 시간에 빠지고 30분 정도를 도서관에서 보냈다. 언어 치료 전문가인 옥타비아 웰랜드 선생님을 만나는 날이라 조퇴해야 했다. 새로운 선생님과 상담 약속을 잡은 것도 피크 선생님의 아이디어 중 하나다. (내색하지는 않았지만 꽤 마음에 들었다.) 새 선생님을 만날 때쯤 심장 박동수가 정상으로 돌아오기만을 바라며 책들을 진열장에 정리하고 안내 데스크로 가서 명부에 사인했다.

아빠가 교문 앞에서 기다리고 있었다. 차 문을 열자 아빠가 로봇 목소리를 흉내 내며 말했다. "차에 타십시오. 실험체 5703만 5893번." 차에 올라타자 아빠가 "정상이 되기 위한 상담 치료를 받으러 출발합니다. 마음의 준비를 하십시오"라고 했다. 나는 작은 소리로 웃었다. 아빠가 "학교는 재미있었니?"라고 물었다. 나는 살짝 웃으며 고개를 끄덕였다. 반쪽짜리 거짓말이었다. 끄덕이는 행동도 거짓말로 쳐야 할지 살짝 헷갈렸다.

상담 센터 건물은 병원 옆에 있었는데, 병원 소속은 아니었다. 나는 그 점이 좋았다. 흰 바탕에 파란 글씨로 '스턴버그 언어 센터'라고 적힌 간판이 있었고, 외벽에는 동그란 모양의 식물이 줄을 지어 뻗어 있었다. 주차를 마치고 아빠가 말했다. "같이 들어갈까?"

나는 싫다고 할 수밖에 없었는데, 말 한마디 못 하는 장소에 아빠와 함께 있으면 기분이 너무너무 이상할 것이 분명했다. 이건 우리 가족이 함께 외출하기 어려운 원인 중 하나였다. (세브가 세균 접촉을 피해야 한다는 아빠의 강박증도 한몫했다.) 어쨌든 옥타비아 선생님을 만나는 일이 그렇게 두렵지는 않았다. 선생님이 보낸 음성 메시지 덕분이었다. 옥타비아 선생님은 내가 센터에 대한 설명을 듣기 일주일 전에 엄마의 휴대폰에 음성 메시지를 남겼는데, 선생님과 상담 치료를 하는 동안 말하지 않아도 괜찮다는 내용이었다. 선생님의 목소리는 따뜻했고 높낮이가 커서 커다란 실로폰으로 연주하는 뮤지컬 음악처럼 들렸다. 메시지를 끝내면서 선생님은 "안녀어엉!" 하고 끝부분을 올려 말했다.

상담 센터에 들어가서 선생님이 말해 준 대로 예약 기록을 확인하기 위해 컴퓨터로 향했다. 화면을 누른 다음 생년월일을 입력했다. '잠시 앉아서 기다려 주세요'라는 문구와 내 이름이 커다란 웃는 얼굴과 함께 화면에 떴다. 누군가에게 말할 필요가 없는 이 방식이 무척 맘에 들었다. 센터를 찾는 사람들은 모두 말하는 데 어려움이 있고, 센터 측은 '나 같은 사람'이 어떤지 잘 이해했다. 그 점이 마음에 쏙 들었다.

대기실에 앉아서 몇 분 정도 기다리는데 바닥이 삐걱대는 소리가 들렸다. 고개를 들자 머리에 노랗고 커다란 스카프를 두른 여성이 선한 눈빛으로 환하게 웃었다. 목에 알이 굵은 구슬 목걸이와 함께 열쇠를 매단 줄과 안경 줄까지 걸고 있었다. 움직일 때마다 찰랑찰랑 소리가 났다.

"안녕, 로절린드, 난 옥타비아야. 만나서 반가워! 내 방은 뒤쪽에 있어. 준비되면 같이 가자."

선생님의 목소리는 음성 메시지로 들은 것보다 훨씬 상냥했다. 방 안이 따뜻한 에너지와 음악으로 차오르는 것 같았는데, 그것만으로도 피크 선생님보다 훨씬 좋았다. 꼭 옥타비아 선생님이 썰렁한 농담을 하지 않아서는 아니었다.

선생님의 사무실에는 '발화 기법 훈련'이라든가 '신경 언어 프로그래밍'이라든가 '말을 더듬는 아이들의 잠재력 실현을 돕고 언어 사용 기술을 안내한다' 등이 적힌 자격증이 액자에 담겨 있었다. 선생님에게 그런 자격증이 있다는 점도 마음에 들었다. 나도 증명서나 상장받는 걸 좋아한다. 초등학교 때 받은 두 개가 다지만, 엄마가 사 준 특별한 폴더에 고이 간직하고 있다. 하나는 철자왕 증명서고 또 하나는 독서상이다. 둘 다 6학년 때 받았다. 메이너 중학교에서도 그런 걸 받을 수 있을지 모르겠다. 혹시 별난 학생 증명서나 친구 없는 학생 증명서가 있다면, 이번 학기가 끝나기 전에 폴더를 꽉 채울 수 있겠지.

아빠가 이 방을 엄청나게 싫어할 거라는 생각이 들었다. 방 안이 온통 뒤죽박죽이었다. 책이 천장에 닿을 정도로 쌓여 있고 선반 위에도 수두룩했으며 바닥에는 파일들이 겹겹으로 놓여 있었다. 옥타비아 선생님은 책상 앞에 서서 물건들을 이리저리 뒤적이면서 "노트는 어디 있나, 여기?"라는 식의 (본인이 만들어 낸) 노래를 불렀다. 나는 선생님은 언어 치료사가 될 운명이었다고 생각했다. 잠시도 말하기를 멈추지 않는다는 점에서 나와는 정반대였다. 선생님은 서랍에서 구겨진 종이 뭉치를 꺼내더니 나에게 뭔가 말하지 않아도 된다는 점을 다시 상기시켜 주었다.

"우리가 하려는 작업은 말해야 할 때 '겁먹지 않는 것'이란다."

선생님은 그 말을 커다란 종이 위에 적었는데 그 점 또한 좋았다. (내 마음이 딱 그랬기 때문이다. '연기처럼 순식간에 사라져 버리고 싶은 마음이 들지 않는 것'으로 바꾸는 편이 더 좋겠지만.)

선생님은 어떻게 나를 도울 계획인지 설명하고 설문지를 작성하라고 한 뒤, 콧노래를 흥얼대면서 노래를 부르고 내가 좋아할 만한 이야기를 하고, 또 선택적 함구증 정보를 담은 블로그나 자선 단체에서 운영하는 웹사이트 등을 알려 주면서 한번 들어가 보라고 했다. 피크 선생님과 함께 있을 때 감돌던 어색한 침묵 따위는 존재할 틈이 없었다. 옥타비아 선생님은 뭔가 묻지도 않았고 방에 회색 녹음기도 두지 않아 안전한 느낌이었다. 선생님이 말할 필요 없다고 한 말이 그냥 한 말이 아니라고 확신했다. 그건 치료라는 말이 주는 느낌과는 달랐다. 상담을 마치고 사무실을 나오면서 나는 아주 작게 말했다. "감사합니다."

옥타비아 선생님은 내 말이 어떤 의미인지 이해한다는 듯 활짝 웃었다. 센터를 나오며 옥타비아 선생님과의 상담 치료가 (좋은 의미로) 완전히 다른 경험이 되리라는 생각에 계속 웃음이 났다. 아빠는 차 쪽으로 몸을 기울이고 통화를 하고 있었다.

"그래, 걱정하지 마. 곧장 집으로 갈게."

아빠가 나를 보자 전화를 끊고 미소 지었다. 나는 뭔가 문제가 생겼다는 사실을 직감했다. 차에 타자 아빠가 말했다.

"그래, 옥토 박사님은 어떻든?"

그건 세브가 옥타비아 선생님 이름을 듣고 나서 부르는 이름이었다.

"정말 좋은 분이야. 나를 잘 도와주실 것 같아. 상담을 마치고 감사하다고 했어."

내 말을 듣더니 아빠는 깜짝 놀란 눈치였다.

"정말 자랑스럽다! 엄마도 기뻐하겠어. 진짜 기운이 나는 소식이다."

눈물이 고였는지 아빠가 재빨리 눈을 깜빡였다.

"보통이 되기 위한 상담 치료. 효과 완전 좋음."

아빠는 로봇 목소리를 내며 시동을 걸었다.

우리는 출발했다. 나는 1퍼센트 정도는 덜 별난 사람이 된 기분으로 혹시나 옥타비아 선생님이 퀴니 아주머니가 말한 그런 사람은 아닐까 생각했다. 진짜 천사는 아니지만 평범한 사람도 아닌 그런 존재 말이다. 오늘 선생님에게 감사하다고 말한 것은 기적에 가까웠다. 집에 도착하자 세브는 방에 있었고, 엄마는 웃는 얼굴로 나를 맞았지만 내내 운 것 같았다. 아빠가 위층으로 올라가자, 엄마가 울지 않으려고 할 때 쓰는 지나치게 밝은 목소리로 말을 걸었다. "그래, 상담은 어땠어?"

절반의 내가 엄마에게 상담 치료 이야기를 들려주는 동안, 나머지 절반의 나는 세브에게 무슨 일이 있었는지 궁금했다. 엄마가 학교는 어땠는지 묻자 나는 좋았다고 했다. 새빨간 거짓말이었지만 엄마에게 사실을 말하는 것보다 그렇게 말하는 편이 훨씬 쉬웠다. 물론 마음이 좋지 않았다. 나는 세브의 안부를 물었고, 엄마는 말했다.

"그럼, 세브는 아주 좋아. 그냥 좀 피곤하대!"

우리 집에서 진실하지 못한 사람이 나만은 아니었다.

무명 중학생의 서막

수백 명의 낯선 얼굴들, 수많은 교실, 시간 맞춰 울리는 준비종 소리, 기운이 넘치는 아이들, 영원히 멈추지 않을 듯 내리는 비, 사라져 버린 말과 함께 학교에서 지내는 동안 나는 줄곧 단 한 가지 소망을 품었다. 그건 바로 '친구'였다. 말을 못 하는 아이에게 친구란 유니콘처럼 희귀한 존재다. 하지만 유니콘과는 달리 흔해 빠진 것도 있으니, 이미 나쁜 내 기분을 더 나쁘게 하는 사람들이다.

새로운 학교에 가서 처음 두 주를 누구와도 말하지 않고 보내면, 일부러 그런다며 무례하다고 여기는 사람이 있을지도 모른다. 아니면 자신과 함께하기 싫거나, 자신을 좋아하지 않거나, 굉장히 유별난 아이라고 오해할 것이 뻔하다. 또 누군가는 하고 싶은 말이 전혀 없는, 말도 없고 생각도 없는 텅 빈 인간이라고 여길 것이다. 걸어 다니는 백지처럼 존재감 없는 사람이랄까. 나라는 존재는 한마디로 '노바디'였다.

노바디와 친구가 되려는 사람은 아무도 없다.

다시 금요일이 돌아왔다. 점심시간에 킹슬리 선생님이 빨간 파일 너머로 나를 힐끔대면서 혹시 문장 카드를 사용한 적 있냐고 물었다. 나는 고개를 저었다.

"다음 주엔 문장 카드를 사용해 봐. 초등학교 다닐 때는 카드가 도움이 됐잖아."

알았다고 하려 했지만, 말이 나오지 않았다. 나는 카펫을 쳐다보며 고개를 끄덕였다.

그 주에 의사 선생님 두 분이 세브를 보러 왔는데, 엄마 아빠는 어색한 침묵을 지키다가 의사 선생님들을 보냈다. 세브 상태가 좋지 않을 때면 우리 집 분위기는 먹구름이 가득 찬 잿빛으로 가라앉았다. 세브는 주말 내내 잠만 잤고, 나는 세브를 흥분시키지 않겠다는 약속을 하고서야 간신히 그 애를 보러 갈 수 있었다. 일요일에는 세브에게 빅토리아 시대에 쓰인 아주 긴 시를 읽어 주었다. 실은 카터 선생님이 내 준 읽기 과제였다. 시를 듣던 세브는 허리를 꼿꼿이 세워 앉더니 이렇게 말했다.

"날 혼수상태에 빠뜨릴 작정이야?"

월요일에 나는 조회 시간이면 앉는 자리, 그러니까 뒤에서 두 번째 줄, 그중에서도 문학 장르 포스터가 붙은 벽 쪽에 앉았다. 브라이언트 선생님이 아직 교실에 오지 않아 문장 카드를 살펴보면서 어떤 것을 첫 번째로 쓰게 될까 생각했다. 그때 메이지 러브라는 아이가 다가왔다. 메이지는 잠깐 나를 쳐다보더니, 절대로 대답하지 못할 질문을 했다.

"넌 왜 말을 못 해?"

드디어 침묵 공황이 시작됐다. 처음엔 배에서, 그다음은 머리에서. 나는 눈을 내리깔고 어깨를 으쓱했다. 메이지는 내 반응에 아랑곳하지 않고 계속 물었다.

"이상하지 않아? 너 말할 수 있잖아? 부모님도 말할 수 있지?"

처음엔 메이지가 못되게 구는 건지, 아니면 눈 색깔이나 다른 유전적 요인처럼 선택적 함구증을 부모에게 물려받았나 진짜 궁금해하는 건지 헷갈렸다. 그때 메이지가 다시 입을 열었다.

"널 낳은 걸 보면, 네 부모도 진짜 별종이다!"

그러더니 깔깔 웃으며 자리로 돌아갔다. 나는 메이지가 또 뭐라고 할까 봐 잔뜩 겁에 질려서 고개를 들지 못했다. 다른 아이들이 웃는 소리가 들렸다. 카드를 일정 계획표 속에 숨기고 눈을 깜빡이며 침묵의 눈물을 삼켰다.

역사 시간, 우리는 마녀재판에 관해 배웠다. 마녀재판은 오랜 옛날 왕이 마녀를 두려워해서 벌인 일이다. 마녀라고 지목된 수많은 사람이 화형을 당하거나 호수에 빠져 죽임을 당했다. 실제로 절대 마녀일 리 없었는데도 모두가 입을 모아 마녀라고 했다는 이유만으로 죽임을 당했다. 덴 선생님이 사람을 물에 빠뜨려 떠오르는지 아닌지로 마녀 여부를 가리던 '물고문 의자'에 관해 설명하는데, 메이지가 몸을 돌리더니 나를 가리키며 속닥댔다.

"쟤가 마녀일지 몰라!"

아이들이 킬킬대는 소리가 들렸다.

"동지들이여, 저 마녀를 물고문 의자에 앉히자!"

코너 몰드가 소리쳤다. 딘 선생님이 하던 말을 멈췄다.

"뭐 하는 거냐, 코너?"

"별거 아닌데요, 선생님."

"점심시간에 와서 무슨 일이었는지 설명하게나, '동지'여!"

나와 코너를 빼고 모두가 웃었다. 딘 선생님은 진짜 마녀가 아님을 증명할 유일한 방법은 실제로 죽는 것뿐이라고 했다. 지금 같은 상황에서는 그 방법도 그리 나쁘지 않겠다 싶었다.

그럴 생각이 전혀 없었는데, 문장 카드를 가방에 넣으며 울음이 터졌다. 메이너 중학교에서 무슨 일을 겪든, 말 못 하는 별난 애가 된 것만으로도 충분히 서러웠다. 말을 못 해서 문장 카드를 사용하는 별난 애가 될 것까지도 없이 말이다.

다음 날, 음악 시간에 상황은 더 나빠졌다. 콜스 선생님이 아이들 앞에서 "로절린드 어디 있니?"라고 했는데, 그 때문에 머릿속이 뒤엉키면서 말이 몽땅 사라지고 말았다. 콜스 선생님은 "걱정 마, 네가 노래하기 힘들다는 거 알고 있으니까. 대신 이걸 연주하면 돼"라며 눈을 커다랗게 뜨고 웃으며 고개를 끄덕였다. 트라이앵글로 내 인생의 문제들을 모두 해결했다는 표정이었다.

트라이앵글을 받는데 손이 덜덜 떨렸다. 메이지가 큰 소리로 말했다.

"왜 쟤만 특별대우 받아요? 왜 저는 악기를 연주하지 못하는 건데요?"

다른 아이들도 합세하자 콜스 선생님은 악기를 꺼내 반 전체에 나눠 줘야 했다. 덕분에 특별대우 받는 학생이 되는 일은 면했지만, 귀마개가 절실해지고 말았다. 다음 날, 지리 시간에는 바트 선생님이 지진에 대한 파워포인트 자료를 보여 주었는데, 중간에 메이지가 대뜸 소리쳤다.

"저 영화는 어디서 구하셨어요?"

"이건 네팔에서 일어났던 지진 사진이야. 사례 연구 자료지."

바트 선생님이 당황한 표정으로 대답했다.

"저런 건 처음 봐요."

"이건 영화가 아니야, 메이지. 진짜 지진이 난 지역을 찍은 사진이지. 네 팔은 아시아에 있는 나라야. 모두 사례 연구 자료집에 실려 있어. 이 얘긴 이번 학기 시작할 때부터 말했을 텐데!"

"세상에나 맙소사! 지진이 진짜 실제로 일어난다는 건가요?"

메이지가 이렇게 묻자, 갑자기 코너가 일어나서 "쾅! 이건 진짜다!"라고 소리치더니, 실제로 지진이 난 것처럼 내 물건을 바닥으로 떨어뜨렸다. 바트 선생님이 코너에게 앉으라고 했지만, 녀석은 선생님 말씀을 무시하고 에이드리언에게 달려갔다. 에이드리언은 잔뜩 겁먹은 표정이었다. 코너가 에이드리언의 트럼펫 가방을 움켜쥐고 소리쳤다.

"지진이 일어났다!"

그러더니 바트 선생님이 말릴 새도 없이 가방을 창밖으로 던져 버렸다. 바트 선생님은 코너에게 가방을 찾아오라고 한 뒤, 쉬는 시간 내내 코너와 상담했다. 다행히 가방이 잔디 위로 떨어져서 에이드리언의 트럼펫은 무사했다. 코너는 그 후에도 그 얘길 하며 웃어 댔다.

대부분의 수업이 그런 식으로 흘러갔다. 나는 수업 시간에 겁먹는 일이 잦았다. 주목받는 일도 두려웠고, 아무 말 못 하는 것도 두려웠다. 그날 집에 돌아가는 길에 과연 진짜 지진이 일어난들 이보다 더 나쁠까 생각했다. 초등학교 시절은 오래전에 꾼 꿈처럼 느껴졌다. 그때도 말문이 막혔지만, 메이너 중학교에서는 말이 아예 짐을 싸서 영영 휴가를 떠나 버린 느낌이었다. 그날 밤 나는 잠자리에 누워서 눈물로 베개를 적셨다. 내뱉었어야 하는 수많은 말이 머릿속을 가득 메웠다.

다음 날 아침, 엄마는 세브가 검사받으러 병원에 가야 한다며, 나더러 세브를 좀 깨우라고 했다. 나는 조용히 세브의 방으로 갔다. 세브는 벌써 일어나서 제다이 마스터 요다의 가면을 쓰고 침대에 앉아 엑스박스 게임을 하고 있었다.

"누나, 데스 스타 파괴하는 것 좀 도와줄래?"

그 말에 그 주 처음으로 웃었다.

점심시간에는 킹슬리 선생님과 면담을 했다. 선생님은 나 같은 아이가 적응하는 데 시간이 어느 정도 걸리는 일은 당연하다고 했다. 그러고는 몇 주 내로 내가 훨씬 편해질 거라고 했다. 나는 아무 말도 할 수 없었다. 조금 열린 문틈으로 누군가의 웃음소리가 들렸고, 그 탓에 하고 싶었던 말이 모조리 뒤섞여 엉망진창 난장판으로 변했다. 나는 고개만 끄덕였다.

"눈 깜짝할 새에 한 학기가 끝날 거야. 그때쯤이면 완벽히 적응해서 방학이 필요 없다고 생각할지도 모르지!"

그 말은 킹슬리 선생님이 아무것도 모른다는 사실을 증명했다.

아주 작은 목소리

시월의 낙엽이 날아와 신발에 붙었다. 나는 메이너 중학교에 전혀 적응하지 못했다. 지금까지 언어 치료를 받으면서도 그 사실을 털어놓지 못했고, 엄마 아빠가 어떻게 지내냐고 물을 때면 늘 "잘 지내!"라고 대답했다. 내 진심은 브레인 선생님과 홈스쿨링하면서 절대 다시는 집을 나서지 않게 해 달라고 애걸복걸하고 있었다.

세브는 심각한 병에 걸렸다. 엄마는 늘 바빴지만 실은 울음을 터트리기 일보 직전이고, 아빠는 퇴근하고 집에 와서 매일 밤 청소에 열을 올리는데, 두 분 모두 이상할 정도로 조용하기만 했다. 내 실제 학교생활이 잘 지내는 것과 정확히 반대라는 사실을 알릴 만한 적당한 기회를 좀처럼 찾기 어려웠다. 메이너 중학교에 가면 내가 말도 하고 친구도 사귈 거라던 피크 선생님의 기발한 아이디어는 엄청난 역효과를 낳았다.

메이너 중학교의 (나를 포함한) 모든 사람이 인정하는 한 가지는 내가 완전 하찮은 '노바디'라는 사실이다. 메이너 중학교에서 노바디로 지낸다는 것은 곧 돌연변이 괴물로 취급받는다는 뜻이다. 나와 친구가 되는 일은 교칙 위반이다. (일반적인 교칙 얘기가 아니다. 선생님들이 벽에 붙여 두거나 조회 시간에 말하는 교칙보다 훨씬 중요한 불문율을 말하는 거다.)

어느 날 아침, 학교로 가는 버스 안에서 엘라가 내 뒤에 앉은 누군가에게 "그거 알아? 쟤 진짜로 말 못 한다"라고 하는 소리가 들렸다. 그순간 나는 빨간 머리 남학생과 '괴롭힐 만한 신입'의 냄새를 풍기는 여학생을 대신하게 되었다. 그날 이후 루카스 메리라는 남학생은 매일 같이 뒷자리에서 소리쳤다.

"오늘은 저게 말을 할까? 내기하자!"

루카스가 그럴 때마다 나는 자리에 앉아 창밖으로 익숙한 거리를 바라보며, 아무 말도 못 하고 덜덜 떠는 대신 진짜 기적이 일어나서 목소리를 낼 수 있기를 바라고 또 바랐다.

○

그 주 후반 수학 시간에 피어슨 선생님이 수업에 늦었다. 선생님이 없는 틈을 타 코너가 또 지껄여 댈 것이 뻔했다. 나는 머릿속 말들이 엉망진창 뒤엉켜 난장판으로 변할까 봐 겁이 났다. (코너는 기회가 생길 때마다 지진이 일어난 척하면서 내 물건을 책상에서 떨어뜨렸다.) 코너가 내 책상을 스치고 지나가면서 필통을 바닥에 떨어뜨리고는 "미안, 머저리!"라고 하자 베니가 웃음을 터뜨렸다.

"쟤 말이야. 가게 진열장에 세워 두는 인형 같아! 그걸 뭐라고 하더라?"

메이지가 말했다.

"마네킹이잖아!"

누군가가 외쳤다. 나는 한마디라도 하려고 기를 썼다. 어떻게든 내가 말할 수 있다는 사실을 증명하고 싶었다. 하지만 말이 엉망으로 섞였고, '마네킹'이라는 말이 귓전을 맴돌았다. 그때 "거기 무슨 일이야? 자리에 앉아라!" 하며 피어슨 선생님이 교실로 들어왔다.

"죄송합니다, 선생님. 애 필통이 떨어져서 주워 주던 참이었습니다."

코너가 대답했다.

"예의 바르구나, 코너. 그런 영웅적인 태도를 이 방정식 풀이에도 적용할 수 있을지 궁금하다."

피어슨 선생님은 '6b='으로 시작하는 방정식을 칠판에 적었다. 눈물이 고여 문제를 제대로 읽을 수 없었다. 교실 맞은편으로 내 쪽을 바라보는 몇몇 얼굴이 보여 고개를 숙였다. 눈물방울이 교과서 위로 떨어졌다. 눈물이 종이로 천천히 흡수되는 모습을 보며 메이지와 루카스와 코너를 생각하는데, 그때 어떤 생각이 떠올랐다. 처음에는 아주 작았지만, 점점 커져서 귀가 터져 버릴 듯 울리던 생각은 단 하나였다.

'말할 방법을 찾아야만 해.'

옥타비아 선생님은 환하게 웃으며 나를 반겼다. 상담실 문이 닫히자 신발을 내려다보지 않기 위해 애쓰며 인사했다.

"안녕하세요."

"안녕, 로절린드."

선생님이 더 환하게 웃어 주었다.

"오늘은 뭐라도 말하라고 부탁하지 않을 거야. 대신 호흡법이랑 발성법을 알려 줄게. 할 만하다고 생각하면 여기서 함께 해도 좋아. 못 한다고 걱정할 필요 없어. 집에 가서 연습해도 되고."

어떻게 그런 일이 벌어졌는지 정확히 알 수 없지만, 내 뇌가 책으로 가득하고 잔뜩 어질러진 선생님의 방을 말해도 안전한 장소로 분류했다는 사실을 깨달았다. 그날 이후로 옥타비아 선생님이 내 목소리를 들으면 어쩌나 걱정되지 않았고, 선생님 방에서 내 말소리가 사라지지 않았다. 나는 선생님이 알려 준 대로 숨을 아주 천천히 내쉬는 연습을 했고, 선생님과 함께 기침하고 콧소리를 냈다. 선생님이 오페라 가수처럼 콧노래를 부르자 나는 웃음이 터졌다. 선생님도 함께 웃었다.

그날 나는 선생님에게 메이너 중학교에 입학하고 지금까지 아무 말도 하지 못했다는 얘기를 했다.

선생님은 그건 내 인생을 통째로 망쳐 버릴지도 모르는 골치 아픈 문제라고 말하는 대신 "메이너 중학교에서 아직 한마디도 못 했구나"라고 했다. 그러고는 반달눈을 만들고 미소 지으며 말했다.

"조금씩 앞으로 나가는 거야, 로절린드. 아주 조금씩. 그냥 소리 한번 내 보면 어때?"

다음 날 쉬는 시간에 도서관으로 달려가 뒤편 벽 쪽에 있는 키 큰 책장 사이에 숨어서 길고 천천히, 그리고 짧게 호흡을 가다듬었다. 그다음 주변에 아무도 없는지 한 번 더 확인하고 작은 소리로 기침을 했다. 그러고는 옥타비아 선생님처럼 환하게 웃었다. 다음 날 점심시간에 다시 도서관에 가서 똑같이 연습했다. 이번에는 구데이커 선생님 앞에서 기침을 했다. 생각보다 소리가 컸는지 구데이커 선생님이 말했다.

"아이고, 감기 들지 않도록 조심하렴!"

그러자 기네스북 뒤에서 윌리엄 오빠의 손이 튀어나오더니 기침을 가라

앉히는 목캔디를 주었다. 주말엔 세브의 상태가 조금 좋아졌다. 구토 증상은 멈췄지만 여전히 외출 금지였다. 나는 세브가 엑스박스 게임을 하는 동안 캘리그래피를 썼다. 옥타비아 선생님이 다음 주엔 도서관에서 말 걸 대상을 정해 보라고 했다. 세브에게 그 얘길 하자, 세브는 비밀 임무처럼 수행해야 한다고 했다.

"일단 누나가 배트걸 같은 슈퍼히어로라고 생각해. 그러고 나서 선생님을 표적으로 삼는 거야. 선생님 머리에 주먹을 날리는 대신 말을 하는 거지. 임무에 성공하면 악당에게서 학교를 지키는 거라고. 누나, 임무를 제때 완수하는 게 좋을 거야. 머릿속이 말로 가득 차서 진짜 터져 버릴지도 모르니까."

역시 내 동생은 남달랐다.

변화의 시작

메이너 중학교에서 '딱 한마디 말해 보기 주간'이 정해졌다. 구데이커 선생님은 사무실에 있었다. 내 안의 목소리는 밖으로 나오겠다며 아우성쳤다. (구데이커 선생님을 스토킹하다시피 쫓아다니는 중이다.) 마음속으로 계속 되뇌었다. 오늘 딱 한마디만 하면 된다고. 그러면 패배자라는 오명을 벗고, 메이너 중학교에서 누구와도 말하지 못한 채로 여생을 보내다가 도서관에서 머리가 터져 생을 마감할 거라는 저주에서도 벗어난다.

세브가 제안한 대로 내가 비밀 임무를 수행하는 슈퍼히어로라고 상상했다. 다만 학교를 구하는 대신 (내가 진짜 슈퍼히어로라도 절대 하지 않을 일인데, 매일 학교가 사라지는 상상을 하기 때문이다.) 나 자신을 구하기 위한 임무였다. 내 표적이 컴퓨터 자판을 두드리는 모습을 확인하고 주변을 살폈다. 도서관에는 아무도 없었다. 오랜만에 비가 오지 않는 화창한 날씨여서 나를 제외한 모든 학생이 밖으로 나갔다.

옥타비아 선생님은 말을 하기 전에 뭘 말해야 할지 계획하면 도움이 될 거라고 했다. 나는 '좋아요'라고 하자고 마음먹었다. '좋아요'는 쉬웠다. 집에서 그럴 마음이 없을 때조차 좋다고 말했다. 구데이커 선생님의 말이라면 무슨 말이든 좋다고 해도 될 것 같았다. 선생님은 항상 나에게 뭔가를 시켰는데, 예를 들면 책을 정리한다든가 재활용 상자를 비운다든가 프린터 용지함을 채운다든가 하는 일이었다. 무엇을 시키든 나는 준비되어 있었다.

심호흡하고 옥타비아 선생님이 가르쳐 준 대로 목소리를 내기 위해 흐음 하고 콧소리를 냈다. 구데이커 선생님은 내 인기척을 듣고 "아, 로즈메리 왔구나!" 하고 말했다. (구데이커 선생님은 나를 로즈메리라고 부른다. 로절린드라고 정정할 수 없기 때문에 어쩔 도리 없이 로즈메리인 척 행동한다.) 심장이 빠르게 뛰었지만 나는 작게 흐음 소리를 냈다.

"밖에 나가서 독서 마라톤 광고지 좀 나눠 줄래?"

구데이커 선생님의 말에 순간 내 마음이 움찔하면서 몇 번이고 '아니요, 절대로 아니요'라고 외쳐 댔다. 하지만 너무 늦었다. "좋아요." 그 말이 나간 뒤였다. 입 밖으로 탈출한 말이 앞에서 뱅뱅 맴도는 느낌이었다. 구데이커 선생님은 놀랐는지 다시 한 번 확인했다. (내 기분과는 비교도 안 되겠지만) 마치 무덤에서 나는 소리를 들은 표정이었다.

"고맙다! 학급 활동 시간에 아이들이 나갈 참이었는데, 래짓이 광고지를 고치느라 차질이 생겼어. 이 복사기가 얼마나 느린지 너도 알 거야!"

선생님은 광고지 뭉치를 쥐여 주었다. 내가 광고지에 불이라도 붙은 양 쳐다본다는 사실을 눈치챘는지 진짜 괜찮냐고 한 번 더 확인했다.

광고지 뭉치를 선생님에게 돌려주면서 '아니요, 이것들을 나눠 주느니 복사기에 천천히 눌려 죽는 편이 나아요'라고 대답하는 대신, 나는 미소 지으며 고개를 끄덕였다. 말하기 표적은 명중시켰지만, 구데이커 선생님에게 '아니요'라고 말하는 일은 물리적으로 불가능했다.

"정말 대견하구나! 킹슬리 선생님이랑 브라이언트 선생님께 메일을 보내서 네가 얼마나 많은 도움을 주는 학생인지 알려야겠어!"

그야말로 짜증 나는 말이었다. 나는 내 존재를 알리지 않으려고 안간힘을 쏟는 중이었다. 메이너 중학교는 학교지만, 학생들이 책과 함께하는 모습을 쉽게 볼 수 있는 곳은 아니었다(책을 찢거나 창밖으로 집어 던지거나 안에 이상한 그림을 그릴 때만 빼고). 학생들은 책을 좋아하지 않았다. 도서관이나 도서관 위원회 학생들도 환영받지 못했다. 그런데 밖으로 나가 독서 마라톤을 홍보해야 한다. 그것도 혼자서 말이다. 이번 달 들어서 가장 화창한 날 수백 명의 학생이 있는 곳으로 가야 한다. 구데이커 선생님이 음모를 꾸민 것일지도 모른다.

어느새 나는 '끝내주는 독서 마라톤 대회가 열립니다! 거액의 도서 상품권에 도전하세요!'라고 적힌 빨간색 광고지 한 뭉치를 들고 중앙 현관 한가운데 서 있었다.

침착하자 되뇌며 평범한 사람처럼 광고지를 나눠 주려 애썼지만, 그 자리에 얼어붙은 듯 서서 꼼짝할 수 없었다. 수천 명의 사람에게 둘러싸여 스포트라이트를 한몸에 받는 기분이었다. 나는 '완전 겁에 질린 아이'의 동상처럼 그 자리에서 굳어 버렸고, 콘크리트 바닥 속으로 가라앉기만을 바랐다. 다들 그런 내 모습을 재밌다는 듯 구경하는 느낌이었다. 내 머릿속의 모든 단어는 시월의 가을 햇살 속으로 증발했다.

3학년으로 보이는 언니들 무리가 내 쪽으로 걸어왔다. 몇몇은 내 뒤쪽에, 몇몇은 앞쪽에 서더니 나를 옴짝달싹 못 하게 가둬 버렸다. 머리를 탈색한 언니가 질문을 발사했다. 말이 너무 빨라서 마치 말로 된 총알에 맞는 느낌이었다.

"뭐 하는 거야? 뭐 하는 거냐고?"

"몇 학년이야? 1학년 맞지? 돈 좀 있냐?"

"무슨 버스 타고 다녀? 근데 왜 대답을 안 해? 왜 아무 말도 안 하냐고?"

그러다 광고지를 보더니 "그건 뭐냐?"라고 물었다. 그 언니가 나를 밀자 광고지 몇 장이 떨어졌다. 언니는 "그게 뭐냐고?"라고 재차 묻더니 "여기 뭐라고 써 있는 거야?"라고 묻고는 대답도 기다리지 않고 "넌 대체 뭐가 문제냐?" "내가 누군지 몰라?"라고 했다. 나는 진짜 동상처럼 굳어서 바닥만 내려다보았는데, 다른 누군가의 목소리가 들려왔다.

"맙소사, 크리스털 언니! 걔 우리 반 애야! 완전 별종이라고!" 그 목소리는 계속해서 "걔한테 말해 봐야 아무 소용없어. 말 한마디 못 하는 애라니까!" "세상에! 사서랑 절친이라서 이런 걸 갖고 있나 봐"라고 했다.

목소리의 주인은 메이지 러브였다.

나는 목이 꽉 닫히고 가슴이 답답해서 숨 쉬기가 힘들었다. 그런 느낌이 점점 심해지는데 탈색 머리 언니가 다시 언어 총탄을 퍼붓기 시작했다. 수업 종이 울리자 "머저리 마라톤!"이라는 고함과 함께 공격도 끝났다.

나는 아무 말 못 하고 서서 눈물만 흘렸다. 독서 마라톤 광고지가 중앙 현관에 낙엽처럼 산산이 흩뿌려졌다. 그런데 뭔가 느낌이 달랐다.

이 눈물은 나에게 익숙한 슬픔의 눈물이 아니었다. 이 눈물에는 분노가 배어 있었다. 분노의 눈물은 훨씬 아팠다. 갑자기 탈색 머리 언니가 던진 질문에 대답했어야 할 말들이 머릿속에 쏟아졌다.

'아니, 땡전 한 푼 없어. 우린 세브의 꿈을 이뤄 주려고 돈을 모으고 있거든. 그래, 나한텐 문제가 있지만 나아지려고 노력 중이야. 그런데 너 같은 인간들은 하나도 도움이 안 되더라. 맞아, 나는 사서 선생님이랑 절친이야. 선생님은 내 이름도 제대로 모르지만, 이 학교에서 그 누구보다 친절하거든.'

이런 말도 떠올랐다.

'아니, 탈색 머리, 난 네가 누군지 몰라. 하지만 네가 싫어. 또 메이지 러브도 싫어.'

중앙 현관이 텅 빈 뒤 도서관으로 돌아가려고 걸음을 옮기는데 누군가 날 부르는 소리가 들렸다.

"로절린드!"

뒤돌아보니 윌리엄 오빠가 바닥에 흩어진 광고지를 주워 항상 가지고 다니는 기네스북 안에 끼워 넣고 내 쪽으로 오며 물었다.

"괜찮아?"

고개를 끄덕였다. 그런데 내 안의 뭔가가 툭 부러지는 느낌이었다. 그건 정말 묘했는데 나쁜 느낌은 아니었다. 도서관에 들어가는데, 도서관 문이 닫히기도 전에 뒤엉켜 버린 말뭉치에서 단어 하나가 툭 풀려나오더니, 머릿속에서 이리저리 굴러다니기 시작했다. 나는 혼자 소리 내어 말했다.

"아니."

변화가 시작된 순간이었다.

속삭여 봐

수업을 마치고 집에 도착하니, 세브가 소파에 앉아 영화를 보고 있었다. 약 부작용으로 얼굴이 푸석푸석했다. 뭘 보는 거냐고 묻자, 세브가 "비밀의 화원"이라고 했다. 당황스러운 내 표정을 읽었는지 세브는 덧붙였다.

"엄마가 골랐어. 이 영화를 보지 않으면 책을 또 읽어 준다잖아."

엄마는 『비밀의 화원』에 완전히 꽂혔다. 어렸을 때 아주 좋아하던 책이라면서 우리에게 늘 읽어 주었는데 특히 세브에게 자주 읽어 주었다(아빠 말로는 세브가 꼼짝없이 들을 수밖에 없는 상황이라 그런다고 했다). 그다지 자주 있는 일은 아니지만, 숲에 가거나 혹은 산책할 때면 엄마는 항상 이렇게 말했다.

"어머, 여기 진짜 비밀의 화원 같다!"

그러면 우리는 앓는 소리를 냈는데, 엄마가 그 말을 너무 자주 했기 때문이다. 하지만 엄마가 행복해하는 모습이 내심 좋았다. 엄마가 문틈으로 고개를 내밀었다.

"사실 세브가 보여 달라고 한 거야."

세브는 고개를 저었지만 눈은 화면에 고정한 채였다. 나는 코트를 벗고 담요 속 세브 옆자리로 가 앉았다.

"콜린이 벌써 정원을 발견한 거야?"

"막 발견했어!"

"휴대폰 가져올게. 사진 찍어서 아빠한테 보내야지."

엄마가 말했다. 난 사진 찍히는 걸 엄청나게 싫어하지만, 엄마가 진짜 신나 보였고 오래 걸리지도 않을 테니 신경 쓰지 않는 척했다.

"아빠한테 내가 오늘 학교에서 말도 했다고도 전해 줘, 엄마."

"진짜 축하할 일이잖아!"

엄마는 흥분해서 소리를 질렀다.

5분 뒤 엄마는 주방에서 유기농 사과주스와 사탕무 뿌리를 넣어 만든 브라우니를 쟁반에 담아 나왔다(진짜 엄마다운 축하였다). 퇴근해 돌아온 아빠가 날 꼭 안았다.

"호들갑 떨 일은 아니지만, 네가 정말 자랑스럽다! 학교에 적응하고 있다니 정말 잘됐어."

이 말을 한 사람은 내가 아니니까 거짓말로 치지 않을 거다.

○

다음 날 전체 조회 시간에 구데이커 선생님은 방학 전에 열릴 독서 마라톤 계획을 발표했다. 선생님이 말하는 동안 메이지가 뒤에서 내 의자를 발로 계속 찼다. 말이 뒤죽박죽 섞이거나 사라지는 대신 '그만둬!'라는 말이 최대치의 음량으로 머릿속을 채웠다. 뺨이 화끈 달아오르더니 그 한마디가 목구멍 안에서 엉켜 버리는 바람에 구데이커 선생님의 말에 집중하기가 어려웠다.

선생님의 발표가 꽤 괜찮았나 보다. 점심시간에 도서관이 평소보다 북적였기 때문이다. 보통 점심시간에 도서관으로 오는 사람은 많지 않아서 나는 도서관에 있는 것이 무척 좋았다. 대부분은 무리 지어 돌아다녔고, 나는 그런 걸 좋아하지 않았다. 어떤 아이들은 운동장에서 그물 없는 골대를 두고 축구를 했다. 예술관으로 가는 학생들도 있었는데, 그곳에서 음식을 먹어도 선생님들이 상관하지 않았기 때문이다. 어떤 아이들은 중앙 현관 콘크리트 벤치에 앉아 시간을 보냈다. 하지만 그런 곳에 머물려면 반드시 친구가 있어야 한다.

가끔은 학기가 시작된 다음 전학을 왔더라면 좋았겠다고 생각했다. 그러면 학교 안내를 도와줄 도우미 친구도 붙여 주고, 반 아이들도 새로 왔다고 친절하게 대했을 것이다. 강제성을 띤 방식이니 아무도 왈가왈부하지 않을 거고, 친구를 사귀기에 썩 괜찮은 방법 같았다.

아니면 수업 시간에 아이들을 웃길 수 있으면 좋겠다고 생각했다. 그러면 모두 나를 좋아할 테니 말이다. 사실 그것이 우리 학교의 문제이기도 했다. 코너는 틈만 나면 말썽을 피웠지만, 아이들은 녀석을 좋아했다. 좋은 휴대폰을 가진 아이 역시 인기를 끌었다(나는 아니었다. 부모님이 구닥다리 휴대폰조차 사 주지 않았다). 학생들은 두려운 상대도 좋아했다. 말할 필요 없이 사서 선생님 말고 아무와도 말하지 못하는 사람은 정확히 반대의 결과를 얻었다.

그 주에 루카스와 메이지와 코너는 나에게 못된 말을 계속했다. 심장이 두근대고 뺨이 달아오르고 눈물이 고였지만 기분만큼은 전과 같지 않았다. 내 머릿속은 '저리 가' '나 좀 그냥 둬'라는 말로 가득 찼고, 소리마저 아주 커서 아무도 듣지 못한다는 사실이 놀라울 정도였다.

마침내 방학이 왔다. 방학 첫날 아침, 엄청난 안도감을 느끼며 일어났다. 마치 몇 주 동안 숨을 참고 지내다가 겨우 숨통이 트인 사람처럼 말이다. 학교가 없는 일주일이 내 앞에 펼쳐졌다. 숙제는 카터 선생님이 내 준 '중요한 것에 관한 시 쓰기'와 구데이커 선생님이 내 준 '책 세 권 읽고 증명서 받기'뿐이었다. (나는 책 읽기 숙제를 잘하고 싶은 마음이 전혀 없었다. 수지 언니가 작년에 전체 조회 시간에 전교생 앞에서 상을 받았기 때문이다.) 또 세브에게 아무리 파라오의 복장과 비슷하다 한들, 수건을 치마처럼 두르고 엄마 목걸이를 하고 플라스틱 방패를 든다고 용맹해 보이진 않는다는 사실을 이해시켜야 했다.

세브의 상태가 좋아진 것이 분명했다. 세브가 내 방문을 벌컥 열더니 전차 만드는 것을 도와줄 거냐고 물었다.

"퀸니 아주머니네 고양이들을 말 대신 쓸 거야."

세브가 커다란 판지를 훑으며 말했다.

"고양이들이 네 말대로 할까?"

"걱정할 필요 없어. 걔들은 내 노예거든."

세브가 활짝 웃었다.

"누나가 창 좀 만들어 줘. 아빠가 그러는데 창고에 대나무가 있대. 그리고 나를 경배할 때 쓸 냄비랑 물품들도 가져와. 어서!"

세브가 아래층으로 내려가는 소리가 들렸다. 30초쯤 지났을까 세브가 소리쳤다.

"아빠! 두루마리 화장지가 더 필요해!"

"이집트 사람들이 화분까지 미라로 만들지는 않았을 것 같은데."

아빠 목소리가 들렸다. 마지막으로 웃어 본 것이 언제였는지 기억조차 나지 않았다(그 생각을 하며 나는 실제로 웃고 있었다). 어떤 사람에게는 일 주일의 방학 동안 집에만 머무는 일이 극도로 지루하게 느껴질지도 모른 다. 하지만 나에게는 어마어마한 침묵 공황을 맞닥뜨리거나 머리가 터질 듯한 느낌에 고통받을 일이 없다는 뜻이었다. 정말이지 기분 최고였다. 그 주 내내 나는 말 못 하는 별난 여자애로 지낼 필요 없이 그저 평범한 집에서 평범한 내 가족과 평범한 나로 지내면서, 뒷마당에서 포일과 두루 마리 휴지로 뿌직카멘의 생애를 찬양했다.

월요일에는 아빠가 하루 휴가를 내서 가족끼리 소풍을 갔다(아빠는 세 균이 있을지도 모르는 곳에 세브를 데려가기 위한 위험천만한 예약을 감행했 다). 세브는 국립우주센터에 가고 싶어 했지만 '꿈을 이루어드립니다' 자선 단체에서는 아무 소식이 없었다. 아빠는 기대를 접고 말았다. 국립우주센 터는 다녀오는 데 시간이 꽤 걸리는 먼 곳에 있었다. 나는 카터 선생님이 내 준 숙제를 할 생각으로 공책과 펜을 챙겨 가방에 넣으며 다녀오는 길 에 글감이 떠오르길 바랐다. 국립우주센터에는 분명히 뭔가 중요한 것이 있을 텐데, 세브는 줄곧 우주 비행사가 우주에서 어떻게 오줌을 누는지만 이야기했다.

세브의 병(과 내 선택적 함구증) 때문에 오랫동안 가족끼리 외출하지 못 했는데, 그래서인지 차를 타고 가는 중에 멀미가 났다. 나는 엄마 아빠나 세브에게 말하지 못하는 곳에 가는 것이 싫다. 그건 기본적으로 집 이외 의 모든 곳을 의미했다. 하지만 세브의 기분에 전염되었는지 어쨌는지 국립우주센터에 주차할 때쯤엔 월석을 간절히 보고 싶었다. 예전에 아빠가 여섯 시간을 운전해 갔던 네이즈비 전투 세트장보다는 훨씬 신나는 일이 있어야 했다.

세브가 가장 먼저 보고 싶다고 한 것은 로켓 발사대였다. 엄마가 좀 천천히 가라고 했지만. 세브는 내 손을 잡고 달렸다. 로켓 발사대 앞에 서서 세브가 액체 수소와 공기역학 저항과 탈출 속도에 관해 들려주는데, 사람들이 모두 세브를 쳐다보았다. 세브가 아파 보여서가 아니라 세브의 지식에 감명받아서였다. 아빠가 세브의 어깨에 손을 얹었다.

"항상 말하지만, 브리태니커 백과사전은 내가 아이들을 위해 마련한 물건 중 최고야."

우리는 천체 투영관에서 별을 관찰했다. 별빛이 세브의 큰 눈과 활짝 웃는 얼굴을 비췄다. 그 모습을 보는데 단어들이 머릿속에 흘러들었다. 드디어 영감을 얻은 것이다. 집으로 돌아오는 차 안에서, 세브는 잠을 자고 엄마는 아빠 무릎에 손을 얹고 있는 동안 나는 (달리는 차 안에서 쓸 수 있는 최선의 글씨체로) 카터 선생님이 내 준 중요한 것에 관한 시를 썼다.

나는 작은 목소리로 시를 씁니다.
그래야 동생이 깨지 않거든요.
누나의 자리를 망쳐 버리면 안 되거든요.
나는 동생을 힘껏 안지 못합니다.
심하게 간지럽혀도 밤에 깨어 있게 해서도 안 돼요.
그럼 동생이 더 아플지 몰라요.
내 동생은 굉장한 아이예요.

여러 의미에서 그렇죠.

동생은 컴퓨터를 아주 잘 다루고 공룡에 관해서라면

온종일 떠들 수 있어요.

그 애는 반짝반짝 빛나는 별이 멋지대요.

그래서 밤하늘을 보는 걸 좋아하죠.

진짜 아플 때도 내 동생은 절대 울지 않아요.

이 세상 최고의 남동생이에요.

동생이 역겨운 짓을 해도 저는 상관하지 않죠.

그 애가 영원히 함께하길 기도해요.

동생은 아주 특별한 아이니까요.

○

세브는 줄곧 별 이야기를 했고, 방학은 빛의 속도로 지나갔다. 눈 깜짝할 새에 개학 전날 밤이 왔다. 잠자리에 들 시간이 되자 걱정이 비구름처럼 마음에 그늘을 드리웠다. 나는 메이너 중학교에 거대한 운석이 떨어지길 기도했다. 세브는 내가 말이 없어졌다는 사실을 눈치챈 듯했다. 내 방에 오더니 "누나, 왜 학교에 가기 싫어하는 거야?"라고 물었기 때문이다.

　내가 세브에게 못 하는 것이 하나 있는데, 바로 거짓말이다. (게다가 그 주에 이미 엄마 아빠에게 학교에 관한 거짓말을 해서 조금 걱정되기도 했다.)

　"내가 초등학교 때 어땠는지 너도 기억하지?"

　"누나가 말 못 했던 거?"

　"메이너 중학교에서도 그거 때문에 엄청난 별종 취급을 당하고 있어."

내가 고개를 끄덕였다. 세브 얼굴에서 웃음기가 가셨다.

"사실 친구도 사귀지 못했어. 그래서 학교 가기 싫어. 애들이 좀 못되게 굴기도 하고."

나는 '머저리!'라고 소리친 남학생과 탈색 머리 언니와 메이지와 코너와 루카스 메리 이야기를 세브에게 털어놓았고, 아침이 밝기 전에 거대한 운석이 메이너 중학교에 떨어지길 바란다고 했다. (세브에 따르면, 실제로 그 일이 일어날 확률은 1조 분의 1보다 낮다.)

"있잖아, 누나네 학교에는 슈퍼히어로가 필요해."

"부담 주지 마. 내가 슈퍼히어로라면 내 능력은 별나게 구는 걸 테니까."

세브가 눈을 커다랗게 뜨면서 "내 능력은 누나 쉬가 회오리 폭풍우처럼 쏟아져 나오게 만드는 거다!"라고 했다. 그러더니 학교 폭력 가해자들에게 회오리 폭풍 오줌을 쏘는 시늉을 하면서 몇 바퀴를 돌았다. 세브는 가끔 진짜 괴짜 짓을 한다.

"내가 언어 치료받는 중이라는 사실에 나도 놀란다니까."

내 말에 세브가 갑자기 멈춰 섰다.

"잠깐, 좋은 생각이 있어."

5분 뒤 세브는 망토를 두르고 나타났다.

"내 이름은 세브, 응가히어로다!"

세브는 나더러 책상다리를 하고 바닥에 앉으라고 했다.

"응가히어로가 특별 결계를 둘러 당신을 보호하겠습니다."

세브가 레고를 쌓아 내 주변을 둥그렇게 에워싸면서 스타워즈에 나온 대사를 읊었다. 그다음 지사제 약병을 만지라고 하더니 자신을 '역대급 회오리 폭풍 오줌을 갈기는 응가히어로의 왕'이라고 부르라고 했다. (나중에 그것은 결계를 치는 의식이 아니었다고 인정했다. 그러더니 미친 듯이 웃으면서 "낚였지롱!"이라고 말했다)

나는 세브가 만든 결계의 보호력에 심각한 의심을 품고 새 학기를 시작했다. 하지만 만약 매일 세브가 아침에 눈을 떠서 밤에 잠들기까지 어마어마하게 행복한 하루를 보낼 수만 있다면, 나도 이번 학기를 마칠 때까지 울지 않고 버텨 보겠다는 엉뚱하고도 신선한 결심을 했다.

나는 그 결심을 실제로 거의 이뤘다.

괜찮지 않아

다음 날 아침, 학교 갈 준비를 하는데 세브가 공룡 잠옷을 입은 채로 내려와서 나를 안아 주었다. (의사 선생님의 말과 달랐지만) 엄마는 세브가 훨씬 좋아 보인다고 했다. 나는 결계에 집중하면서 그것이 나를 감쌌다고 생각했다. 결계의 효력은 10초 정도 유지되었다.

영어관 건물로 들어서자마자 누군가 외치는 소리가 들렸다.

"그러지 마! 오늘 꼭 필요하다고! 돌려줘! 제발!"

그러자 다른 목소리들이 깔깔댔다. 덜컥 겁이 나면서 뱃속에서 두려움이 솟아올랐다. 소름이 오소소 돋고 뺨이 화끈화끈 달아올랐다. 에이드리언이 계단 아래에서 한 무리의 남학생들에게 트럼펫을 되돌려 받으려고 애쓰는 중이었다.

한 명이 트럼펫을 들고 있었는데, 에이드리언이 그걸 잡으려고 할 때마다 모두 낄낄 웃어 댔다. 그러다 갑자기 그 애들이 달리기 시작했다. 녀석들은 나를 칠 듯 지나치더니 큰 소리로 웃으며 건물 밖으로 나갔다. 에이드리언은 계단에 주저앉아서 울음이 터질 듯한 표정으로 텅 빈 트럼펫 가방을 바라보았다.

"혹시 쟤들 누군지 알아?"

에이드리언이 물었다. 내 목소리는 평소처럼 도망가 어디론가 숨어 버렸지만, 이번만큼은 바닥을 쳐다보지 않았다. 대신 고개를 저었다.

"엄마가 날 죽이려 들 거야. 쟤들한테 벌써 두 번이나 트럼펫을 뺏겼거든. 고자질하면 가만 안 두겠대."

에이드리언이 코트 소매로 눈물을 훔쳤다.

"엄마한텐 또 잃어버렸다고 해야지 뭐. 날 그냥 내버려 두면 좋겠어. 쟤들은 밴드 연습할 때도 맨날 훼방을 놔."

에이드리언은 눈물이 그렁그렁한 눈으로 나를 쳐다보았다. 나는 진심으로 에이드리언에게 위로의 말을 건네고 싶었다. 네 기분이 어떤지 안다고 말하고 싶었다. 하지만 머릿속 모든 말이 엉망진창 난장판 속에 갇혀서 생각했던 말을 단 한마디도 입 밖으로 꺼낼 수 없었다. 나는 고개를 숙이고 신발만 쳐다보았다. 괴롭힘을 일삼는 녀석들에게 맞서기는커녕 에이드리언이 당하는 걸 보고서도 말 한마디 못 하다니 너무 속상했다. (그런데도 에이드리언은 연못에서 트럼펫을 건져 내면서 그걸 지켜보는 나를 향해 웃었다.)

다음 날 점심시간에 사물함에서 캘리그래피 공책을 꺼내는데 트럼펫을 훔쳐 간 남학생 중 한 명이 내 옆으로 지나갔다. 그 애를 쳐다볼 생각이 전혀 없었는데, 내 눈이 자동으로 그 애를 쫓아 움직였다.

"뭘 봐?"

그 말을 듣자마자 목구멍이 나사로 조이고 자물쇠를 건 것처럼 꽉 잠겨 버렸다.

"왜 쳐다보냐고!"

남학생이 소리치더니 내 손에서 공책을 낚아챘다.

"크레이그 불! 지금 뭐 하는 짓이냐! 당장 이리 와!"

갑자기 누군가가 고함쳤다. 크레이그 불은 내 공책을 떨어뜨리고는 복도를 달려 사라졌다. 모르는 선생님이 다가왔다.

"괜찮니?"

내가 고개를 끄덕이자 선생님이 이름을 물었다. 하지만 목구멍을 잠근 자물쇠 때문에 소리가 나오지 않았다. 나는 입 모양으로 '로절린드요' 하고 말했다. 선생님은 "큰 소리로 말해라! 안 들린다!"라고 했다. 나는 어떻게든 소리를 내 보려고 했지만 입을 열 수 없었다. 선생님은 답답하다는 듯 한숨을 쉬더니 말했다.

"됐다! 회의에 늦어서 다음에 크레이그 불을 붙잡아서 말해 보마."

그 선생님이 뭐라고 했는지 몰라도 상황은 더 나빠졌다. 그날 이후로 사물함 근처는 크레이그 불의 새 놀이터가 되었다.

크레이그는 우리 가방 속에 든 물건을 쏟아 버리고, 손에 든 책을 쳐서 떨어뜨리고, 아이들의 물건을 마구 던졌다. 녀석은 트럼펫뿐만 아니라 점심 도시락까지 훔쳤다. 당한 아이가 한둘이 아니었다. 내 도시락은 딱 한 번만 훔쳐 갔다. 한 번에 그쳤다는 사실이 놀랍지 않았던 건, 그날 엄마가 아보카도와 블루베리와 땅콩버터의 조합을 실험할 겸 만든 샌드위치를 싸 주었기 때문이다. 다른 사람 괴롭히길 좋아하는 녀석들은 대개 아보카도가 든 음식을 싫어하는 모양이다. 다른 아이들은 점심 도시락을 자주 도난당했다.

크레이그가 무슨 짓을 해도 문제 삼는 학생은 없었다. 나는 선택적 함구증 때문에 침묵했지만, 다른 아이들은 겁 나서 얘기하지 못하는 것 같았다. 금요일에 카터 선생님은 방학 숙제로 제출한 중요한 것에 관한 시를 돌려주었다.

"별 스티커가 있다면 훌륭하게 잘 썼다는 뜻이에요. 앞으로 나와 친구들에게 시를 읽어 주세요. 만약에 숙제를 돌려받지 못했다면 점심시간에 교실에 남아서 시를 써야 해요. 제목은 '숙제는 아주 중요하다'입니다."

코너와 비니가 동시에 앓는 소리를 냈다.

심장이 뛰었다. 내 시가 카터 선생님 마음에 들면 좋겠다고 생각했다. 하지만 별 스티커는 없길 바랐다. 선생님은 내 책상에 시를 내려놓으며 나를 향해 미소 지었다. 종이 아랫부분에 별 세 개가 있었다. 선생님이 적은 글도 있었다. '아름다운 시야! 정말 감동받았단다. 언젠가 네가 직접 이 시를 읽어 주면 좋겠구나.'

내 표정은 얼어붙었지만 마음만큼은 활짝 웃고 있었다.

그날 점심에 킹슬리 선생님과 면담이 있었다.

"선생님들이 너에 대해 좋은 이야기를 많이 해 주시더라. 정말 열심히 한다며? 사서 선생님은 점심시간마다 네가 도와준다고 하셨고."

그 말에 살짝 웃었는데 뺨이 화끈거렸다.

"문장 카드가 좀 신경 쓰인다만."

나는 신발을 내려다보았다.

"브라이언트 선생님과도 이야기했는데, 일주일에 두어 번 정도는 점심시간을 도서관에서 보내지 않으면 어떨까 싶어."

목구멍에 부풀어 오른 혹을 꿀꺽 삼켰다.

"학교 이곳저곳을 좀 돌아다녀도 좋을 거야. 친구도 사귀고!"

그다음 주부터 선생님이 일러 준 대로 점심시간에 학교를 빠르게 몇 바퀴 돌았다. 가는 곳마다 내 눈에 띄는 아이들이 있었다. 바로 나 같은 노바디들이었다. 복도, 건물 모퉁이, 선생님이 절대 가지 않는 후미진 곳에서 그 아이들은 욕을 먹고, 빼앗긴 물건이 바닥에 나뒹구는 걸 보고, 하찮고 의미 없다는 듯 밀쳐졌다. 그런 광경은 선택적 함구증을 더 악화시켰다.

말하려 할 때마다 말이 목에 걸렸다. 그 장면이 자꾸 떠올라서 마치 저주에 걸린 듯 한마디도 꺼낼 수 없었다. 아무리 간절하게 소리쳐도 내가 할 수 있는 것은 아무것도 없었다. 그러던 어느 날, 나를 제외한 모두가 자신의 날숨이 하얀 입김으로 변하는 모습을 지켜보고, 나를 제외한 모두가 크리스마스에 눈이 올지 이야기하고, 나를 제외한 모두가 크리스마스 선물로 뭘 받게 될지 이야기하던 그날, 아빠가 엄마에게 하는 말을 들었다.

"어쩌면 세브의 마지막 크리스마스가 될지도 모르겠어."

그 말은 녹지 않는 거대한 얼음 조각처럼 내 심장에 와서 박혔고, 나는 어느 때보다 추운 12월을 보냈다.

뭐라고 말 좀 해

크리스마스가 다가오자 학교는 분주하게 돌아갔다. 모두가 들뜬 기색을 숨기지 못했고, 시간은 화살처럼 흘러갔으며, 코너와 메이지는 하루도 빼놓지 않고 나를 '머저리 별종'이라고 불렀다. '세브의 마지막 크리스마스'라는 말이 머릿속에서 떠나지 않았고, 그렇게 하루하루가 흘렀다. 스쿨버스 안에서 루카스가 장갑으로 내 목덜미를 때리면서 "말해, 머저리, 말해, 머저리!" 하고 노래하듯 반복했다. 매일같이 나는 수백 번 '제발 나를 내버려 둬!'라고 외쳤다. (물론 머릿속으로만 그랬다.)

　내가 학교에서 유일하게 좋아하는 시간은 도서관에 있을 때와 옥타비아 선생님과 상담이 있어 조퇴할 때다. 그건 두 주에 한 번 있는 두 시간짜리 체육 시간에 빠질 수 있기 때문만은 아니다. (나는 트램펄린이 정말 싫다. 존슨 선생님은 트램펄린 위에서 떨어질 경우를 대비해서 아이들을 트램펄린 가장자리에 둥글게 서 있게 했는데, 그 탓에 모두의 시선을 고스란히 받아야 했다.) 나는 옥타비아 선생님과 함께 있는 시간이 정말 좋아서 조퇴하는 날을 손꼽아 기다렸다. 물론 치료 시간이었지만 말이다.

역사 시간에 딘 선생님이 자리를 바꿔 앉도록 했다. 일종의 사회적 실험 의도가 있었는지 나, 그러니까 말 못 하는 별난 아이를 교실 맨 앞자리에 메이지, 그러니까 나를 싫어하는 것이 분명한 못된 아이와 같이 앉게 했다. 나는 맨 앞자리에 앉는 것이 싫었고, 메이지는 나에게 못된 말들을 속삭였다. 나는 딘 선생님이 하는 말에 집중하기가 힘들어서 뭘 하라는지 제대로 듣지 못했고, 교과서를 잘못 펴고 말았다. 그래서 노르만 정복에 관해 배우기를 포기하고 다음 학기에 있을 카디프 성 현장학습(기뻐할수 없는 또 다른 이유였다)이나 준비하자는 마음으로 튜더 왕조에 대해 세 쪽에 걸쳐 노트 필기를 했다. 메이지도 나와 똑같이 했다.

수업 시간 내내 메이지는 작은 목소리로 "뭐라고 말 좀 해 보시지?" "대체 왜 그러는 건데?" "진짜 별나다!" "그런 식으로 행동하면 누가 널 좋아하겠어!" "그러니까 친구 하나 없는 거야!" 같은 말을 마치 내가 모르는 걸 알려 주기라도 하듯 속닥거렸다. 딘 선생님이 보지 않을 때 메이지는 엘라를 돌아보면서 말했다.

"내가 왜 이런 별종이랑 앉아야 하는데?"

'그만 좀 해'라는 말이 목구멍까지 부글부글 끓어올랐다. 메이지의 막말을 들으면서 수업 내용과는 500년이나 동떨어진 시대의 정보를 학습하고, 내가 적는 모든 단어를 메이지가 베껴 쓰는 모습을 보는 일은 정말이지 불편했다. 수업이 끝날 즈음 딘 선생님이 말했다.

"이 질문에 대답해 볼 사람? 헤이스팅스 전투에서 누가 승리했을까?"

"클리브스의 앤이요."

메이지가 손을 들고 대답했다. (헨리 8세의 네 번째 왕비가 윌리엄 1세의 업

적을 대신하다니) 교실은 웃음바다가 됐다. 나만 빼고 말이다. 심장이 멎는 느낌이었다. 메이지는 이것도 다 나 때문이라고 생각할 것이 뻔했다.

수업을 마치고 사물함에 책을 집어넣는데 메이지가 다가오더니 일부러 나에게 부딪쳤다. 그럴 줄 알았기 때문에 충격받지는 않았다. 그냥 평소처럼 행동했다. 내가 아무 일도 없었다는 듯이 앞만 보고 걷자 메이지는 "미안하다고 해야지, 별종아!"라고 고래고래 소리 질렀고, 그 바람에 근처를 지나가던 아이들이 멈춰 서서 나를 쳐다보았다. 뺨이 달아오르고 부딪힌 팔이 욱신거렸다. 나는 신발만 내려다보았다.

메이지가 하라는 대로 그냥 미안하다고 말하고 끝내고 싶었지만, 목이 완전히 닫혀 버려서 그렇게 할 수 없었다. 목에 걸린 말들 때문에 숨이 막혔다. 모두가 보는 것은 완벽한 침묵뿐이었다. 그건 메이지 러브 같은 아이가 사과하라며 윽박지를 때 취할 만한 적절한 태도가 아니다. 메이지는 훨씬 더 세게 밀며 "미안하다고 하라고!"라고 소리쳤다.

메이지가 소리치자 뒤에서 누군가가 저러다 옷에 오줌 싸겠다고 했다. (그럴 생각은 전혀 없었다. 만약 말 못 하는 증상과 더불어 옷에 오줌 쌀 걱정까지 해야 했다면 나는 집 밖을 나설 생각조차 못 했을 것이다.) 메이지가 또다시 세게 미는 바람에 나는 바닥에 쓰러지고 말았다.

"왜 말을 안 하는 건데? 뭐 이런 머저리가 다 있어!"

나는 재빨리 일어나서 유일하게 안전하다고 생각하는 장소로 뛰어갔다. 바로 도서관이었다. 구데이커 선생님에게 우는 모습을 보이고 싶지 않아서 도서관 화장실로 들어갔다. 이 선택은 엄청난 실수였다. 화장실에는 여학생 세 명이 화장을 하고 있었다. 내가 문을 박차고 들어가자 한 명이 거울로 나를 보더니 큰 소리로 혀를 찼다.

"아, 진짜! 너 때문에 아이라이너 번졌잖아!"

거울에 비친 모습이 낯익다고 생각했는데, 아마도 같은 버스를 타고 다니며 마주친 언니인 듯했다. 미안하다고, 메이지가 자꾸 밀어서 도망치느라 그랬다고 말하고 싶었다. 하지만 아무 말도 나오지 않았다.

이번만큼은 반드시 말하고 싶었다. 그러면 그날 하루가 (그리고 남은 내 인생도) 조금은 나은 방향으로 풀릴 것이 분명했다. 웬일인지 내 뇌는 이런 식의 매우 곤란한 각본을 건네받으면 늘 내 뜻과는 반대로 작동한다. 만약 누군가 내 머리에 총을 겨누고 말을 하지 않으면 죽이겠다고 협박한다 해도 나는 말 한마디 못 할 거다.

이 상황은 나 같은 인간으로 사는 것보다 평범하게 사는 편이 백배는 좋은 까닭을 보여 주는 좋은 예다. 곧 다음과 같은 일이 벌어졌다.

화장이 번진 언니가 내 어깨를 잡더니 화장실 칸막이 안으로 밀어 넣었다. 그러고는 내 배를 아주 세게 쳤는데 어찌나 아픈지 헉 소리가 절로 났고 가슴이 바스러지는 느낌이었다. 숨을 쉬기 힘들었다. 내 의지와 상관없이 눈물이 줄줄 흘렀다. 그 언니가 내 머리통을 휘갈겼다. 옆에 서 있던 언니들이 깔깔대는 소리가 들렸다. 그 언니가 나를 미는 바람에 변기에 뒤통수를 부딪쳤다. 이러다 정말 죽겠다는 생각이 들었다. 도서관 화장실에서 말이다. 말을 하지 못한다는 이유로 목숨을 잃다니. 그때 불현듯 세브가 떠올랐고, 세브보다 내가 먼저 죽으면 엄마 아빠의 충격이 얼마나 클까 생각했다.

날 때리던 언니가 갑자기 "휴지" 하고 말했다. 처음엔 나에게 휴지를 주려나 보다 했다. 아무 소리도 내지 않았지만 내 눈에서 눈물이 펑펑 쏟아졌기 때문이다. 하지만 번진 아이라이너를 지우기 위해 휴지를 달라는 뜻이었다. 나는 떨리는 손으로 휴지를 건넸다. 언니는 거울 앞으로 가더니 번진 아이라이너를 지우고 함께 있던 언니들과 화장실을 나갔다.

　나는 꼼짝할 수 없었다. 완벽한 침묵 속에서 눈물이 흘렀다. 너무 많은 말들이 머릿속을 쾅쾅 두드려 댔다.

　말이 너무나 간절히 내 입을 통해 나오고 싶어 했다. 점심시간의 끝을 알리는 종이 울렸다. 나는 그 자리에 그대로 앉아 있었다. 수업에 늦고 싶지 않았지만, 머리가 너무 어지러워서 일어날 수 없었다. 구데이커 선생님이 나를 찾아 주길 간절히 바랐지만, 그런 일은 일어나지 않았다.

　머릿속의 말 폭풍이 잠잠해질 때까지 기다렸다가 쓰러질 것 같은 느낌이 가신 뒤에야 간신히 일어났다. 사무실로 가서 구데이커 선생님께 말 한마디 하지 않고 새하얀 거짓말을 했다. 그것은 나에게 일종의 성취였다.

　"로즈메리, 얼굴이 엉망이구나!"

　구데이커 선생님은 도서관에 공부하러 왔냐고 물었다. 몸이 안 좋은데 집에 데려갈 사람도 없고, 보건실 선생님도 자리를 비웠을 때 종종 있는 일이었다. 나는 고개를 끄덕였다.

선생님은 물 한 잔을 떠다 주고는 사무실에 있어도 되지만 공부는 할 생각도 말라면서 "솔직히 너 지금 온기가 도는 시체 같아!"라고 했다. 그 말은 가혹했지만 내가 느끼는 바와 정확히 일치했다. 온기가 돈다는 말만 빼면 말이다. 선생님은 읽을 책도 몇 권 가져다주었다. (책은 구데이커 선생님표 기적의 치료제였다.)

수업에 빠진 것을 들킬까 봐 조금 걱정되긴 했다. 로랑 선생님은 출석부를 가지고 다니지 않았는데 다른 선생님들처럼 내 존재를 거의 몰랐다. 나 역시 프랑스어를 몰랐기 때문에 상관없었다. 나는 우리말로 말하지 못한다는 문제만으로도 벅찼다.

그날 학교를 마칠 때까지, 아주 오랫동안 『제인 에어』의 한 페이지를 뚫어지게 바라보았다. 거기에 적힌 한 문장이 나를 마주 보고 있었다. '침묵을 지키다.' 그 부분을 찢고 싶었다. 내가 영원히 절대 하고 싶지 않은 한 가지가 있다면, 바로 침묵을 지키는 일이다. 메이너 중학교 학생들에게 하고 싶은 수백만 가지 말이 있지만, 모조리 머릿속에 갇혀 있었다. 사무실을 나서면서 작은 목소리로 구데이커 선생님에게 말했다.

"감사합니다."

"그래, 집에 가서 좀 쉬렴!"

선생님은 미소 지으며 말했다. 나는 스쿨버스를 타지 않았다. 아이라이너 번진 언니가 탔을까 봐 겁이 났다. 모자를 쓰고 장갑을 끼고 집까지 3킬로미터는 족히 넘는 거리를 걸었다. 차가운 바람이 얼굴을 찔렀다. 수많은 말이 머릿속에 뭉쳐 있는데, 걸을 때마다 말뭉치가 쿵쿵 울렸다.

집에 도착해서는 누구와도 말하고 싶지 않았다. 엄마를 크게 부르며, 버스가 늦었고 방에서 읽기 숙제를 해야 한다고 외치고는 엄마가 날 보기 전에 위층으로 올라갔다. 거울을 보았다. 추운데 먼 거리를 걸어서 뺨이 빨갰다. 울어서 눈도 빨갰다. 사람들이 겉모습만으로는 짐작하지 못하는 모든 것을 생각했다. 나는 마음으로 그것들을 느낄 수 있었다.

그날 밤 침대에 앉아 벽에 머리를 기대고, 세브가 아빠와 엑스박스 게임을 하며 웃는 소리를 들었다. 세브는 항상 그랬다. 세브가 어떻게 그렇게 행복할 수 있는지 궁금했다. 몸 안에 그렇게 안 좋은 것을 품고서 말이다. 좀 유별난 생각이지만 그날 밤만큼은 세브처럼 되고 싶었다. 세브는 보호받고, 문제없는지 항상 확인받고, 밤에 이불도 꼼꼼히 덮어 주고, 자주 안기고, 모두에게 사랑받았다. 세브는 메이너 중학교에 다닐 필요가 없다. 도서관 화장실에서 아이라이너가 번졌다고 때리는 사람도 없다. 슈퍼 세브니까. 학교에서는 나를 이해하거나 챙겨 주는 사람이 단 한 명도 없다. 내가 느끼기에는 그렇다. 나는 완벽한 노바디다.

나는 기뻐해야 할 이유를 찾으려 애썼다. 퀸니 아주머니는 그런 말을 입에 달고 살았다. 우리 가족을 예로 들면 먹을 음식도 충분하고, 가난하거나 누추한 곳에 살지도 않고, 퀸니 아주머니가 선교 봉사하러 갔을 때 본 사람들처럼 상처에 파리 떼가 달라붙어 잔치를 벌이지도 않는다. 하지만 그날 밤에는 기뻐해야 할 어떤 이유도 없었다.

몸과 마음은 완전히 지쳤는데 잠이 오지 않았다. 아이라이너 번진 언니에게 맞고 난 뒤, 나를 괴롭히던 메스꺼운 느낌이 좀처럼 가시지 않았다. 그 느낌은 절대 깨어날 수 없는 악몽처럼 그 자리를 지켰다. 꿈속 저 멀리 어렴풋이 학교가 보였다.

꾀병

다음 날 나는 학교 연극부에 들어가도 될 만큼 훌륭하게 꾀병 연기를 했다. 배를 잡고 끙끙 앓는 소리를 냈고 화장실에서 과장되게 아픈 소리를 냈다. 엄마는 나를 담요로 말아서 옆집으로 데리고 갔다. 퀸니 아주머니가 문을 열어 주었는데, 엄마가 죄송하다는 말을 너무 여러 번 하는 바람에 나는 조금 모욕감을 느꼈다. 엄마는 세브를 병원에 데려가야 하는데 내가 세브에게 병을 옮길 위험이 있다며 며칠만 아주머니와 지낼 수 없겠냐고 부탁했다. 나는 예상치 못한 상황에 뛸 듯이 기뻤다. 퀸니 아주머니는 전혀 그렇지 않았겠지만.

엄마는 나중에 들르겠다고 말하고 내 뺨에 입을 맞췄다. 퀸니 아주머니가 나를 빈방으로 안내했다. (아주머니네 위층에는 올라가 본 적이 없어 가슴이 두근거렸다. 퀸니 아주머니네서 지내는 일은 학교와 비교하면 다른 나라에서 보내는 휴가 느낌이었다.) 아주머니는 나를 침대에 눕히고 고양이 그림이 그려진 커다란 쟁반에 퍼즐과 따뜻한 레몬차와 노란 손수건을 올려 가져다

주었다. 얼마 지나지 않아 아주머니네 고양이 메리와 버나드가 나를 찾아왔다.

나는 공식적으로 아픈 몸이기 때문에 신난 기색을 감춰야 했다. 전날 학교에서 그런 끔찍한 일을 겪고 나서 퀸니 아주머니의 보살핌을 받자 적절한 치유와 돌봄을 받는 기분이었다. 모두에게 아프다고 거짓말해도 죄책감조차 들지 않았지만, 퀸니 아주머니가 빨리 낫게 해 달라고 기도해 주고 방을 나간 뒤 급히 회개 기도를 했다.

나는 힘없고 아픈 시늉을 하면서 천천히 퍼즐을 맞췄다. 퀸니 아주머니는 방 한쪽에 의자를 놓고 앉아서 좋은 삶을 위한 지침을 들려주었다. 퀸니 아주머니는 건강한 삶을 사는 방법, 자산가가 되는 방법, 악마의 손아귀로 미끄러지지 않는 방법 등등을 잘 알았다. 게다가 아주 맛있는 건포도빵을 만들었다. 퀸니 아주머니가 정확히 몇 살인지 몰랐지만, 아빠는 고대와 투탕카멘 시대 사이의 어느 때에 태어났을 거라고 했다. 아주머니가 그렇게 나이가 많다 해도 나는 상관없었다. 아주머니네 집은 항상 케이크 굽는 냄새가 났다. 또 아주머니는 실제로 하나님을 위해 헌신했다. 세탁기를 설계하면서 기도하지 않는 아빠보다 훨씬 나았다.

퀸니 아주머니는 말하는 동안 무릎 위에 성경을 펼쳐 두고서, 겨우 두어 번 들여다보았다. 성경 말씀 대부분을 외웠기 때문이다. 아주머니는 "항상 우리를 그리스도 안에서 이기게 하시고 우리로 말미암아 각처에서 그리스도를 아는 냄새를 나타내시는 하나님께 감사하노라"라고 했는데, 만약 세브가 이 말을 들었다면 예수님이 방귀쟁이라고 농담을 했을 게 분명하다. 나는 웃음을 참으며 퀸니 아주머니가 눈치채지 못하길 바랐다.

이야기가 끝날 무렵 나는 퍼즐을 완성했다(250조각이라서 시간이 꽤 걸렸다). 퀸니 아주머니가 말했다.

"질병은 도덕적으로나 영적으로 자신을 정화하게 해 준단다. 잘 버티면 영혼의 부패한 부분까지 제거할 수 있지!"

어떤 식으로 제거하는지 이해할 수 없었지만, 아플 때 아주 열심히 기도하면 영혼에 깃든 나쁜 것을 토해 낼 수 있다는 뜻으로 짐작했다. 퀸니 아주머니네 집 화장실에서 토하는 시늉을 하는 동안 나쁜 것이 나오지는 않았다. 만약 뭔가 나왔다면 새로운 나쁜 것이 그 자리에 들어가지 않았을까.

다음 날에도 나는 음식을 거부했다. 빨리 낫는 것처럼 보이고 싶지 않았다. 배가 고팠지만 학교에 다시 가야 한다는 두려움이 배고픔보다 훨씬 강했다. 퀸니 아주머니가 토스트와 토마토 수프를 먹어 보라고 했지만 싫다고 했다. 굶주림과 퍼즐 때문에 천천히 죽음을 맞이하는 느낌이었다.

퀸니 아주머니는 예수님이 수백만 명의 사람들을 위해 점심 식사를 마련한 이야기를 들려주었다. (그 이야기 때문에 더 배가 고팠다.) 이야기를 들으며 속으로 메이너 중학교에 다니면서 겪은 나쁜 일들을 세 보았다. 처음에는 음식이 충분하지 않았지만 진짜 기적이 일어나서 음식이 엄청 많이 남았다는 부분에 이르렀을 때, 나는 몇 개까지 세었는지 잊어버렸다.

나 같은 아이, 그러니까 말도 못 하면서 도서관 봉사나 하는 애는 아주 만만한 먹잇감이었다. 그렇다면 메이너 중학교에서 괴롭힘을 주도하는 부류가 쥐락펴락하는 다른 노바디들은 어떨까? 과연 우리는 그런 취급을 받아도 싼 짓을 한 걸까? 머릿속 감옥에 갇힌 말을 꺼낼 수만 있다면 학교 아이들에게 했을 말을 상상하기 시작했다.

내가 집중하지 않는다는 사실을 눈치챘는지 퀸니 아주머니가 헛기침을 했다. 아주머니는 다른 성경 구절을 찾아 읽었다. 나는 아주머니가 인정해 주길 바라면서 하나님께 감사하는 표정을 지었다. 또 천국을 바라는 듯 가끔 고개를 들고 끄덕이는 시늉을 했다. 아주머니는 버나드와 메리에게 얌전히 굴라고 말하더니 나에게 잘 자라고 인사했다.

나는 별로 피곤하지 않았고, 퀸니 아주머니의 말이 머릿속을 맴돌았다. 우리는 고통을 기쁘게 받아들여야 하는데, 그것이 우리를 더 나은 사람으로 만들어 주기 때문이라는 내용이었다. 그래서 세브 성격이 좋은 걸까? 세브야말로 굉장한 고통을 겪고 있으니 말이다.

나중에 엄마가 말하길, 세브가 특별한 약물을 투여받을 텐데 그러면 고통을 느끼지 않겠지만, 많이 졸릴 것이고 충분히 쉬어야 한다고 했다. 엄마는 "세브는 아주 잘하고 있어!"라고 했다. 하지만 세브는 잘 지내는 모습이 전혀 아니었다. 여전히 많이 웃었고 화장실을 다녀올 때면 "나는 백혈똥에 걸렸다!"라는 식의 역겨운 농담을 했지만.

나는 아이라이너 번진 언니에게 두들겨 맞은 고통이 나를 더 나은 사람으로 만들어 줄지 궁금했다. 구데이커 선생님과 엄마 아빠와 퀸니 아주머니에게 아프다고 거짓말하고, 무단결석까지 했으니 가능성은 희박해 보인다. 그런 생각을 하다가 양옆에 누운 메리와 버나드의 온기와 보송함에 위안을 받으면서 깜빡 잠이 들었다.

다음 날은 금요일이었다. 몸이 좀 나은 듯 행동해도 괜찮은 날이었다. 월요일까지는 학교 생각을 하지 않아도 되고 크리스마스까지는 일주일밖에 남지 않았다. 버나드가 내 머리에 올라와서 자고, 메리가 내 발가락을 생쥐처럼 가지고 노는데 며칠을 더 견딜 수 있을지 짐작하기 어려웠다.

아침을 먹고 퀸니 아주머니는 고급 캘리그래피 펜을 주면서 오전 내내 마음껏 연습하라고 했다. 그리고 내가 재능 있는 캘리그래퍼라고 했다! 나는 그 말을 몇 번 적어 보았다. 퀸니 아주머니가 교만하다고 생각할까 봐 종이를 가방 속에 감췄다.

그날 오후, 아주머니가 거실 나무 장식장에 보관해 둔 오스트리아제 특별 찻잔에 달콤한 차를 따라 마셨다. 작은 염소들이 뛰노는 그림을 손으로 직접 그린 찻잔이었다. 퀸니 아주머니는 내가 그 찻잔을 좋아한다는 사실을 알고 있었다. 그 찻잔은 아주머니네 집에 있는 물건 중 유일하게 고양이 그림이 그려지지 않은 것이었다. 아주머니는 아프리카에 선교 봉사하러 갔을 때부터 써 온 일기장을 꺼냈다. 내가 실제로 본 것 중 가장 오래된 물건 같았다. 퀸니 아주머니는 빼고 말이다.

일기장은 갈색 가죽 표지에 금박으로 '1962'라고 찍혀 있었다. 아주머니 말마따나 젊은 시절에는 필체가 훨씬 좋았던 것이 확실했다. 글자들은 완벽하게 선을 맞춰 있었고, 마침표도 정확한 동그라미 모양이었다. 아주머니는 일기의 한 구절을 읽어 주었다.

'하나님이 주신 소명이 점점 확실해지고 있다. 그분도 내가 그의 일을 행하며 옳은 길을 가고 있다는 사실을 분명히 알고 계신다.'

아주머니에게 '옳은 길을 가고 있다'는 말의 의미가 뭔지 물었다.

"우리에게는 각자 세상에 기여할 수 있는 부분이 있단다. 만약 우리가 옳은 방향으로 움직인다면 하나님께서는 자신이 기뻐하고 있다는 증거를 계시로 보여 주실 거야."

하지만 하나님의 계시는 무척 신비로워서 어떻게 보이는지 말로 표현하기 어렵다고 했다.

"네가 한 일을 기록하고, 네 인격을 성장시킬 방법은 일기를 쓰는 거야."

내 인격은 성장할 필요가 있지만, 학교에 있는 어떤 애들에 비할 바는 아니었다. 계속 일기를 읽었다.

'헨리 씨는 후원자들의 반대에도 계속 고아들을 위한 학교를 짓고 있다. 그의 옆에서 함께 일하는 것은 특권이자 축복이다. 하나님이 그를 보호해 주시고 항상 함께하시길 기도한다.'

아주머니가 그 시절에 어떤 모습이었을지, 헨리가 누구인지 궁금했다. 아주머니는 헨리라는 사람을 언급한 적이 없었다. 아주머니가 내 마음을 읽기라도 한 듯 "아, 헨리 오켈리!"라고 하더니 허공을 한참 바라보았다.

"옛날 사진이 몇 장 더 있을 텐데, 혹시 관심 있니?"

아마도 지루한 성경 이야기와 퍼즐 맞추기 탓이었을 거다. 나는 회복 중인 환자치고는 지나치게 열정적으로 보여 달라고 말했다.

아주머니는 다시 한동안 허공을 바라보다 말했다.

"아무래도 네 몸이 좀 나으면 그때 보는 것이 좋겠어." 그러더니 '진품명품 쇼'를 봐야 한다며 티브이를 켰다.

이상하게도 최근 들어 일기를 써 보라는 말을 두 번이나 들었다. 지난 상담 시간에 옥타비아 선생님도 감정을 해소하는 데 좋을 거라며 일기를 써 보라고 했다. 퀴니 아주머니도 하나님의 계시를 찾아보라며 일기 이야기를 했다. 그렇다면 일기를 쓰라는 하나님의 계시가 아닐까? 하지만 메이너 중학교에서 겪은 온갖 끔찍한 일을 기록할 이유가 뭐란 말인가? 그걸 읽을 사람은 나밖에 없지 않은가?

나는 하나님이 계시를 보여 주지 않을까 생각하며 창밖을 유심히 살폈다. 보이는 것이라고는 앞집 쓰레기통 뒤에서 연신 담배를 피우는 사람뿐이었다. 하나님은 은밀하게 움직인다지만 쓰레기통 뒤에서 담배 피우는 사람을 계시로 보여 주지는 않을 것 같다. 하나님의 계시를 좀 더 찾아보기로 했다.

하지만 그건 좋지 않은 생각이었다.

크리스마스 전주

학기 마지막 주는 별일 없이 지나갔다. 선생님들은 수업을 거의 하지 않고 평범한 학생들이라면 재미있다고 생각할 만한 것, 그러니까 팀별 퀴즈 대회나 게임이나 짝을 지어 겨울 노래를 만드는 활동을 했다. 나는 모든 수업이 엄청나게 두려웠다. 이런 수업을 즐기려면 한 가지가 필요한데, 바로 친구였다. 만일 친구가 없다면 목소리라도 있어야 한다. 나 같은 성격에 두 가지 모두 없다면, 크리스마스 연휴 전주는 어느 때보다 외롭고 두렵고 항상 함께하던 침묵도 유난히 거대하고 낯설게만 느껴진다.

옥타비아 선생님은 크리스마스 전에 같은 반 친구 중에서 말을 붙여 볼 상대를 찾아보라고 했다. 하지만 말을 붙이려 할 때마다 내가 아는 모든 말이 머릿속 거대한 눈보라에 갇힌 것 같았다.

무슨 말을 해야 할지 알았지만, 그 말이 목구멍 속에서 얼어붙었다.

딘 선생님이 역사 퀴즈를 내겠다며 나에게 친절한 에이드리언과 그 애의 친구들이 있는 모둠에 넣어 주었을 때와 같이 괜찮은 상황에서도, 내 말은 짙은 안개 속에 있는 것처럼 길을 잃었다. 나는 수킬로미터 떨어진 곳에 혼자 숨기라도 한듯 문제도 제대로 알아듣지 못했다.

옥타비아 선생님과는 평범하게 대화했기 때문에 학교에서 겪는 일이 무척 속상했다. 크리스마스 전 상담 시간에 선생님은 내가 사무실 문을 연 채로 선생님 앞에서 책을 읽은 것에 대해 엄청나게 발전했다고 칭찬했다. 문 쪽으로 등을 돌린 채 목소리는 진짜 작았고 호흡도 고르지 않은데다 여러 번 더듬거렸지만, 선생님은 해낸 건 해낸 거라고 했다.

선생님이 휴일 동안 말을 걸 목표를 세워 보라고 해서, 나는 모르는 누군가에게 한두 마디라도 해야겠다고 결심했다. 지금껏 해 본 적 없는 일이기에 엄청난 도전이었다.

방을 나서려는데 선생님이 "참, 잊어버릴 뻔했다!"라고 하더니 책상 서랍을 여닫고 가방을 들여다보면서 "어디 넣어 두셨나요, 여기?" 하고 노래를 불렀다. 그러더니 "아하!" 하고 외쳤는데 '하!' 소리가 진짜 높이 올라갔다. 선생님은 그렇게 찾아낸 꾸러미 하나를 나에게 건넸다.

"크리스마스까지 열면 안 돼!"

그러고는 최고의 소식을 들려주었다. 선생님은 아빠에게 내가 인터넷에서 선택적 함구증에 관해 찾아볼 수 있도록 컴퓨터 사용 시간을 늘려 달라고 부탁하겠다고 했다. 나는 아빠가 브리태니커 백과사전을 보면 된다고 할까 봐 살짝 걱정되었다. 하지만 그런 일은 벌어지지 않았다. 아빠와 선생님이 얼어붙을 듯 추운 주차장에서 이야기하는 동안 나는 햇살에 작은 보석처럼 반짝이는 얼음 조각을 쳐다보았다. 난생처음 크리스마스 때문에 신이 났다.

"글쓰기는 로절린드에게 정말 큰 도움이 될 거예요."

옥타비아 선생님은 이렇게 말하고, 아빠에게 내가 세운 말 걸기 목표를 덧붙였다. 아빠는 내 어깨에 손을 얹은 채 선생님 말을 들었는데, 그제야 아빠가 북극곰 발바닥 장갑을 끼고 있다는 사실을 깨달았다. 나는 창피해서 아빠 팔을 꽉 잡았다. 빨리 자리를 뜨고 싶다는 긴급 신호였다. 다 아빠 장갑 때문이었다.

"네, 이만 가 봐야겠네요. 로절린드를 잘 지도해 주셔서 감사합니다."

아빠가 말했다. 주차된 차로 향하면서 내 어깨에 발바닥을 올린 채로 "메리 크리스마스!" 하고 선생님에게 인사했다.

"메리 크리스마스!"

옥타비아 선생님의 목소리가 종소리처럼 들렸다.

○

학기 마지막 날 강당에서 크리스마스 특별 조회가 있었다. 나는 메이지와 함께 맨 앞줄에 앉았는데, 메이지의 친구들이 뒤에서 내 등을 두드리면서 머저리의 철자를 속닥거렸다. 그 애들은 계속 철자를 틀리면서 '머-절-이'라고 했는데, 브라이언트 선생님은 1분이 멀다 하고 '쉿' 하며 조용히 시켰다. 덕분에 내 머릿속에는 머저리의 잘못된 철자가 계속 떠올랐고, 뒤쪽으로 몸을 돌려 메이지 러브에게 크리스마스답지 않은 뭔가를 말해 주고 싶은 마음을 억누르기 힘들었다. 그 생각은 브라이언트 선생님이 메이지를 자기 옆자리에 앉게 할 때까지 계속되었다.

올해 메이너 중학교의 주요 성과에 관한 엔더비 교장 선생님의 훈화는 길지 않았다. 수학 퀴즈 대회의 전설 제니 베이커 이야기가 대부분이었다. 교장 선생님은 3학년 학생이 만든 '태양광으로 불이 들어오는 크리스마스 전구'를 보여 주었는데, 강당 불이 꺼지고 전구 불도 같이 꺼지기 전까지는 꽤 괜찮은 발명품처럼 보였다. 뒷줄에 앉은 학생들이 야유를 보내자 교장 선생님이 산타 할아버지는 버릇없는 아이들에게 선물을 주지 않는다고 했고, 학생들은 강당이 떠나가라 웃었다.

구데이커 선생님은 독서 마라톤 우승자를 발표했다. 수지 언니였다. 수지 언니는 얼굴을 붉히며 상을 받았다. 박수 소리와 함께 몇몇 학생들이 비웃는 소리가 들렸다. 갑자기 한 남학생이 "범생이!"라고 엄청나게 큰 소리로 외쳤다. 엔더비 교장 선생님은 그 학생에게 교장실로 가서 기다리라고 했고, 그제야 모두가 박수를 멈췄다. 교장 선생님은 이어 말했다.

"메이너 중학교의 자랑거리를 하나 더 소개합니다. 우리 학교 금관악기 동아리가 멋진 크리스마스 연주로 즐거운 크리스마스 분위기를 한껏 북돋겠습니다!"

금관악기 동아리는 '위 위시 유 어 메리 크리스마스'와 비슷한 노래를 연주했는데, 연주 시작이 제각각이고, 플루트 연주자의 보면대가 쓰러지기도 했다. 뒷줄에 앉은 남학생 한 명이 벌떡 일어서더니 "그것도 딱딱 못 맞추냐!"라고 소리쳤고 뒷줄에 앉은 학생들이 일제히 일어나서 광란의 파티라도 열린 듯 춤을 추었다. 강당은 순식간에 아수라장이 되었다.

"뒷줄 학생들은 휴일 동안 예의범절을 익혀야겠군요!"

교장 선생님이 말했다. 나는 그럴 가능성은 전혀 없다고 생각했다. 차라리 운석이 떨어질 가능성이 컸다. 운석이 날아와서 뒷줄 학생들과 메이지 러브와 아이라이너 번진 언니와 나에게 머저리라고 외친 남자애와 코너 몰드와 탈색 머리 언니와 그 언니랑 똑같은 모습으로 몰려다니는 언니들과 크레이그 불과 메이너 중학교의 무법자들을 모두 흔적도 없이 날려 버리는 상상을 했다.

고개를 조금 돌려 교장 선생님을 바라보는 학생들을 보았다. 고개를 숙인 채 신발만 내려다보는 아이들이 눈에 들어왔다. 저 아이들도 운석이 떨어지길 바랄까. 저 학생들에게 말을 걸 방법이 있다면, 메이너 중학교에 기적이 일어나길 바라는 노바디가 너희들만 있는 것이 아니라고 이야기할 텐데.

교장 선생님은 다음 학기가 시작될 무렵 폭설이 내린다면 어떻게 대처해야 하는지 이야기했다. 강당 여기저기서 흥분한 듯 웅성대는 소리가 나자 교장 선생님이 학생들을 제지했다.

"가능성이 극히 적겠지만 그런 상황이 발생해서 휴교를 해야 한다면 학교 홈페이지에 공지하겠습니다."

교장 선생님의 말에 내 마음속 무엇인가가 꿈틀대기 시작했다. 뇌가 뭔가를 말하는데, 내가 제대로 알아채지 못했다. 머리 위쪽 어딘가에서 작은 전구가 깜빡였다.

하얀 거짓말

세브가 병에 걸린 뒤로 엄마 아빠는 축하할 일이 있으면 지나치게 최선을 다했다. 이번 크리스마스도 예외는 아니었다. 아빠는 우리 집을 등불 축제장처럼 보이게 하려고 주말을 바쳤다. 창문을 빈틈없이 꼬마전구로 장식하고, 엄청나게 큰 산타 얼굴을 현관문에 걸었으며, 공기를 넣어 커다랗게 부풀린 눈사람 인형을 집 앞 작은 뜰에 설치했다. 눈사람이 바람에 흔들려서 지나가는 사람들을 향해 튀어 나가는 것처럼 보였다. 아빠는 하나도 창피하지 않은지 크리스마스 연휴 내내 순록 뿔을 쓰고 북극곰 발바닥 모양 장갑을 낀 채로 지냈다. 아빠의 DNA에는 사회적 어색함을 느끼지 못하게 막는 무언가가 있는 게 분명하다. 나는 항상 아빠와는 정반대로 느꼈다.

나는 옥타비아 선생님이 내 준 말하기 과제를 어서 하고 싶었다. 나는 집에서 멀리 떨어진 슈퍼마켓으로 가서 일하는 분에게 말을 걸기로 마음먹었다. 절대로 다시 볼 일이 없는 사람이라면 못 할 것도 없겠지 싶었다.

(아빠가 순록 뿔만 쓰지 않는다면 말이다.) 엄마는 우리 가족이 3년은 먹을 만큼 긴 식료품 목록을 적어 주었다. 그렇게 우리는 '낯선 사람에게 한두 마디 걸어 보기'라는 임무를 수행하기 위해 길을 떠났다.

"전방에 목표물 발견. 5번 계산대에 상냥해 보이는 계산원 아주머니."

아빠가 카트를 밀며 나에게 소곤댔다. (이런 식으로 별일 아니라는 듯 행동하다니 역시 아빠다웠다.)

옥타비아 선생님은 압박감이 너무 커지지 않도록 하라고 말씀하셨다. 너무 많이 생각하지 않고 (그리고 아빠가 스파이 흉내를 내면서 농담을 늘어놓기 전에) 상냥한 계산원 아주머니에게 갔다. 줄을 서서 기다리는데 마치 영겁의 시간처럼 느껴졌다. 나는 아빠가 두 시간 동안 마음껏 컴퓨터를 쓰게 해 주겠다고 약속한 데 생각을 집중했다. 아빠 말대로 한마디만 하면 임무 완료다. 아빠는 내가 불빛이 반짝이는 사슴뿔 머리띠를 하면 연휴 내내 무제한으로 컴퓨터를 사용하게 해 주겠다고 제안했다. 무슨 조건을 걸어도 내가 그 짓을 할 리 없다. 하나님이 내 선택적 함구증을 영원히 사라지게 해 줄 거라는 계시를 대천사 가브리엘을 통해 제안해 온다면 모를까. 하지만 그런 일은 절대 일어나지 않을 거다.

상냥한 계산원 아주머니가 우리를 향해 미소 지으며 인사했다.

"안녕하세요!"

나는 심호흡하고 짧게 '음' 소리를 낸 뒤 "안녕하세요!"라고 말했다. 의도치 않게 말소리가 너무 크게 나오는 바람에 몇몇 사람이 돌아보았다. 온 세상 사람들이 나를 쳐다보는 느낌이었고, 갑자기 상냥한 계산원 아주머니가 벨을 땡땡 울린 다음 스피커를 통해 "별나게 목소리가 큰 여자애가 5번 계산대를 찾아 주었어요!"라고 말하면 어떡하나 걱정했다. 아빠가 내 어깨를 두드렸다.

"물건 집어넣자!"

아빠는 장바구니를 건넸다. 그 행동은 내가 한 일이 '가장 평범한 행동'처럼 보이게 했다. 이번 도움만큼은 아주 적절했다.

내가 다진 고기가 담긴 병과 귤 봉지와 갖가지 다양한 청소 용품들을 장바구니에 담는 동안 아빠는 아무렇지 않은 척 행동했지만, 막 로또에 당첨된 표정으로 연신 눈을 깜빡이면서 눈물을 감췄다. 나는 비어져 나오는 웃음을 참기 힘들었다.

돌아오는 차 안에서 아빠가 말했다.

"정말 잘했다, 로절린드. 엄마한테 전화해서 말할까?"

"마지팬이 없어서 못 샀다고?"

"그래, 바로 그거지. 마지팬을 못 샀으니 설탕이랑 아몬드를 갈아서 직접 페이스트를 만들어야 한다고 하자. 그러면서 우리 어린 딸이 아주 용감하다고 슬쩍 흘려 볼까."

아빠가 웃었다.

"어린 딸? 아빠, 나 열네 살이야."

"그래, 마지팬은 못 찾았지만 사람이 북적대는 슈퍼마켓에서 겁을 잔뜩 먹고도 상냥한 계산대 직원한테 인사하는 우리 다 큰 딸내미."

아빠가 나에게 핸드폰을 건넸다. 솔직히 그런 식으로 불러 주니 기분이 꽤 괜찮았다.

○

크리스마스 전날, 엄마가 퀸니 아주머니를 저녁 식사에 초대하자고 했다.

"좋은 이웃이고 또 우리 용감하고 훌륭한 딸을 돌봐 주신 것에 감사해야지."

"그 집 고양이가 크리스마스도 아닌데 우리 정원 장미 덤불에 놓고 가는 갈색 선물도 잘 받았다고 인사하자."

아빠가 덧붙이자, 세브가 웃음을 터뜨렸다. 세브는 너무 웃는 바람에 사과 주스가 코로 나왔다.

"아주머니가 오시면 제발 다들 평범하게 행동하면 안 될까?"

내 말에 아빠가 크리스마스 장식용 방울을 귀에 걸어 보였다.

"미안하지만 우리 가족은 전혀 평범하지 않아서."

그러자 세브의 코에서 사과 주스가 더 많이 뿜어져 나왔다.

아빠는 퀸니 아주머니를 예수님의 '광팬'이라고 불렀다. 하지만 아주머니는 우리 가족과 함께하는 크리스마스 만찬을 내가 기대한 것만큼 즐기지 못하는 것 같았다. 우리가 속에 든 장난감을 확인하려고 크리스마스 크래커(크리스마스 파티용 폭죽)의 양쪽 끝을 힘껏 잡아당기자 폭죽 터지는 소리가 났다. 그 소리에 놀란 아주머니가 의자에서 벌떡 일어섰다. 또 아주머니는 나와 세브가 만든 UFO 모양의 고기 파이에는 손도 대지 않았다. 나중에 아빠는 아주머니가 브랜디를 아주 좋아한다고 했는데, 아주머니가 구운 감자를 내 오렌지주스에 떨어뜨린 까닭이 그 때문이었나 싶다. 엄마는 퀸니 아주머니가 식사하기 전 감사기도를 드릴 때나 세브가 '예수 그리스도 웅가스타'로 분장하기 전에 잠들어 버린 모습이 정말 귀여웠다고 했다.

크리스마스 날 아침, 세브는 너무 흥분해서 어쩔 줄 몰라 하며 망원경

포장지를 벗겼다. 나는 할 말을 잃었는데(집에서만큼은 흔치 않은 일이었다), 엄마 아빠가 크리스마스 선물로 휴대폰을 주었기 때문이다. (휴대폰을 갖고 싶다고 그동안 백만 번은 말했다. 딸에게 전할 말이 있을 때 손으로 적은 메모를 현관문에 테이프로 붙이는 건 옛날 사람들이나 하는 짓이라는 사실을 드디어 깨달은 모양이다.) 아빠가 엄마에게 물었다.

"마리 처제가 몇 시에 도착한다고 했지?"

으아아악! '엄청난 규모의 감정적 붕괴'라고 표현할 만한 기분이 나를 덮쳤다.

마리 이모처럼 생긴 거대한 폭탄이 내 위로 떨어져서 크리스마스를 완전히 박살 낸 느낌이었다. 내 머릿속의 모든 것이 거대한 말의 쓰나미가 되어 쏟아져 나왔다.

나는 울면서 엄마에게 소리쳤다. 마리 이모가 와 있으면 온종일 말 한마디 못 할 테고, 크리스마스를 입도 뻥긋 못 한 채로 보내는 건 너무나도 불공평하다고 말이다. 엄마도 울음을 터뜨리더니 미안하다고, 아빠가 말한 줄 알았다고, 지금 와서 오지 말라고 하기에는 너무 늦었다고 했다. 오늘은 크리스마스고, 마리 이모는 이미 차를 몰고 오는 중이며, 이모에겐 피트 이모부와 헤어지고 처음 맞는 크리스마스이기 때문에 함께 지내면 좋겠다고 생각해서 초대한 것뿐이라고 했다. 나는 퀸니 아주머니가 크리스마스 저녁 식사를 하러 가는 경로 모임에 이모도 가면 되지 않느냐고 소리쳤다.

"마리 이모는 늙은 할머니들의 모임 회원이 아니잖니."

아빠 말에 세브의 웃음보가 터졌다. 하지만 나는 울면서 소리쳤다.

"세브를 위해서 쓴 특별 감사 시도 읽을 수 없잖아! 그럼 낭독도 못 한 채로 영원히 내 주머니 속에 둬야 한다고. 학교에서 아무리 애써도 입 밖으로 나오지 않는 내 말처럼!"

나는 입을 다물어 버렸다. 우리는 크리스마스 장식용 반짝이 조각과 깜빡이는 꼬마전구와 찢어진 포장지와 텅 빈 선물 상자와 내가 막 내뱉은 모든 말에 둘러싸인 채 그 자리에 가만히 있었다.

엄마가 옆으로 와서 나를 끌어안았다. 내 머리를 쓰다듬으면서 아기를 어르듯 나를 흔들며 부드러운 목소리로 "괜찮아, 괜찮아, 괜찮아" 하고 반복했다. 나는 의도치 않게 마음속에 품고 있던 말을 모조리 쏟아 버렸기 때문에 머릿속에 아무 말도 남지 않은 기분이었다.

"누나, 괜찮아. 방금 엄청나게 좋은 생각이 났어. 내 말대로 하면 괜찮을 거야."

얼마 뒤, 우리는 식탁에 둘러앉았다. 그리고 새로 선물 받은 휴대폰에 녹음한 감사의 시를 같이 들었다. 사람들 앞에서 말을 하지 못하는 나를 위한 세브의 맞춤형 아이디어였다. 휴대폰 선물은 정말 신의 한 수였다. 그건 아빠의 우려처럼 구글 중독자가 되는 지름길이 아니었다(와이파이로만 인터넷이 가능한 모델이기 때문만은 아니다).

"하나님, 감사합니다. 아마 눈치채셨을 거예요. 하나님께서 창조하신 지구에서 제가 말할 수 있는 장소는 많지 않답니다. 저에게 말할 수 있는 집을 주셔서 감사드려요. 무엇보다 감사드리고 싶은 건 세상에서 가장 멋진 남동생을 주셨다는 점이에요. 세브 덕분에 하루하루가 특별하답니다. 그러니 제발, 반드시 우리가 오래오래 함께 크리스마스를 보낼 수 있게 해주세요. 아멘."

엄마는 이렇게 멋진 감사의 시는 처음 들었다며 울었고, 마리 이모는 내 목소리를 난생처음 들었는데 어쩜 이렇게 사랑스럽냐고 울었다. 아빠는 엄마가 만든 셰리 트라이플 케이크를 너무 많이 먹었다며 조금 울었다. 세브는 자기가 크리스마스 크래커 속에 넣은 농담을 들려주었는데, 하나같이 진짜 지저분했다. 그러고 나서 아빠가 크리스마스 푸딩에 초를 밝혔고 우리는 '생일 축하합니다, 예수님' 노래를 불렀다.

저녁을 먹고, 날씨가 엄청 추웠지만 모두 밖으로 나가서 세브가 선물로 받은 망원경으로 별을 보았다. 세브는 별자리 이름을 알려 주면서 별은 밤에만 보이지만 실은 항상 그 자리에 있다고 했다. 그때쯤엔 크리스마스를 망쳤다는 생각은 어디론가 사라지고 없었다. 마리 이모는 집으로 돌아가고 세브는 잠자리에 들고 나는 방에서 책을 읽는데 엄마가 들어왔다.

"아까 네가 학교에서 말을 못 한다고 한 것 때문에 그러는데 잠깐 '진지한 대화'를 나눌 수 있을까?"

엄마 말에 심장이 툭 떨어지는 느낌이었다. 나는 평소 기분으로 돌아와 있었고, 무엇보다 진지한 대화는 피하고 싶었다. 그래서 이렇게 말했다.

"괜찮아, 엄마. 내가 알아서 할게."

"생각해 보니 그 일 때문에 네가 자주 화가 났던 것 같아. 그걸 이제야 알다니 나랑 아빠는 정말 마음이 아파. 우리는 네가 잘 지내는 줄 알았어. 말하기 목표도 정하고 슈퍼마켓에서 모르는 사람에게 인사도 하기에 괜찮은 줄 알았지. 학교에서 말 한마디 못 하고 지낸다는 걸 왜 말하지 않았어?"

나는 어깨를 으쓱했다.

"엄마가 항상 속상해 보여서. 상황을 더 나빠지게 하기도 싫고. 어쨌든 엄마 아빠가 어떻게 해 줄 수 있는 게 아니잖아. 애들이 나를 별나다고 생각하는 것도 당연해."

"넌 별나지 않아."

그때 아빠가 사슴뿔 머리띠를 한 채로 고개를 들이밀었다. 나는 이불을 머리 꼭대기까지 끌어올렸다. 엄마 아빠에게 실제로 학교에서 상황이 얼마나 안 좋은지 말하고 싶지 않았다. 집 안에 따뜻하고 밝은 오렌지빛 햇살이 감도는데, 다시 잿빛으로 물들게 하고 싶지 않았다.

"로절린드, 아침마다 학교까지 태워 줄 수 있어. 가능한 날엔 데리러 갈 게. 그렇게 하면 걱정거리가 조금은 줄 것 같은데. 담임 선생님에게 네가 더 편안하게 지내도록 도와 달라고 부탁하는 방법도 있고."

나는 이불 밖으로 나왔다.

"아빠, 담임 선생님한테는 말하지 않아도 돼. 그냥 학교 갈 때 데려다 주기만 해도 훨씬 나을 거야. 스쿨버스는 정말 최악이거든. 너무 시끄럽 고 시작부터 안 좋았어. 나머지는 킹슬리 선생님이랑 잘해 볼게."

그 말만큼은 새빨간 거짓말이 아니었다.

아빠는 깊게 숨을 들이마시더니 엄마를 바라보고 고개를 끄덕였다.

"그래. 꼭 솔직히 얘기해 주면 좋겠어. 뭔가 어렵다 싶으면, 그러니까 아이들이 별종이라고 부른다거나 그 비슷한 일이 또 생기면, 아빠가 학교에 가서 킹슬리 선생님과 담임 선생님에게 말할 거다."

이번 진지한 대화는 꽤 괜찮은 결과를 가져왔다. 아빠가 매일 아침 학교에 태워다 주고, 엄마도 너무 자주 울지 않으려 노력하겠다고 했으니까. (그것만큼은 하얀 거짓말이 분명했는데, 엄마가 안아 줄 때 내 뺨에 엄마의 눈물이 묻었기 때문이다.)

그날 밤 나는 크리스마스 마라톤을 뛰고 난 느낌이었다. 너무 피곤한 나머지 언제 잠들었는지 기억조차 나지 않았다. 다음 날 아침, 잠에서 깨자 엄마가 아침 식사를 침대로 가져다주었는데 쟁반 위에 직사각형 모양의 선물이 있었다.

"크리스마스트리 아래에 있더라. 깜빡 잊고 있었지 뭐야!"

옥타비아 선생님이 준 선물이었다. 상자 속에는 일기장이 있었다. 코랄 핑크색 일기장에는 짙은 푸른색 글씨로 '일급비밀'이라고 적혀 있었다. 속 표지에 옥타비아 선생님이 적은 글귀가 있었다.

평범해지려고만 한다면,
당신이 얼마나 놀라운 존재인지 결코 알 수 없을 겁니다.
— 마야 안젤루(미국의 시인이자 소설가) —

나는 그 글을 읽고 또 읽었다. 되풀이해서 읽을 때마다 머리 위의 전구가 깜빡거리더니 환하게 불이 들어왔다. 머릿속으로 물처럼 맑은 생각이 흘러들었고, 그 생각이 모든 것을 바꿨다.

'만약 내가 노바디가 아니라 중요한 사람이 된다면 어떨까?'

진지한 대화

다음 날 아침, 엄마 아빠는 셰리 트라이플 케이크를 너무 많이 먹은 후유증으로 기진맥진했다. (케이크 스펀지를 적신 셰리 와인이 문제였다.) 세브가 간호사 선생님들에게 여러 가지 검사와 처치를 받는 동안, 나는 방에서 기발한 아이디어를 실천할 계획을 세웠다. 바로 '완벽한 노바디에 말도 못하는 여자애가 메이너 중학교에서 목소리를 내는 것'이었다. 은유적으로 표현하자면 '메이너 중학교에 운석 떨어뜨리기'다.

나는 새 일기장에 내가 가진 가장 좋은 캘리그래피 펜으로 계획을 적었다. 세브의 검사를 마친 간호사 선생님이 아래층으로 내려가자, 나는 세브 방으로 가서 도움을 청했다. 내가 학교를 위한 재능 기부라고 하자 세브가 '별똥별 프로젝트'라고 이름 붙였다. 똑똑한 녀석답게 순화를 한 것이다.

엄마 아빠가 주방에서 간호사 선생님과 이야기하는 동안, 나와 세브는 대화를 방해하지 말라며 아빠가 허락한 무제한 컴퓨터 사용 시간을 활용

했다. 세브는 내가 설계한 대로 컴퓨터 프로그램을 짰는데, 세브에게 내가 직접 관리할 방법을 알려 달라고 했다. 세브는 웹사이트에 업로드할 그림을 그렸고, 나는 서체를 고르고 윤곽을 잡았다. 내가 생각했던 대로 결과물이 나왔다. 별똥별 프로젝트를 시작하기 전에 나는 세브와 진지한 대화를 나눴다.

"잘 들어, 엄마랑 아빠한테 절대 이야기하면 안 돼, 알았지? 이건 일급비밀이야. 약속해 줘."

"절대 말 안 해. 약속할게. 이건 비밀 임무잖아. 누나는 슈퍼히어로니까!"

세브가 잠깐 생각에 잠기더니 다시 입을 열었다.

"내 침묵의 대가는 그렇게 비싸지 않아."

나는 그날 온종일 세브에게 새 휴대폰을 넘겨야 했다. 세브는 곧바로 엄마와 아빠를 적으로 지칭했다.

프로젝트의 핵심은 나의 새 일기였다. 이것은 수백 년 동안 장롱 속에 간직해 둔 퀸니 아주머니의 일기장과는 달랐다. 옥타비아 선생님이 '일급비밀'이라고 겉표지에 적어서 선물한 것과도 달랐다.

내가 일기에 기록할 글은 '일급비밀'과는 정확히 반대였다. 온라인상에서 '누구나' 읽을 수 있으니까.

마침내 나는 학교에서 목소리를 내게 되었다. 그렇게 절실히 원하던 목소리를 말이다. 나 자신을 포함해 메이너 중학교에서 아무 말도 못 하고 고통당하는 노바디들을 대변할 만큼 커다란 목소리를. 이 목소리는 내가 하고 싶었지만 그러지 못했던 말들을 모두에게 들려줄 것이다.

글은 모두 익명으로 게시되어야 한다고 세브에게 여러 번 이야기했다.

별똥별 프로젝트라는 이름으로 이메일도 만들었다. 아무도 내가 누군지 추적하지 못하게 철저히 확인했다. 슈퍼 남동생 덕분에 미스 노바디는 익명성이라는 방패로 보호받았다. 정체성을 숨기기 위해 마스크를 쓴 진짜 슈퍼히어로처럼 말이다. 내 마스크는 컴퓨터 코딩으로 만들어졌지만.

나처럼 작고 하찮고 매일같이 괴롭힘을 당하는 노바디들은 목소리 높여 지지해 줄 누군가가 필요하다.

미스 노바디야말로 적임자였다.

미스 노바디 : 메이너 중학교의 학교 폭력을 고발하다

나는 미스 노바디입니다.

머저리, 별종, 책벌레, 돌연변이 괴물, 왕따, 노바디 여러분.

이제 우리가 목소리를 낼 때입니다.

학교에서 우리는 늘 외롭게 지냅니다. 우리처럼 조용한 학생들은 투명인간 취급을 당하기 일쑤죠. 어쩌면 그보다 더한 취급을 받고 있는지도 모릅니다.

얼마나 많은 학생이 그저 존재한다는 이유만으로 학교 폭력의 희생자가 되어야 합니까? 점심 도시락이 다른 누군가의 뱃속으로 들어갈 것을 뻔히 알면서 점심을 싸 오는 학생들은 또 얼마나 많을까요? 소중한 악기가 연못에서 발견되는 사건은 어떻습니까? 좋아하는 책이 낙서투성이가 되는 일은 어떻고요? 체스 말들이 2층 창문에서 운동장으로 추락해도 괜찮은 걸까요?

그저 다르다는 이유만으로 괴롭힘을 당해야 할까요?

그건 잘못된 일이라고 말한 학생은 몇이나 있을까요?(말을 못 하긴 저도 마찬가지였습니다.)

메이너 중학교에서는 멍청하고 심술궂은 짓이 환영받습니다. 그런 짓으로 인기를 얻은 학생들은 노바디들의 심장에 두려움을 심어 놓습니다. 존재감을 얻기 위해 존재감 없는 사람을 다치게 합니다.

우리는 겁을 잔뜩 먹고 아무 말도 못 합니다.

이젠 바뀌어야 합니다.

이 블로그에서 저는 잔인한 학교 폭력 가해자들과 자만한 무리에 맞서고, 우리를 생생한 지옥에서 살게 한 학생들을 고발하겠습니다.

원주율 파이는 매점에서는 파는 빵 이름이 아니고, '방사성 탄소를 이용한 연대 측정법'은 새로운 티브이 쇼 제목이 아니며, 모나리자가 셀카를 찍은 것이 아니라는 사실을 아는 우리를 이제 목소리 높여 지지하려 합니다.

이 블로그를 중심으로 우리끼리 힘을 합치고 (바라건대) 서로 도왔으면 합니다. 메이너 중학교에서 괴롭힘을 당하고 있는 여러분은 절대 혼자가 아닙니다. 저도 오랫동안 그런 일을 겪었습니다.

여러분은 어떨지 모르겠지만, 저는 가만히 있는 데 정말 진절머리가 납니다.

메이너 중학교는 바뀌어야 합니다. 그리고 (여러분의 도움을 받아) 제가 그 일을 하겠습니다.

메이너 중학교의 폭력 가해자들, 여러분도 잘 들으십시오. 더는 조용히 있지 않을 겁니다. 제 생각을 정확히 말하겠습니다.

노바디 여러분도 함께하길 바랍니다.

메이너 중학교의 폭력 가해자들에 맞섭시다.

나는 미스 노바디입니다.

이제 할 일은 '발행' 버튼을 클릭하는 것뿐이다.

떠도는 소문

새해 전날 밤, 엄마 아빠는 나와 세브가 늦게까지 불꽃놀이 보는 것을 허락했다. 우리 집은 언덕에 있기 때문에 뒷마당에서 불꽃이 마을 여기저기로 흩어져 사그라지는 모습을 볼 수 있다. 내가 펑펑 터지는 소리를 싫어해서 엄마가 폭신한 귀마개를 씌워 주었다. 우리는 색색의 불꽃이 하늘에서 터지는 모습을 보았고, 작은 폭죽을 손에 들고 이름을 쓰기도 했다. 엄마와 아빠와 세브가 '슈퍼 세브'라는 글자를 세 겹으로 커다랗게 쓰면서 새해 행운이 가득하기를 기원하는 동안, 나는 폭죽을 돌려서 작고 반짝이는 글씨로 '미스 노바디'라고 썼다.

다음 날 아침, 세브가 나더러 포스터를 만들면 어떻겠냐고 아이디어를 냈다. 인터넷에는 수없이 많은 웹사이트가 있기 때문에 엄마 아빠가 내 블로그를 우연히 발견한다면 그저 엄청나게 운이 나쁜 것이고, 실제로 그런 일이 벌어질 가능성은 거의 없으며, 무엇보다 두 분은 이메일을 확인하는 일조차 어려워한다고 했다. 나는 아무리 그래도 엄마 아빠가 퀸니 아주머니만큼 컴맹은 아니지 않냐고 했다. 내가 아는 한 아주머니는 인터넷에 접속해 본 적이 없다.

미스 노바디 블로그의 글을 읽는 사람이 나 하나뿐이라면 학생들에게 이야기한답시고 블로그에 글을 써도 소용없는 일이다. 그건 범죄와 싸우는 슈퍼히어로가 범죄자들이 범죄를 저지르지 않는다는 사실을 깨달은 것과 같다. 안 될 말이다. 메이너 중학교의 노바디들을 변화시키려면 모두가 글을 읽어야 했다. 그렇게 할 유일한 방법은 광고뿐이었다.

학교 신문에 다짜고짜 광고를 낼 수는 없었다. 우리 집 프린터는 언제 마지막으로 썼는지 기억나지 않을 정도로 오랫동안 고장 난 채로 있다. 하지만 도서관 봉사위원회라는 내 위치를 활용하면 된다. 그 일을 하면서 누릴 수 있는 몇 안 되는 특권 중에는 도서관 복사기를 언제든 허락 없이 사용할 수 있다는 점이다. 원칙적으로는 구데이커 선생님에게 먼저 물어봐야 하지만, 나는 선생님이 중요한 프로젝트를 위해 도서관의 작은 규칙 하나쯤 어기는 일을 불편해하지 않으리라 확신했다.

세브는 자기를 수석 디자이너 겸 프로그래머로 승진시켜 주면 포스터에 쓸 그림을 더 그리겠다고 했다. 그러면서 직급이 적힌 배지를 만들어 달라고도 했다.

"비밀 임무를 수행하면서 배지를 달다니 좋은 생각이 아니야. 사람들이 눈치채잖아."

내 말에, 세브는 비밀 임무를 수행할 때만 배지를 달 거라고 했다. 이쯤 되자 세브의 조건을 받아들일 수밖에 없었다. 세브는 이 계약을 더 달콤하게 성사시키기 위해 내 크리스마스 초콜릿까지 달라고 했다. 나는 남은 크리스마스 연휴를 포스터에 쓸 캘리그래피를 완벽하게 다듬고, 내 남동생이 어쩌다 저런 사기꾼이 되었을까 생각하며 보냈다.

미스 노바디 때문인지 다시 학교에 다니는 일이 예전처럼 무시무시한 재앙처럼 느껴지지는 않았다. 솔직히 이상하리만치 학교 가는 일이 기다려졌다. 말을 못 한다고 그렇게 걱정할 필요도 없었다. 미스 노바디가 나를 대신해서 모든 걸 말해 줄 테니까.

아빠가 학교까지 데려다주는데도 학교 가는 길이 썩 편하지 않았다. 머릿속엔 지관통 속에 감춰 둔 포스터 생각뿐이었다. 더 걱정되는 건 크레이그 불이 지관통에 든 것들을 바닥에 모조리 쏟아 버리는 것이었다. 한편으로 무척 흥분되기도 했다. 나는 아빠에게 인사한 뒤 고개를 푹 숙이고 해야 할 일에 집중했다. 바로 말 한마디 하지 않고 미스 노바디를 모든 사람에게 알리는 일이었다.

등교 첫날이 좋은 점 한 가지는 친구들을 만나 들뜬 덕분에, 노바디를 들볶을 겨를이 없다는 것이다. (나쁜 점은 하찮고 친구도 없다는 사실을 새삼 다시 느낀다는 것이다.) 나는 점심시간까지 포스터를 들키지 않고 버텨야 했다. 사물함 앞에서 크레이그 불을 따돌리는 데 성공하면, 내가 올바른 길로 가고 있다는 하나님의 첫 번째 계시로 생각할 작정이었다.

구데이커 선생님은 점심 회의를 오래 끌었다. 우리는 창가의 둥근 책상에 앉아서 선생님이 말하는 동안 점심을 먹었다. 점심을 혼자 먹을 필요가 없어서 도서관 회의 시간이 좋았다. 나는 크레이그를 피했지만, 녀석이 다른 도서관 위원을 건드린 것이 틀림없었다. 수지 언니의 도시락엔 으깬 바나나뿐이었고, 윌리엄 오빠의 샌드위치는 기네스북으로 짓이긴 모양새였다.

구데이커 선생님은 이번 학기에 있을 도서관 행사 이야기를 했는데, 그

중엔 도서 주간도 있었다. 화려하지도 않고 예산도 엄청 적다는 점만 빼면 오스카상과 맞먹을 만한 행사였다. 래짓 오빠가 3학년이라는 이유로 도서 주간 책임을 맡았다. 래짓 오빠는 구데이커 선생님의 손을 툭툭 치면서 말했다.

"잘해 보겠습니다, 선생님."

수지 언니는 도서 주간만큼은 점심시간에 도서관이 미어터진다고 했다. 구데이커 선생님은 학교가 독서로 들썩인다고 했다. 정말 믿기 힘든 얘기였다. 경험상 온 학교가 들썩이려면 누군가 운동장에서 먼지 나게 두들겨 맞아야 했다.

구데이커 선생님이 나에게 도서관 장식을 도와 달라고 부탁했다.

"네 손글씨가 그렇게 예쁘다며? 좀 도와줄래?"

두 손으로 감싼 뺨이 활활 타오르는 느낌이었다. 나는 작은 목소리로 "네" 하고 대답했다. 도서관 봉사자들 앞에서 처음으로 소리 내서 말한 것이라 심장이 튀어나올 정도로 세게 뛰었다. 하지만 아무도 뭐라 말하지 않았다. 나중에 아빠는 도서관 봉사위원회 학생들이 나름의 사회성 문제가 있을지도 모른다고 했다. 점심시간 내내 스도쿠를 푸는 래짓 오빠를 떠올려 보면 아빠 말이 맞을지도 모른다.

래짓 오빠는 반복성 긴장 장애 때문에 도서관 장식을 돕지 못한다고 했다. 월드 오브 워크래프트 게임을 너무 많이 해서 생긴 병이라나. 래짓 오빠의 양쪽 손목에는 특수 압박붕대가 감겨 있었다. 부모님이 게임을 금지하면서 학기 내내 팔을 쓰면 안 된다고 했단다.

"선생님, 선생님 컴퓨터로 게임 레벨을 좀 따라잡으면 안 될까요. 다른 컴퓨터로는 게임을 할 수 없어서요."

"래짓, 책을 좀 읽지 그러니?"

래짓 오빠의 부탁에 구데이커 선생님이 대꾸했다. (선생님은 누구에게나 그렇게 말한다.) 반복성 긴장 장애가 생길 정도로 오랫동안 컴퓨터를 사용하도록 아빠가 나를 놔두는 일은 상상도 안 갔다.

회의가 끝나자 나는 모두 자리를 뜬 뒤 구데이커 선생님이 커피 마시러 나갈 때까지 기다렸다. 주변에 아무도 없다는 걸 몇 번이나 확인한 뒤 복사기가 있는 사무실로 갔다. 복사하는 데 시간이 오래 걸리지는 않았다. 하지만 복사기 소리가 너무 요란하고 무척 느려서 구데이커 선생님에게 들킬까 봐 간이 오그라들 지경이었다. 만에 하나 들킨다면 순진무구한 표정으로 공지 게시판을 보면서 모든 사실을 부인할 작정이었다. 어쨌든 구데이커 선생님이 나를 의심할 가능성은 극히 적다. 그 점은 별똥별 프로젝트 최고의 장점이다. 내가 블로그에 글을 올린다고 의심할 사람은 아무도 없었다. 대부분 내 뇌도 혓바닥만큼이나 조용할 거라고 생각했고, 그렇지 않다 해도 학교에서 가장 조용한 아이로 지내는 것은 완벽한 알리바이였다.

마침내 복사기가 마지막 종이를 뱉어 냈다. 나는 복사한 포스터를 폴더에 넣고, 구데이커 선생님의 스테이플러와 테이프를 주머니에 넣었다. 그러고 나자 구데이커 선생님이 학교에 붙이라던 독서 주간 포스터 더미가 눈에 띄었다. 하나님의 계시였다! 하루에 두 개나 보여 주시다니! 나는 포스터 뭉치를 집어 들고 구데이커 선생님에게 포스터를 붙이겠다는 쪽지를 남겼다. 도서관 밖에서 이렇게 자신감이 넘치기는 처음이었다. 완전히 새로운 느낌이었다.

몰래 포스터를 붙이는 일은 누구에게도 쉽지 않은 일이다. 하지만 나

같은 노바디로 지내면 가까이 다가가도 보이지 않는 능력이 생긴다. 게다가 도서 주간 포스터도 있으니 아무도 의심하지 않을 것이다.

예술관부터 시작했다. 무용실에서 음악 소리가 흘러나왔고, 미술실 밖에는 3학년 몇 명이 모여 있었다. 아무도 나에게 관심을 보이지 않았다. 도서 주간 홍보 포스터를 작은 발레리나 그림들로 장식된 게시물 옆에 붙였다. 정말 예쁜 그림인데 누군가 펜으로 가슴을 그려 망쳐 놨다. 아무도 나를 보고 있지 않다는 걸 확인한 뒤에 미스 노바디 포스터를 붙였다.

몰래 여기저기 포스터를 붙이느라 점심시간을 다 썼다. 그런데도 포스터가 남았다. 종이 울렸지만 비밀 홍보 캠페인을 완전히 마무리하고 싶었다. 보건 시간에 늦을 듯했지만, 브라이언트 선생님에게 메모를 남겨 구데이커 선생님을 돕는 중이라고 하면 문제 해결이 가능했다. 일종의 하얀 거짓말이지만 도리가 없었다. 어쨌든 아무것도 확인하지 않는 건 브라이언트 선생님의 장점이다(동시에 단점이다).

하나님이 미소 지으며 나를 내려다보고 계신다는 믿음으로(도서관 물품을 포함해 아주 사소한 범죄 몇 가지를 저지르긴 했지만) 남은 포스터를 가지고 도서관으로 가서 포스터를 접어 진열대에 놓인 책 사이에 끼워 넣었다. 그러고는 나의 새로운 목소리가 크고 분명하게 전달되는 데 시간이 오래 걸리지 않기를 희망했다.

도서관을 걸어 나오는데 어떤 말들이 내 목구멍을 간질이는 느낌이 났다. 입을 벌려 차가운 공기 속으로 그 말을 속삭이자 말이 나를 투명 망토처럼 감싸는 느낌이었다.

"나는 미스 노바디입니다."

짧은 기도

다음 날 아빠가 나를 일찍 깨웠다. 엄마는 한밤중에 세브를 병원에 데려 갔는데, 세브를 보러 가야 하니 학교를 빠져야 한다고 했다. 아빠는 길이 막히기 전에 서둘러 병원으로 출발하려고 했다. 나는 정신없이 옷을 입었다. 아빠가 계속 "서둘러라, 어서!"라고 말했다. 간신히 이를 닦고 필기도구를 챙겼다. 병원에 가는 차 안에서 아빠가 말했다.

"크리스마스를 신나게 보내느라 세브가 지친 모양이야. 우리가 더 쉬게 했어야 하는데. 열이 또 펄펄 끓더라."

크리스마스 연휴 동안 내가 세브에게 시킨 일이 떠올랐다. 세브를 수석 디자이너 겸 프로그래머로 컴퓨터 앞에 앉아 오랫동안 일하게 해서 더 힘들었을지 모른다. 세브가 피곤하지 않게 조심하라고 엄마가 몇 번이나 말했는데도 듣지 않았다. 그럴 의도는 없었지만 세브의 병이 나빠지는데 한몫했으니, 나는 온라인 슈퍼히어로 노릇도 제대로 하지 못할 것이다.

퀸니 아주머니는 하나님이 항상 듣고 계신다고 했다. 나는 내가 잘못

했고, 블로그를 만들다가 세브가 죽는 일이 없게 해 달라고 빌고 또 빌었다. 눈을 꼭 감고 열심히 기도하면서 하나님의 계시를 찾겠답시고 창밖을 흘끔대지 않도록 애썼다. 창밖으로 보이는 것이라고는 영업이 끝났다는 알림판뿐이었다.

'하나님, 너무 자주 부탁드리지 않을게요. 제발 세브를 낫게 해 주세요. 세브가 죽지 않게 해 주세요. 뭐든 할게요. 제발 동생에게 아무 일 없게 해 주세요.'

병원에 도착하자마자 아빠는 곧장 세브의 병실로 향했다. 세브는 어린이 특수 치료실에 있었다. 지난번보다 병세가 나빠졌다는 뜻이다. 병원에서 특수라는 글자가 들어가면 나쁘다는 의미다. 아빠가 특수 치료실의 비밀번호를 눌렀다. 나는 맨디 간호사님을 찾았다. 그분과 잘 알고 지냈기 때문이다. 맨디 간호사님은 나에게 뭘 묻지 않았다. 대신 냉장고에 주스가 있으니 마시고 싶으면 꺼내 마시라고 말했다. (맛이 너무 괴상해서 딱 한 입 먹고 말았다.)

아동 병동은 병원처럼 보이지 않도록 벽에 정글 그림을 커다랗게 그려놓았는데, 몇몇 동물들이 잘못 그려져 있었다. 호랑이가 펭귄을 끌어안고 있는 식인데, 그 장면은 현실에서 절대 볼 수 없다. 그도 그럴 것이 펭귄은 정글에 살지 않고, 혹여나 둘이 만난다면 호랑이가 펭귄을 잡아먹을 것이 뻔했다. 오래전 아빠에게 이 이야기를 하자 아빠는 말했다.

"병과 싸우는 아이들에게 동물들이 서로 잡아먹는 그림을 보여 주기는 좀 그렇잖니."

아빠가 조용히 문을 열었다. 줄 몇 가닥으로 기계와 연결된 세브가 보였다. 하나는 심장박동을 보여 주는 기계에, 또 하나는 링거에 연결되었고, 세 가지 차가운 액체가 세브의 손등으로 흘러 들어갔다. 코에는 산소가 들어가는 줄을 꽂고 있었다. 병실에서 세브를 봐도 된다고 허락받았지만 세브는 잠이 들어 있었다. 엄마가 나를 꼭 껴안았는데 뺨에 엄마 눈물이 닿았다.

나는 아무 말도 할 수 없었다. 계속 다른 의사 선생님들이 와서 엄마, 아빠와 새로운 치료법 이야기를 했기 때문이다. 의사 선생님들이 나가면서 문을 제대로 닫지 않는 바람에 말이 목구멍에 걸렸다. 세브에게 하고 싶은 말이 머릿속에서 작은 구름처럼 뭉게뭉게 피어났다. 하지만 손에 닿는 말은 하나도 없었다.

세브가 깨어 있다면 슈퍼파워를 채워 넣기 위해 몸에 연결된 튜브로 수액을 공급받는 중이라는 둥 덕분에 자기 뇌가 점점 커지고 있다는 둥 너스레를 떨었을 거다. 나는 세브처럼 농담을 잘하지 못한다. 세브의 손을 잡고 팔을 부드럽게 토닥였다. 그건 병원에서 말이 안 나올 때 사랑한다고 말하는 나만의 방식이다.

진짜 하고 싶은 말은 나는 정말 나쁜 누나고, 너무너무 소름 끼치는 인간이라는 고백이었다. 나는 오로지 내 걱정만 했다. 세브를 위한 기도는 병원에 오는 차 안에서 한 것이 전부다. 세브 상태가 더 안 좋아진 것도 미스 노바디 블로그를 만드느라 무리했기 때문이다. 세브는 회복하는 데 필요한 에너지를 그 일에 빼앗겼을지도 모른다. 좋든 싫든 내가 직간접적으로 동생의 병을 악화시킨 셈이다. 나만 눈치채지 못했던 거다. 그런 짓을 하고서도, 아무것도 모르는 척 엄마 아빠에게 안겨 있다.

○

아빠와 나는 날이 저물고서야 집으로 향했다. 창밖에 스치는 가로등 불빛이 부옇게 번졌다. 오랫동안 간직해 온 침묵이 오늘따라 더 짙게 느껴졌다. 학교에서 침묵하는 일은 세브와 말할 수 없는 것에 비하면 아무것도 아니었다. 아빠는 집으로 들어가며 내 손을 꼭 잡았다.

"세브는 괜찮을 거야. 제일 좋은 병원에 있잖니."

최고의 병원에서 나는 세브에게 미안하다고 말하지 못했다. 곧장 내 방으로 가서 침대에 누웠다. 내가 침대에서 영영 나가지 않는 것이 내 혈육을 포함해 온 세상을 위한 최선의 선택일지도 모른다.

간단한 몇 마디

다음 날 아침에 아래층으로 내려가자, 전화로 오늘도 내가 학교를 빠질 거라고 말하는 아빠의 목소리가 들렸다. 평소 같으면 결석한다는 생각에 가슴이 뛰었겠지만, 오늘은 심장이 툭 떨어졌다. 세브의 상태가 좋아지지 않았다는 뜻이었다. 나는 주방 창가에 서서 서리가 내린 뜰을 바라보았다. 안개가 잔뜩 껴서 구름이 땅으로 떨어진 것처럼 보였다. 아빠가 전화기를 내려놓았다.

"새로운 치료법을 쓰면 세브가 나아질까?" 내가 물었다.

아빠가 내 어깨에 팔을 두르며 말했다.

"그랬으면 좋겠구나, 로절린드. 정말 그랬으면 좋겠다. 이번에 시도하는 건 완전 새로운 치료법인데, 세브가 몇몇 치료법에 반응이 좋지 않았어. 그래서…"

아빠는 말을 맺지 못했다. 그 기분이 아침 내내 이어졌다. 혹시라도 의사 선생님이 없을 때 세브를 볼 기회가 생긴다면, 내가 얼마나 사랑하는지 말해 줄 텐데. 그날 오후 체온이 정상범위로 돌아온 세브가 잠에서 깨어나 침대에 앉아 있었다. 프리스톤 의사 선생님이 세브를 진찰한 뒤 진료 차트에 뭐라고 길게 적었다.

"잠깐 엄마 아빠랑 몇 마디 나눠도 될까?"

그렇게 병실을 나간 뒤 세 사람은 오랫동안 들어오지 않았다. 나는 병실 문을 닫았다. 엄마는 창문으로 나와 눈이 마주치자 웃었다. 뇌 어딘가에 숨어 있던 말이 모습을 드러내기 시작했다. 나는 세브 쪽으로 몸을 기울이고 작은 소리로 말했다.

"미안해, 미스 노바디 블로그를 만드느라 네가 힘들었나 봐. 내가 마법을 부려서 널 낫게 할 수 있으면 얼마나 좋을까. 그럼 같이 집에 갈 수 있을 텐데."

"내 피 때문에 아픈 거야. 블로그 때문이 아니야! 난 괜찮아. 맨디 간호사님이 이따 저녁을 잘 먹으면 아이패드를 빌려주겠다고 했어. 저녁 식사가 으깬 벌레만 아니길 바라고 있어."

세브는 앓는 소리를 내더니 말을 이었다.

"미스 노바디 블로그에 방문한 사람 있어?"

나는 어깨를 으쓱했다.

"아직 확인을 못 했어. 아침에는 아빠가 서둘렀고 내 휴대폰은 와이파이가 되는 집에서만 인터넷을 쓸 수 있잖아. 병원에서는 엄마가 휴대폰을 꺼야 한다고 했어."

"그럼 지금 공책에 글을 써 놓고 나중에 집에 가서 올리면 어때? 못된 학생들한테 누나가 이걸 마시고 있다고 써!"

세브는 아빠가 읽던 잡지의 한 장을 펴 보였다. 근육을 키우는 단백질 음료 광고였다.

"이걸 두 배로 마시면 근육이 어마어마하게 커져서 모두 누나를 겁낼 거야. 누나는 배트맨만큼 힘이 세져서 블로그 제목을 '미스 하드코어 바디'로 바꿔야 할걸!"

나는 그 생각이 왜 별로인지 세브에게 말하지 않았다. 오후 늦게 엄마가 좀 씻고 쉬다 오겠다며 집으로 갔다. 세브는 잠들고 아빠는 불편한 의자에 앉아 꾸벅꾸벅 졸았다. 나는 공책을 꺼내 글을 쓰기 시작했다.

메이너 중학교의 멍청한 규칙을 규탄합니다.
학교는 교육이 우선이어야 합니다.
우리 학교에는 멍청한 학생들이 너무 많습니다.

나는 입술을 깨물었다. 지금 실명을 밝힐까? 메이너 중학교에 다니면서 나에게 일어난 일들을 떠올렸다. 놀림당하고, 욕먹고, 비웃음당하고, 이리저리 밀리고, 침묵 공황도 수백만 번은 족히 경험했다. 매번 나는 아무 말도 하지 못했다. 기계는 반복해서 작고 부드럽게 삐삐 소리를 냈다. 기계 옆에 누운 세브를 바라보았다. 이건 우리의 프로젝트다. 우리가 함께하는 별똥별 프로젝트. 나는 글을 계속 써 내려갔다.

매일 점심시간이면 3학년 남학생 셋(부분 탈색한 머리에 끙끙대는 소리를 내며 의사소통하는 희한한 능력을 가졌다고 하면 누군지 금방 떠오를 겁니다)이 폭력적인 방법으로 1학년 학생 여럿을 미술실 벽장에 밀어 넣어 가둔다고 합니다. 남학생들은 세계 기록이라도 세우려는 걸까요? 그런 행동이 새로운 행위 예술이라고 생각하는 걸까요? 그냥 1학년들을 모아 두려던 걸까요? 그렇지 않습니다. 그건 괴롭힘이자 납치 행위입니다. 이제 폭력을 멈춰야 합니다.

크레이그 불 역시 어리석긴 마찬가지입니다. 크레이그는 자기 덩치의 절반밖에 되지 않는 학생들을 아무렇지 않게 겁주고 다니는 폭력의 가해자입니다. 솔직히 말하겠습니다. 크레이그의 머리통이 통학용 스쿨버스보다 무겁다는 사실은 전교생이 아는 사실입니다. 점심시간에 줄 선 아이들을 머리통으로 밀쳐 내는 것도 그래서 아닌가요. 아침 내내 도시락을 훔쳐 먹고도 부족한가 봅니다.

크레이그는 들어라. 우리를 괴롭힐 때 헤드록 걸기 말고 다른 방법을 시도할 생각이 없다면, 뺏은 돈으로 벨트라도 좀 사라. 헤드록 당하면서 네 스파이더맨 팬티를 보고 싶지 않으니까.

메이너 중학교의 괴롭힘 가해자들은 각오하십시오. 나는 미스…

"뭘 쓰는 거야?"

아빠 말에 소스라치게 놀라서 공책과 펜을 바닥으로 떨어뜨렸다.

"아무것도 아니야. 그냥 캘리그래피 연습 좀 했어."

나는 재빨리 공책과 펜을 주운 뒤 공책을 덮어 버렸다.

"봐도 돼?"

아빠가 손을 뻗었다. 심장이 쿵쾅댔다.

"어, 아직 못 끝내서. 실은 배가 너무 고파."

"으음, 그래. 그러고 보니 나도 배가 고프네. 잠자는 미남을 잠시 두고 간식 사러 다녀올까나?"

나는 고개를 끄덕였다. 그러면서 머릿속에 메모했다. '음식으로 아빠의 주의 흩뜨리기 가능.'

얼마 후 집에 돌아와서 나는 일찍 잠자리에 들겠다고 했다. 아빠가 내 뺨에 입을 맞췄다.

"아침에 학교에 데려다줄게. 휴대폰 꼭 챙겨라, 알겠지? 학교 마치고 퀸니 아주머니네 가야 할지도 몰라. 문자 할게. 그리고 만약에… 그러니까 무슨 문제라도 있으면, 만에 하나라도 내가 학교에 말해야 할 일이 생기면…."

아빠는 말을 잇지 못했다.

"괜찮아, 아빠. 별일 없을 거야. 내 얘기는 내가 하고 싶어. 내 새해 결심이잖아."

이 말은 새빨간 거짓말은 아니었다. 나는 위층으로 올라가서 휴대폰을 켜고 블로그 링크를 클릭했다. 순간 산소 호흡기가 절실했다. 숨을 쉬기가 힘들었다.

새로운 방문자 56명

나는 두근대는 심장을 붙잡고 잠시 생각을 정리했다. 56명이 내 글을 읽었다! 나는 '글쓰기'를 누른 뒤 병원에서 쓴 글을 타이핑했다. 매일 사물함 앞에서 나와 아이들을 밀쳐 대던 크레이그 불을 떠올리자 '발행' 버튼 위에서 손가락이 가늘게 떨렸다. 마음속으로 되뇌었다.

'나는 크레이그 불이 겁난다. 하지만 미스 노바디는 그렇지 않다.'

그리고는 웃으면서 '발행' 버튼을 눌렀다.

갑자기 아빠가 방문을 열었다.

"로절린드, 지금쯤 잠들었을 줄 알았는데. 5분만 더 주…."

놀라서 휴대폰을 무릎에 떨어뜨렸는데 화면 불빛이 아빠 눈에 바로 비친 모양이었다.

"로절린드, 휴대폰 모니터를 들여다보기엔 늦은 시간이야."

나는 아무렇지 않은 척했지만, 심장이 입 밖으로 튀어나올 것 같았다.

"알았어, 아빠. 근데 휴대폰은 모니터가 아니라 화면이야."

"뭐든 간에 손가락으로 눌러 대는 일은 내일 해도 되잖아. 아침에 학교 가야 하는데."

나는 재빨리 휴대폰을 껐다. 아빠가 디지털 첨단 기술을 잘 모른다는 데 다시 한번 감사했다. (세탁기는 제외다.)

"세브는 언제 와?"

아빠는 잠시 아무 말도 하지 않았다. 나도 이미 답을 알고 있었다.

"새로운 치료법을 시도하는 동안은 병원에 있어야 해. 주말에 세브를 보러 갈 거야. 의사 선생님들이…."

아빠는 잠깐 머리를 흔들더니 아무것도 아니라고 했다. 그러고는 허리를 숙여 내 이마에 입을 맞추고 말했다.

"이제 자야지."

나는 침대에 누워 눈을 감았다. 집안에 스멀스멀 차오르는 기이한 잿빛 침묵의 기운이 느껴졌다.

과학 프로젝트

다음 날 아빠가 병원에 가야 해서 학교에 일찍 도착했다. 주위에 아무도 없어서 좋았다. 물건을 사물함에 넣고 교실로 향했다. 가는 길에도 선생님 몇 분 말고는 아무도 없었다. 자리에 앉아서 늘 가지고 다니던 캘리그래피 책을 보기 시작했다. 뭔가 해야겠다는 마음이 전혀 들지 않았다. 손가락으로 글씨를 따라 훑으면서 세브를 떠올리지 않으려 애썼는데, 절대 불가능한 일이었다.

복도에서 아이들의 목소리가 들리자 뱃속이 울렁였다. 나더러 왜 제일 먼저 와 있냐, 어째서 학기 초부터 이틀이나 빠졌냐고 물어볼까 봐 걱정스러웠다. 옥타비아 선생님은 말하기 전에 뭘 말할지 연습하면 도움이 된다고 했다. 나는 대답할 말을 머릿속에서 되풀이했다.

내 동생이 엄청 아파서 병원에 입원했거든.
내 동생이 엄청 아파서 병원에 입원했거든.
내 동생이 엄청 아파서 병원에 입원했거든.
내 동생이 엄청 아파서 병원에 입원했거든.
내 동생이 엄청 아파서 병원에 입원했거든.

이렇게 말하면 아무도 나에게 심한 말을 하지 않을 거다. 메이너 중학교의 사이코패스도 그렇게 잔인하진 않을 테니까. 누군가가 나에게 말을 건다는 생각만으로 얼굴이 후끈거렸다. 나는 의자에 몸을 깊숙이 말아 넣고 머리카락으로 얼굴을 최대한 가렸다. 하지만 머릿속에서 준비한 말들은 젠가로 쌓아 올린 탑처럼 허물어졌다.

목소리들이 교실 안으로 들어왔다. 마음이 조금 놓였다. 시안과 엘시와 마이클이었다. 그 애들은 괜찮았다. 여기서 괜찮다는 말은 나를 완전히 무시하지만 적어도 메이지나 코너가 괴롭힐 때 합세하지 않는다는 뜻이다. 그건 괴롭힘에 비하면 백배는 나았다.

그 애들은 나를 보고 아는 체하지 않고 계속 대화를 이어갔다. 누구도 내가 자기들이 하는 말을 엿들을까 봐 신경 쓰지 않는다. 듣든 말든 상관없는 거다. 어떤 사람들에게는 내가 진짜로 보이지 않을지도 모른다. 엘시가 말했다.

"오케스트라의 3학년 언니라는 소문이 있더라. 크리스마스 콘서트 일로 화가 나서 누가 플루트를 부러뜨렸대."

"그게 사실이라면 크리스털이랑 패거리들이 가만두지 않겠는데. 지난 학기에 크리스털이 어떤 형을 마구 팼잖아. 자기 사물함에 기댔다면서."

마이클이 말했다.

"오늘 밤에 또 올릴지도 몰라. 혹시 나보다 먼저 보면 문자 줘."

시안이 말했다. 그러더니 셋은 수학 숙제 이야기를 했다. 나에게 지금 수학 숙제 따위는 중요하지 않았다. 방금 들은 말을 믿을 수가 없었기 때문이다. 나는 캘리그래피에 몰입한 척했다. 그러니까 쟤들이 하는 말이…?

교실에 아이들이 많아지고, 코너도 들어왔다. 녀석은 내 옆을 지나갈 때마다 무심한 표정으로 책상 위에 놓인 물건들을 몽땅 쓸어 떨어뜨렸다. 나는 자리에서 일어나 코너나 다른 아이들에게 눈길도 주지 않고 물건을 주웠다. 얼굴이 멍이라도 든 것처럼 검붉게 변하는 느낌이 들었다. 코너가 단 하루만이라도 그냥 지나가면 얼마나 좋을까. 그게 아니면 아프기라도 해서 하루라도 결석하면 좋을 텐데. 나는 하나님에게 왜 코너 몰드처럼 못된 녀석들은 감기 한 번 안 걸리는데, 세브는 그렇게 아픈지 물어봐야겠다고 머릿속에 메모했다.

브라이언트 선생님이 모두에게 앉으라고 다섯 번쯤 말했다. 그러고는 큰소리로 외쳤다. 이번이 마지막 경고라고.

오늘만큼은 아이들이 브라이언트 선생님의 말을 듣기까지 얼마나 시간이 걸릴 지 신경 쓰이지 않았다. 내 마음은 바쁘게 달음질치고 있었다. 아까 진짜 내 블로그 이야기를 한 걸까? 컴퓨터가 필요했다. 지난밤 이후로 방문자가 얼마나 늘었는지 확인해야 한다. 쉬는 시간까지 참고 견뎌야 했다. 1, 2교시는 연달아 과학 시간이기 때문에 최악이었다.

그동안 수업을 듣지 못했기 때문에 셸던 선생님이 과학 전시회에 출품할 프로젝트를 준비 중이라고 알려 주었다. 나만 빼고 모두가 두 명씩 한 조를 이룬 상태였다(우리 반 인원은 홀수였다).

셸던 선생님 입에서 내가 학교에서 가장 듣고 싶지 않은 말이 나왔다.

"로절린드랑 같이할 사람?"

손을 든 사람은 정확히 0명이었다. 셸던 선생님은 나를 불쌍하다는 듯 보더니 두 명씩 짝을 지어 뭔가를 함께 하는 아이들을 둘러보았다.

'아, 안 돼요!'

선생님은 짝이 된 아이들 사이에 나를 욱여넣을 작정이었다. 나는 마음속으로 황급히 빌었다.

'하나님, 제발 선생님 좀 말려 주세요. 셸던 선생님이 나를 좋아하지 않는 아이들 사이에 억지로 넣어서 세 명이 한 조가 될 바엔 차라리 알코올 램프가 폭발해 불에 타 죽는 편을 택하겠어요.'

심장이 미친 듯이 뛰었다. 엄청나게 큰 돌덩이가 목구멍을 막는 느낌이 들어 나는 텔레파시로 셸던 선생님과 소통하려 애썼다.

나의 어마어마한 침묵 공황을 눈치챘는지, 아니면 60개의 눈이 '제발 그 말 못 하는 별난 애를 우리 조에 넣지 마세요'라고 하는 것을 읽어 냈는지 선생님은 말했다.

"지금은 혼자서 어떤 실험을 하면 좋을지 생각하는 편이 좋겠구나. 같은 조가 될 친구는 다음에 찾아보자."

나는 고개를 끄덕이며 미소 지었다. 선생님도 나만큼이나 안도한 듯 보였다. 반에서 둘씩 짝을 이룬 모든 아이가 나를 거부하는 난감한 상황을 피했다고 생각했는지 "그래, 다행이다. 조금 있다가 계획서 보러 다시 올게"라고 말하고 교탁으로 갔다.

수업을 빠지는 바람에 다른 아이들에 비해 뒤처졌는데도 교실을 둘러보니 다들 해 놓은 분량이 많지 않았다. 한 가지 이상한 점은 메이지가 셸던 선생님이 아끼는 과학 수제자 에이드리언과 한 조라는 사실이었다. 셸던 선생님이 짝을 지어 준 듯했다. 어쩌면 메이지가 에이드리언을 짝으로 골랐을 (가능성이 클) 것이다. 에이드리언이 기발한 아이디어를 내고 프로젝트 작업을 도맡아 하면 메이지는 점수를 거저 받을 테니까. 에이드리언은 아무 말도 못 했을 거다. 나는 셸던 선생님이 책상에 두고 간 교재를 살펴보았다. 그러고는 선생님이 칠판에 적은 문장을 보았다.

'돋보이는 프로젝트를 기획해 보세요!'

"기억하세요, 여러분. 최고의 프로젝트를 기획한 조는 과학 전시회 때 특별히 마련된 자리에서 심사위원에게 발표할 기회를 얻을 거예요. 출중한 작품을 뽑아 과학 주간 행사 때 전교생 앞에서 선보일 겁니다!"

셸던 선생님이 설명하자, 비니가 코너에게 속삭였다.

"타임머신은 어떠냐?"

나는 과학 전시회용 프로젝트로 완벽하게 볼품없는 뭔가를 생각해야 했다. 과학 전시회에서 심사위원에게 발표하고 과학 주간 행사로 전교생 앞에 설지도 모른다는 사실은 나에겐 상이 아니라 형벌이었다. 우승은 꿈도 꾸고 싶지 않았다.

전시회에 출품조차 못 할 정도로 별로인 프로젝트를 찾아야 했다. 하지만 낙제는 면해야 한다. 나는 다시 교재를 살폈다. '과일 주스의 당도'라는 제목이 눈에 들어왔다. 셸던 선생님의 안테나에 잡히지 않을 만큼 시시해 보였다.

"저 별종이 왜 말을 못 하는지 조사해 보는 건 어때?"

메이지의 말에 몇몇 아이들이 웃음을 터뜨렸다.

"메이지, 그런 말 하면 못써."

셸던 선생님이 나무랐다. 메이지는 나를 향해 몸을 돌려 "미안"이라고 하더니 입 모양으로 "뻥이야"라고 했다.

나는 손을 이마에 기대고, 미스 노바디가 메이지를 저격하는 글을 쓰는 상상을 하면서 눈물을 삼켰다. 메이지가 입 모양으로 한 험한 말들이나 세브 생각을 하지 않으려고 수업시간 내내 애썼다. 물론 불가능한 일이었다.

종이 울리자마자 자리를 박차고 일어나 교실을 나갈 작정이었다. 하지만 셸던 선생님이 내 이름을 부르더니 프로젝트 계획서를 보여 달라고 했다. 나는 해 놓은 것이 거의 없어서 곤란한 상황을 마주할까 봐 겁이 났다. 내가 점찍어 둔 실험을 보여 드리자 선생님은 말씀하셨다.

"당도를 조사하다니 정말 멋지구나! 누군가 이런 실험을 했으면 좋겠다고 생각하던 참인데! 이거야말로 과학 전시회에서 심사위원들의 마음을 움직일 만한 과학 실험이지!"

우리 반 아이들이 전부 나를 싫어하는 것이 분명하니까 셸던 선생이 나를 친절하게 대하려고 애쓰는 중이거나, 심사위원들이 엄청 고리타분한 사람이거나 둘 중 하나였다.

"정말 잘했어! 다음 시간에 내가 도와줄게."

나는 이때가 자리를 뜰 기회라고 생각했다. 갑자기 뛰쳐나가는 것처럼 보이지 않도록 빠른 걸음으로 선생님에게서 벗어났다.

오래전에 아빠가 말하길, 대화 중에 갑자기 뛰쳐나가고 싶은 충동이 일더라도 그러면 안 되는데, 그런 행동은 말하지 않는 것보다 더 별나게 여겨지기 때문이라고 했다. 나는 아빠에게 뒤로 슬금슬금 물러서는 건 괜찮냐고 물었다.

"뒤로 슬금슬금 물러서는 건 전속력으로 달아나는 것보다야 예의를 갖춘 것처럼 보일지 모르지만, 아무리 불편해도 그냥 그 자리에 있어야 한단다. 누구나 그렇게 하니까."

그 말을 들은 뒤로는 항상 그러려고 노력한다.

나는 도서관으로 달려가서 구석진 자리에 벽을 보고 놓인 컴퓨터 앞에 앉아 전원을 켰다. 도서관은 평소처럼 비어 있었지만 누군가 내가 뭘 하는지 볼 수 있는 상황을 만들고 싶진 않았다. 블로그 주소를 입력하고 기다리는데 문장 하나가 떴다.

접근이 거부되었습니다. 이 웹페이지는 볼 수 없도록 차단되었습니다.

학교에서는 흔한 일이다. 어디에나 괴롭힘을 당하는 학생들이 있는데 그 아이들을 도우려는 단 한 사람을 차단하는 곳이 바로 학교다!

그때 구데이커 선생님의 컴퓨터 화면이 눈에 들어왔다. 화면이 마치 나를 똑바로 응시하는 것 같았다. 선생님은 금요일 쉬는 시간에는 항상 설탕 시럽을 입힌 빵을 사기 위해 매점에 갔다. 나는 주변에 래짓 오빠나 다른 도서관 봉사위원들이 없는지 둘러보았다. 봉사자들은 보이지 않았다. 한쪽에서 학생 몇 명이 책장을 살피고 있었지만, 거기서는 사무실 안이 보이지 않는다.

망설일 틈도 없이 구데이커 선생님의 빙글빙글 돌아가는 의자에 앉아서 블로그에 로그인한 뒤. 알림 버튼을 클릭했다.

새로운 방문자 98명 / 새 글이 받은 좋아요 56개
새로운 구독자 51명 / 새로운 댓글 33개

그날 아침 처음으로 웃음이 내 입술을 비집고 나왔다. 나는 화면을 아래로 내렸다.

카멀라XO 님이 블로그를 구독합니다. 염염놈놈 님이 블로그를 구독합니다. 리타디타 님이 댓글을 남겼습니다. 수지야마 님이 '나는 미스 노바디입니다' 글을 좋아합니다.

수지야마 님이 블로그를 구독합니다. 루비투디7 님이 댓글을 남겼습니다. 호시G 님이 '나는 미스 노바디입니다' 글을 좋아합니다. 에이드리언90_님이 블로그를 구독합니다.

알림이 계속 이어졌다. 내가 '좋아요'를 받았다! 구독자도 있다! 그것도 아주 많이! 사람들이 미스 노바디를 좋아한다. 다들 미스 노바디가 말한 것을 좋아한다. 나는 호흡을 가다듬고 댓글 창을 눌렀다. 뱃속이 왈칵 요동치는 느낌이었다. 다음과 같은 댓글을 읽었기 때문이다.

'네, 저도 함께할게요.'
'나도 메이너 중학교에서 벌어지는 폭력에 질렸어!!!!'
'이 글 마음에 든다.'
'저기요, 미스 노바디 님. 완전 내 이야기인 줄!!ㅋㅋㅋㅋ'

그리고 누군가가 댓글을 남겼다.

'원주율 파이＝pi＝3.14159265359 파이＝pie＝냠냠'

종이 울리는 바람에 나는 구데이커 선생님의 회전의자에서 회오리처럼 솟구쳐 오를 뻔했다. 곧 선생님이 돌아올 거다. 나는 재빨리 로그아웃한 뒤 컴퓨터를 끄고 서둘러 사무실을 나왔다.

그날 오후 두 시간짜리 역사 수업 시간에 카디프 성의 지리적 중요성에 관한 딘 선생님의 끝없이 긴 설명을 듣는 둥 마는 둥 하면서 미스 노바디 블로그에 달린 놀라운 댓글들과 다음에 올릴 글을 생각했다. 나는 구독자들에게 메이너 중학교의 괴롭힘 가해자들에 맞서 목소리를 내겠다고 약속했다. 그것이 내가 할 일이다.

메이지는 헬로키티 연필로 머리카락을 뱅글뱅글 돌리면서 창문에 비친 자기 모습을 바라보고 있었다. 메이지는 1학년 중에서 꽤 유명했다. 대체 왜일까? 내가 아는 한 메이지는 못됨으로 똘똘 뭉쳐 있다. 사물함 근처에서 착한 아이들을 아무 이유 없이 겁주고 위협하는 일을 메이지가 얼마나 즐기는지만 봐도 안다. 메이지가 하는 말은 완전히 끔찍하거나 완전히 멍청하거나, 이 두 가지뿐이다.

딘 선생님도 메이지가 창문을 바라보는 걸 눈치채고 물었다.

"메이지, 웨일스의 수도는 어디지?"

"잉글랜드요?"

"아니, 웨일스라고 했다. 그곳의 수도가 어딜까?"

"방금 말했잖아요, 선생님. 잉글랜드라고요. 잉글랜드가 웨일스의 수도 맞잖아요?"

딘 선생님이 손으로 머리를 감쌌다. 그러자 메이지가 말했다.

"저도 웨일스가 영국에 있다는 것쯤은 안다고요."

딘 선생님은 이제 은퇴할 때가 된 것 같다고 했다. 반 아이들 대부분은 메이지를 무서워하거나 아니면 메이지의 답이 말이 된다고 여기는 듯했다. 뭐라고 말하는 아이가 한 명도 없었다. 이 사건은 우리 학교의 숱한 문제 중 하나로 기록될 만한 일이다. '우리 반 아이 중 누구도 웨일스에 관해 알지 못한다. 카디프가 수도라는 사실조차도.'

딘 선생님이 수업을 이어 나갔다. 메이지가 내 귀에 대고 소곤댔다.

"나는 웨일스라고 말할 수나 있지."

나는 깨달았다. 메이지를 싫어하지만, 만약 미스 노바디 블로그에 메이지에 관해 쓴다면 아이들은 미스 노바디가 1학년이거나 우리 반일지도 모른다고 의심할 것이다. 메이지가 나 말고 다른 누군가를 괴롭히는지 확실히 알지 못한다. 미스 노바디가 전교생이 다 알 정도로 유명한지도 모르겠다. 어쩌면 아이들이 미스 노바디가 3학년 언니라고 생각하게 두는 편이 나을지 모른다. 메이지 러브, 아쉽지만 넌 좀 기다려야겠다.

시간이 흘러 종이 울리고 그날 수업이 끝났다. 뱃속이 흥분으로 들끓었다. 미스 노바디 블로그의 알림을 본 뒤로 매 순간 온라인에 접속해서 나머지 댓글을 읽고 싶은 마음이 간절했다. 당장이라도 글을 올리고 싶었다. (이번만큼은) 아이들이 내가 하는 말을 들어 줄 것 같았다. 휴대폰을 확인했다. 문자가 와 있었다.

'아직 병원이야. 세브는 괜찮고 테스트 결과를 기다리는 중이야. 퀸니 아주머니네로 가 있어. 저녁 먹을 때쯤 갈게. 아빠가.'

메이너 중학교 '핵인싸' 블로거가 저녁 내내 퀸니 아주머니네 집에 있어야 하다니. 아주머니는 이 세상에서 인터넷을 하지 않는 유일무이한 사람이다.

애매한 말

퀸니 아주머니네 집 문을 두드리는데 비가 내리기 시작했다. 물기에 젖은 콘크리트 냄새를 맡으며 아주머니가 나오길 기다렸다. 아주머니는 언제나 문을 열어 주는 데 한참 걸렸다. 나이가 들어서 그렇기도 했지만, 아주머니는 전화를 받거나 누가 방문했는지 확인하기 위해서 하던 일을 바로 멈춰서는 안 된다고 했다. 중요한 일이라면 사람들은 기다리게 마련이라고 했다. 즉, 아주머니는 기본적으로 보통 사람보다 열 배는 느렸다.

예를 들어 아주머니가 낱말 맞히기를 하는데 전화벨이 울리면, 아주머니는 보통 사람처럼 낱말 맞히기를 잠깐 멈추고 전화를 받지 않는다. 천천히 써넣으려던 답을 채운 다음, 천천히 손에 든 펜을 내려놓고, 천천히 낱말 맞히기 책을 의자 옆 탁자에 놓고, 천천히 전화가 있는 거실로 간다. 아주머니가 전화기에 손을 뻗을 즈음이면 전화벨은 더는 울리지 않는다. 아주머니는 별로 중요하지 않은 전화였을 거라고 생각한다. 전화가 울리면 아주머니는 늘 귀찮아한다. 나는 퀸니 아주머니에게 절대 전화를 걸지 않는다. 또 아주머니네 집 현관 앞에서 내 인생 중 상당한 시간을 보낸다.

빗방울이 모여 작은 웅덩이를 만드는 걸 지켜보았다. 지금쯤 얼마나 많은 사람이 미스 노바디 블로그를 구독했을지, 어떤 댓글이 달렸을지 궁금했다. 입술 새로 슬며시 웃음이 비어져 나왔다.

퀸니 아주머니가 문을 여는 바람에 깜짝 놀라 펄쩍 뛸 뻔했다. 아주머니를 알고 지내는 동안 이렇게 빨리 문을 열어 준 건 처음이다. 아주머니가 반기며 나를 불쌍한 것이라고 불렀다. 그러면서 처음으로 나를 안아 주었다. 나는 충격을 받아 쓰러질 지경이었다.

퀸니 아주머니에게 안기니 거대한 담요에 둘러싸인 기분이었다. 왜인지 세브 생각이 났다. 기계에 연결되어 테스트 결과를 기다리는 세브를. 그 상황은 세브가 좋아지지 않으리라고 말해 주는 것 같았다. 그럴 의도는 전혀 없었는데 퀸니 아주머니에게 안기니 눈물이 터져 나왔다. 어느새 나는 퀸니 아주머니의 푹신한 가슴에 머리를 기댄 채 아주머니의 무릎에 앉아 있었다. 나는 아기처럼 흐느꼈다. 조금 부끄러웠다. "괜찮다, 괜찮아."

울음을 그칠 즈음 퀸니 아주머니는 내가 좋아하는 오스트리아제 찻잔에 달콤한 차를 담아 아주머니의 특제 건포도빵과 함께 내왔다. 아주머니네 집은 따뜻하고 안전한 느낌이었다. 세브야말로 진짜 힘든 상황이라 누구보다 돌봄이 필요하지만, 나도 이렇게 누가 돌봐 주니 기분이 좋았다. 그 사람이 옆집에 사는 정신 나간 고양이 주인이라고 불린다 해도 말이다.

퀸니 아주머니는 갑자기 눈물보가 터진 사람을 어떻게 다뤄야 하는지 잘 알고 있거나 마음을 진짜 읽는 것 같았다. 내가 빵을 다 먹자마자 아주머니가 "네 아빠한테 전화해서 저녁까지 먹여 보내겠다고 할게. 메리야, 너도 그게 좋겠지?"라고 했다. 메리가 대답이라도 하듯 야옹 소리를 냈다. (버나드는 뭘 하든 상관없어 보였다.)

블로그를 확인하고 싶었지만, 퀸니 아주머니네 집에 있으니 뜨끈한 욕조에 몸을 담그고 있는 것 같았다. 나가고 싶지 않다는 점에서 말이다. 집에 가고 싶은 마음도 없었다. 세브도 없는데 가고 싶지 않았다. 방마다 세브가 있을 만한 곳에 세브 모양의 커다란 구멍이 뚫린 것처럼 보였다. 퀸니 아주머니네 집은 그런 걱정을 할 필요가 없었다. 이곳에 있으면 바깥세상이 희미하게 사라져 버렸다. 평화롭고 특별하고 약간 옛날로 시간을 돌린 느낌이었다. 어쩌면 아주머니가 빅토리아 시대에 붙인 벽지를 그대로 뒀기 때문인지도 모른다.

세브 상태가 좋지 않으면, 우리 집에는 라디오 주파수를 잘못 맞췄을 때처럼 모든 것이 지지직 대면서 거슬리는 소리가 난다. 심지어 말로 할 수 없는 무서운 생각이 수없이 떠올랐다.

'세브는 죽는 걸까?' '세브가 없으면 우리 가족은 어떻게 될까?' 좀 엉뚱한 생각도 들었다. '세브는 똥 이야기를 그만둘 수 있을까?'

퀸니 아주머니는 저녁 식사로 내가 좋아하는 음식을 만들었다. 브로콜리를 넣은 키슈와 햇감자 요리는 듣기에는 별로일지 몰라도 맛이 훌륭하다. 아주머니는 내가 양배추 수프도 먹게 만드는 능력자다. 또 샐러드도 만들었는데 별로 좋아하는 맛은 아니었다. 엄마가 퀸니 아주머니네 집에서는 뭐든 예의 바르게 조금씩이라도 먹어야 한다고 했다. 나는 배가 고프지도 않고 울어서 눈도 아팠지만, 퀸니 아주머니가 접시에 덜어 준 음식을 다 먹었다. 평소보다 많은 양이었는데, 점심시간에 블로그에 올릴 글을 쓰느라 아무것도 먹지 못한 이유도 컸다.

그때쯤 엄마가 데리러 왔다. 비는 그쳤지만 밖은 쌀쌀하고 축축했다. 현관문을 나오자마자 엄마가 안아 주었다. 엄마 눈이 빨갛고 눈 밑 화장이 번져 있었다. 운 게 분명했다. 그래도 기분이 좋았다.

"오늘 밤에는 아빠가 병원에 있기로 했어. 우리 같이 영화나 볼까. 머리를 좀 쉬게 해 주는 거야."

세브에 관해서는 아무 말도 하지 않았다. 세브의 이름이 우리 사이에서 말로 표현되지 않은 말풍선처럼 떠 있는 것 같았다. 엄마가 마시멜로를 띄운 핫초코를 만드는 동안 나는 소파에 앉아서 미스 노바디 블로그에 달린 댓글을 읽었다.

'맞아, 나도 겪은 일이야.'
'나는 매일 별종 소리를 들어.'
'짜증 나!'
'와, 이건 진짜야!'
'크레이그는 내 도넛을 밥 먹듯 훔쳐 가!!!'

댓글들은 머릿속에 가득한 세브 걱정을 미스 노바디가 되는 것이 얼마나 굉장한가 하는 감탄으로 바꿔 놓았다. 엄마가 거실로 와서 세브가 크리스마스 선물로 준 '내 친구 꼬마 거인' 디브이디를 틀었다. 영화가 끝나자 엄마가 눈물을 닦으며 조용히 말했다.

"세브의 테스트 결과가 좋지 않아."

엄마가 세브 얘기를 하길 간절히 바랐지만, 한편으로는 듣고 싶지 않았다. 그날 밤, 엄마 말이 귓가에 맴돌았고 머릿속에 거대한 눈물샘을 파고 말았다.

외침

옥타비아 선생님의 방이 이상하리만치 깔끔했다. 바닥에 쌓여 있던 책들은 새 책꽂이에 가지런히 꽂혔고, 책상 위를 차지하던 종이 뭉치들은 감쪽같이 사라졌다. 나는 방을 둘러보며 물었다.

"무슨 일 있었나요?"

옥타비아 선생님의 웃음소리가 나팔소리처럼 울려 퍼졌다.

"새해 결심이야! 자, 네 새해 결심은 어떻게 되고 있니?"

나는 상냥한 계산원 아주머니 이야기, (하얀 거짓말을 조금 보태) 일기를 쓰기 시작했다는 것, 교실에서 머릿속으로 하고 싶은 말을 반복했지만 지금까지 도서관에서만 간신히 말했을 뿐이고, 열심히 연습한 말은 아직 누구에게도 모습을 드러내지 않았다고 이야기했다. 선생님은 "조금씩이지만 아주 훌륭하게 해내고 있구나"라고 했는데, 선생님은 내가 뭘 하든 그렇게 말했다.

내 언어 치료는 순탄하게 진행되었지만, 세브의 치료는 그렇지 못했다.

의사 선생님의 관찰이 필요해 세브는 한동안 병원에 입원해야 했다.

"빨리 집에 데려갈게. 수업 마치고 세브를 보러 와도 괜찮아."

아빠의 말에도 걱정이 머릿속에 떠다녔다. 차마 물어보지 못한 말도 수백만 가지였다. 엄마와 아빠는 평소보다 훨씬 유별나게 행동했다. 특히 내가 집에 들어서면 두 분은 말이 없어졌다. 우리 가족 중에서 말 한마디 하지 않고 지내는 특별한 능력을 지닌 사람이 나만은 아니었다.

○

그다음 주에 학교에서 과학 프로젝트를 위한 실험을 진행했다. 셸던 선생님은 코너와 비니에게 '레슬링 반칙'은 과학 실험이 아니고, 서로에게 헤드록을 걸면 안 된다고 했다. 선생님은 그 애들의 말썽에 두 손 두 발 다 든 것 같았다. 선생님이 교탁으로 돌아가는데 코너가 "등 꺾기닷!" 하고 소리치면서 에이드리언의 등을 배로 들이받았다.

셸던 선생님이 눈이 휘둥그레져서 "코너!"라고 소리쳤다. (선생님은 우리 반 과학 시간 중 상당 시간을 눈을 휘둥그레 뜨고 "코너!"라고 외쳤다.)

"저는 괜찮아요, 선생님." 에이드리언이 대답하면서 바닥에 떨어진 로켓 발사대를 주웠다. 셸던 선생님은 "코너, 비니랑 도서관에 가서 컴퓨터로 조사 좀 해 보면 어떻겠니?"라고 했다. 선생님이 허가증을 다 적기도 전에 코너와 비니는 교실에 불이라도 난 듯 문을 박차고 뛰어나갔다.

내 앞에는 각기 다른 상표의 오렌지주스가 뚜껑이 열린 채 놓여 있었다. 당도 측정용 종잇조각에 나타난 결과를 연습장에 기록하는데, 갑자기 책상 위로 오렌지주스가 흘러넘쳤다. 깜짝 놀라 일어나니 메이지가 지나가고 있었다. 메이지는 기회를 놓치지 않고 소리 질렀다.

"맙소사! 얘 좀 보래요!"

"걱정 마. 사고는 일어나기 마련이란다!"

셸던 선생님이 수건을 집으면서 말했다. 메이지는 천천히 자리에 앉으면서 나를 보며 웃었다. 나는 고개를 숙이고 오렌지주스가 연습장을 적시는 걸 지켜보았다. 눈물이 차올랐다. 내가 메이지를 얼마나 싫어하는지 큰소리로 외치고 싶었다.

○

아빠는 나를 태우러 와서 세브가 너무 피곤한 상태라 아주 짧은 면회도 어렵다고 했다. "학교는 어땠니?"라는 아빠의 질문에 메이지가 오렌지주스를 쏟아서 내 실험을 망쳤다고 말하는 대신, 내가 교실에서 어렵사리 한마디를 했기 때문에 정말 좋은 하루였다고 했다. 새빨간 거짓말이지만 덕분에 아빠는 세상 근심을 조금은 덜어 버린 눈치였다.

'거대한 규모의 감정적 붕괴'를 막는 유일한 방법은 미스 노바디 활동뿐이다. 집에 와서 블로그에 접속하면 알림 아이콘이 커다랗게 웃어 주듯 반짝이고 있었다.

새로운 쪽지가 한 개 있습니다.

누군가 개별 쪽지를 보냈다. 개인적으로 메시지를 보내는 사람이라고는 오직 가족들뿐이다. 쪽지함을 클릭했다.

발신 : 콩잼바른식빵

나는 3학년이야. 같은 학년인 제이미라는 남자애랑 그 애의 친구 두 명에게 괴롭힘을 당하고 있어. 내 이름이 웃기다나.

그 애들은 주로 등하교 때 나를 괴롭혀. 쉬는 시간에는 그 애들이 과학관 쪽으로 돌아다니기 때문에 그쪽을 피해 다니지. 나 말고도 녀석들에게 괴롭힘 당하는 아이들이 있는 것 같아. 누군지는 모르지만 고마워. 나도 가만히 있지 않을 거야. 콩잼바른식빵은 내 진짜 이름이 아니야. ㅋㅋ

현실에 존재하는 슈퍼히어로가 된 느낌이었다. 근육도 히어로 슈트도 없지만. (딱 한 번 코트를 망토처럼 어깨에 둘러 본 적이 있지만, 세브를 웃기려고 그런 거니까 무효다.)

주말에 세브를 면회하러 가기 전에 블로그를 확인했다. 엄마 아빠의 의심을 사지 않도록 조심하면서 틈틈이 새 글을 썼다. 또 미스 노바디 블로그 화면을 찍어서 부모님이 병원 휴게실에서 커피를 마시는 동안 세브에게 보여 주었는데, 그걸 본 세브의 눈이 튀어나올 만큼 커졌다.

"누나! 진짜 슈퍼히어로 같아!"

세브가 행복해하는 모습을 보니 너무 좋아서 절로 웃음이 나왔다. 마침내 미스 노바디로 활약하는 기쁨을 함께 나눌 사람이 생겨서 정말 기뻤다. 세브는 사진을 넘기며 댓글을 읽었다.

"이건 누나가 초능력을 가졌다는 뜻이야."

"그렇다면 내 능력을 바쳐서 네 병을 낫게 해 줄 텐데."

"그러면 나는 그걸 회오리 폭풍 오줌이랑 바꿀 거야!"

세브는 엄마 아빠가 돌아와서 그만 누우라고 할 때까지 회오리 폭풍 오줌이 어떤 건지 시범을 보였다. 일요일까지 블로그에는 164명이 방문했고 수많은 쪽지와 댓글이 도착했다. 모두 한결같이 메이너 중학교의 학폭 가해자들에게 겪은 일을 미스 노바디에게 고발했다. 노바디들은 과감히 의견을 내는데, 특히 크리스털이라는 탈색 머리 언니에 대해 할 말이 많은 듯했다.

그날 저녁, 아빠가 저녁 식사를 준비하면서 뭔가를 굽고 있을 때, 몰래 메이너 중학교의 언어 총탄 저격범에 관한 글을 블로그에 올렸다. 크리스털과 패거리들은 이제 미스 노바디의 정조준 저격을 받아 내야 한다.

여왕 크리스털과 복제 인간들

메이너 중학교의 여왕벌들이 최근 우리를 무차별 공격하고 있습니다.

그들은 립스틱 없이 10분도 버티지 못하는 부류입니다. 화장품을 덕지덕지 바르고 선탠 로션으로 태닝한 척 꾸며야 직성이 풀리나 봅니다. 안됐지만 누렇게 뜬 피부와 생기를 잃은 낯빛만 남았습니다. 다들 초콜릿 공장의 윌리 윙커한테 고용된 겁니까?

구릿빛 피부의 괴롭힘 가해자들에게 점심값을 빼앗긴 학생들은 얼마나 될까요? 이리저리 밀리고 맞은 학생들은 또 얼마나 될까요?

제가 받은 쪽지에 따르면 굉장히 많습니다.

미스 노바디는 더 이상 참지 않겠습니다.

우리의 소중한 학교생활이 깡패 여왕 크리스털과 패거리들에게 휘둘려서는 안 됩니다.

노바디 여러분, 자신을 믿으세요.

우리는 오렌지 팬케이크 같은 얼굴을 한 독재자 따위는 필요 없습니다.

당당히 맞서 학교를 바꿉시다.

메이너 중학교의 폭군들에게 그만두라고 말합시다.

나는 미스 노바디입니다.

몇 분 뒤, 저녁을 먹기 위해 식탁에 앉았다. 아빠가 마카로니 치즈처럼 생긴 음식을 접시에 덜어 주면서 말했다.

"오늘 학교 선생님이 보낸 메일이 와 있더라."

순간 나는 과학 프로젝트가 예상보다 훨씬 더 안 좋은 방향으로 가고 있다는 사실을 깨달았다. 셸던 선생님이 과학 전시회에 출품할 작품으로 내 프로젝트를 선택한 것이다.

모두 그 얘기를 해

이건 세계적 재난 수준의 사건이다. 전교생이 지켜보는 가운데 오렌지주 스의 당도에 관해 아무 설명도 못 하는 내 모습은 상상만으로도 최악이 었다. 나는 아빠에게 셸던 선생님이 나를 뽑은 까닭은 우리 반 아이들이 하나같이 과학에 젬병이기 때문이라고 말했다. 그건 사실이지만, 내가 싫 다는 말을 못 하고, 그것을 셸던 선생님이 알았기 때문일 가능성도 컸다.

"선생님이 이메일에 적기로는 네 프로젝트가 정말 멋지고, 과학 시간에 열심히 하는 모습에 감명받았기 때문이라고 하시던데."

"선생님이 거짓말하는 거야."

"내 생각은 다르다, 로절린드. 전시회에 학부모도 초대했다는데, 그런 말을 들은 적도 없고. 너 정말 이상해."

"엄마랑 아빠는 과학에 관심 없잖아."

"로절린드! 세탁기 설계하는 게 내 일이야! 내 직업도 과학과 관련 있다 고!"

"과학 시간에 세탁기 설계를 배운 적은 없어."

"짬을 내서 전시회에 갈 수 있을지 알아봐야겠다."

아빠가 내 말을 무시한 채 말했다. 나는 타서 거뭇거뭇한 마카로니에 얼굴을 처박고 싶었다.

아빠가 학교에 와서 내가 말도 못 하는 별난 아이이자 과학 프로젝트 짝꿍도 없고, 친구도 하나 없으며, 세상에서 가장 시시한 과학 프로젝트 옆에 서 있는 모습을 본다는 생각만으로도 익사에 능지처참에 교수형을 당하는 것만큼이나 끔찍했다. 아빠에게 얘기하자 아빠는 대답했다.

"넌 익사도 교수형도 능지처참도 당하지 않아. 여자는 대개 말뚝에 묶인 채 화형을 당했거든. 그것도 반역죄 정도는 저질러야 했지."

과학 전시회 내내 그것도 아빠 앞에서 아무 말도 못 하느니 차라리 그 형벌을 받는 편이 나았다.

엄마 아빠가 그런 상황에서 내가 말을 못 한다는 사실을 알고 있다고 해도 엄마 아빠 앞에서 말 한마디 못 하는 모습을 보이기는 정말 싫었다. 내가 별나긴 해도 그런 상황에서는 백만 배는 더 별난 듯한 기분이 들 거다. 백배는 안 좋을 게 뻔한 상황을 두고 "완전히 정상인 것보다 백배는 낫잖아!"라고 말하는 사람과 언쟁을 벌이는 건 쉽지 않다. 게다가 교실에서 말했다고 아빠에게 했던 거짓말까지 들통 날 가능성이 컸다.

나는 셸던 선생님이 점점 미워졌다. 아빠에게 크리스마스 때 영국 총리 흉을 본 것 때문에 익사에 능지처참에 교수형을 당할까 봐 걱정되지 않느냐고 물었다. 아빠는 말했다.

"영국 총리는 자기 직무를 수행하는 데나 관심 있겠지."

그 말을 들으니 희망이 조금 생겼다. 총리처럼 중요한 사람도 일자리를 잃을 수 있다면 셸던 선생님도 해고 가능성이 있다는 뜻이고, 그렇게 된다면 내가 과학 전시회에서 발표할 일도 없을 것이다. 아빠는 그런 일이 벌어질 가능성은 십억 분의 일 정도밖에 안 될 거라고 했다.

그날 밤 나는 속이 울렁거리는 채로 잠자리에 들었다. 마카로니 때문만은 아니다. 전시회 때 모든 사람이 지켜보는 강당에서 아빠에게 말을 거는 일은 불가능했다. 학교에서 매일 겪듯이, 어마어마한 침묵 공황이 단한 사람 앞에서도 생길 수 있다면 전시회 심사위원들 앞에서는 십만 배는 강해질 것이고, 강당 조회 시간에 전교생 앞에서 발표해야 한다면 1억 배는 커질 것이다. 나에게 발표를 시킨 셸던 선생님이 너무너무 끔찍했다. 누군가를 미워하는 행동이 나쁘다는 건 알았지만 어쩔 수가 없다.

○

다음 날 도서관에 있는 편지 봉투를 개봉하는 칼로 머리를 찌르고 싶은 충동을 간신히 억누르게 해 준 것은 내가 엄청난 인기를 누리는 미스 노바디라는 사실이었다. 가는 곳마다 모두 미스 노바디 얘기를 했다. 나는 진짜 슈퍼히어로가 된 것처럼 내 비밀스러운 정체성이 소중했고, 전교생에게 받는 관심과 인기 역시 반가웠다.

미스 노바디로 활약하는 일의 멋진 점은 한 가지만이 아니었다.

점심시간에 수지 언니가 전해 준 소식에 따르면, 쉬는 시간에 체스 동아리 회원 몇 명이 예술관 앞에 모여 진짜 체스 말처럼 줄지어 서서 3학년 폭력 주동자인 제이미와 패거리들이 들어가지 못하게 막았다.

언니는 크레이그 불도 비슷한 일을 겪었다고 했다. 크레이그가 매점에 가는데 학생들이 "스파이더맨 팬티 입었대!"라고 소리치며 비웃었고, 크레이그는 바로 도망쳤단다.

"오늘 아침에 크레이그가 점심 도시락을 달라고 하길래 '됐어, 스파이더맨 팬티!'라고 했더니 그냥 가 버리더라! 진짜 기분 끝내주는 거 있지!"

수지 언니가 말했다. 혹시라도 함박웃음 짓는 걸 들킬까 봐 얼른 손으로 입을 막았다. 세브를 만나서 이 멋진 소식을 들려주고 싶은 마음에 학교 마칠 때까지 기다리기가 힘들었다. 별똥별 프로젝트가 첫 사상자를 내다니! 갑자기 어떤 슈퍼히어로도 떠올리지 못했을 생각이 머릿속에 번쩍였다. 공책이 필요했다!

점심시간 내내 블로그에 올릴 글을 썼다. 크레이그 불과 3학년들이 미술실 벽장에서 아이들을 괴롭히려다 다른 학생들이 맞서는 바람에 물러났다. 이 사실은 내가 블로그에 적어 올린 말 덕분에 메이너 중학교가 노바디들에게 안전한 장소가 되어 간다는 뜻이었다. 이제 괴롭힘을 일삼던 녀석들도 교실 분위기를 망치거나, 돈을 뺏거나, 매점에서 음식을 던지거나, 점심시간에 다른 아이들을 겁주거나, 발레리나 게시물에 가슴을 그리거나, 아무런 거리낌 없이 나 같은 아이를 겁주기 전에 한 번쯤은 더 생각할 것이다.

나는 깨달았다. 미스 노바디가 되어 글을 쓸 때만큼은 그 무엇도 두렵지 않다.

이런 감정이 어떻게 생겨났는지 짐작하기 어려웠다. 전에는 느껴 본 적이 없었기 때문이다. 도서관에 공책을 펴고 앉아 다음에 어떤 글을 올릴지 생각하는데, 내가 실제로 중요한 사람이 된 기분이었다. 다만 학교의 유명인들과 다른 점은 나는 괴롭힘 주동자가 아니라는 것이었다.

그 생각에서 실마리를 얻어 다음 글을 써내려 갔다.

메이너 중학교에서 존재감 있는 학생이 되는 법

노바디로 있는 듯 없는 듯 지내고 싶지 않다고 생각한 적이 있나요? 보잘것없는 취급을 받는 노바디가 아니라 존재감을 과시하는 쿨한 사람이 되고 싶습니까?

메이너 중학교에서 존재감을 드러내려면 감수해야 할 일들이 있습니다. 그게 무엇인지 알면 마음이 바뀔지도 모르겠네요.

첫 번째, 공부하지 마십시오. 그렇습니다. 노바디 여러분. 메이너 중학교에서 유명해지고 싶다면 좋아하는 과목을 파 보겠다는 생각은 포기하세요. 유명한 아이들은 좋아하는 과목이 없습니다! 좋은 성적이나 장래 희망 따위는 잊어버리세요. '쿨내'를 풀풀 풍기기 위해서는 공부하지 말아야 합니다. 당연히 숙제도 하지 말아야겠지요. 물론 날마다 수업이 끝난 뒤 남아야 할 겁니다. 걱정하지 마세요. 존재감 있는 학생들에게 방과 후 학교에 남아서 벌 받는 일쯤은 아무것도 아니니까요.

또 굉장히 중요한 한 가지가 있습니다. 메이너 중학교에서 존재감을 인정받으려면 못되게 굴어야 합니다. 이것이 핵심이죠!

그 못된 성깔 때문에 존재감 있는 학생들이 쿨하다며 이름을 떨치는 겁니다! 노바디들이 눈물을 쏟으면 존재감 있는 사람으로 인정받는 복권을 거머쥔 셈이죠! (집에서도 연습해야 합니다. 숙제를 하지 않으면 여유 시간이 넉넉할 테니 해 볼 만할 거예요.)

기본적으로, 친절함의 정반대를 생각하십시오. 그러면 메이너 중학교 쿨 레벨에 어느 정도 가까워질 수 있습니다.

여러분, 이제 바뀌어야 할 때라는 생각이 들지 않나요?

메이너 중학교에서 존재감을 떨치는 학생 중 아는 사람이 있습니까?

쪽지로 알려 주세요. 다음 글 '메이너 중학교 쿨 리스트!'에 등장할지도 모르니 기대해 주시고요.

메이너 중학교 쿨들의 진실을 폭로하고, 메이너 중학교 노바디들을 위해 목소리를 냅시다.

나는 미스 노바디입니다.

글을 쓰는 내내 마치 실제로 사람들을 보면서 말하는 느낌이 들었다. 진짜 기분 좋았다. 학교에서 다섯 달 가까이 지내는 동안 구데이커 선생님 말고는 누구와도 말을 해 본 적이 없다. 시간이 갈수록 구데이커 선생님이 더 좋아졌는데, 선생님은 내가 수선 중이라고 한 책에 대해 집요하게 캐묻지 않았다. (사실 블로그에 글을 쓰느라 책을 수선하지 않았다. 하지만 사서 선생님에게는 딱히 좋은 일이 아니긴 하다.)

집에 돌아와서 미스 노바디 블로그에 글을 올린 뒤 '만세, 내가 별종이라는 게 이렇게 기쁠 수가'라거나 '우리 반에 늘 벌을 받느라 방과 후에 남는 남자애가 있는데 쿨해서였어ㅋㅋㅋ'라거나 '노바디라서 자랑스럽다, 다른 사람 눈물 쏟게 만들면 쿨한 게 아니지'라는 댓글을 읽으며, 내가 변화를 만들었다는 확신을 얻었다.

그보다 더 좋은 건 나 역시 달라졌다는 사실이다. 이번만큼은 나쁜 쪽이 아니었다.

이상한 말

다음 날 아침 학급 조회 시간에는 상황이 더 나아졌다. 코너는 별로 웃기지도 않은 농담을 하며 내 물건들을 떨어뜨렸다. 브라이언트 선생님은 늦게 왔는데, 그 말은 코너가 평소보다 나를 더 괴롭혔다는 뜻이다. 내 뺨은 달아올랐고 '날 좀 내버려 둬'라는 말이 초강력 본드로 붙어 버린 듯한 입술에 걸려 아우성치는 바람에 귀가 먹을 것 같았다. 그 와중에 엘시가 어제 하굣길에 무슨 일을 겪었는지 얘기하는 소리가 들렸다.

데이비드 게이라는 남학생 이야기였다. 선생님은 '게이'라는 단어에 '즐겁다'는 의미가 있다고 했다. 우리가 제인 오스틴이 쓴 책의 배경인 18세기에 산다면 그러려니 했을 테지만, 지금은 전혀 다른 시대다. 알 건 알아야 한다는 뜻이다. 게이라는 사실 자체는 문제 될 것이 없다. 그리고 그 아이의 부모는 즐겁게 살라는 의미로 그런 이름을 지었을지도 모른다. 하지만 학교의 몇몇 아이들은 그 점을 이해하지 못했다. 그 애들은 사람이 다 다르다는 사실도 이해하지 못하니까. 열네 살에 메이너 중학교에 다니면서 이름이 데이비드 게이라면 등에 '나를 평생 인정사정없이 괴롭혀라'라고 적힌 커다란 종이를 붙이고 돌아다니는 셈이다. (루퍼스 젤리라는 아이도 그 정도로 동네북 취급을 당하지는 않았다.) 단단히 찍힌 데이비드는 대부분의 학생이 살아남기 위해 하는 일을 했다. 아무것도 하지 않고 '가만히 있기'였다.

어제 하굣길에 데이비드 게이는 싸움에 휘말렸다. 진짜 치고받는 싸움 말이다. 3학년 남학생들이 그 애를 평소처럼 게이라고 부르며 이리저리 밀쳤다. 그러다 데이비드가 한 아이를 밀었고 다른 한 명의 얼굴에 주먹을 날렸다. 대박 사건! 데이비드는 나만큼이나 조용한 학생이다. 그러니까 이 사건은 테레사 수녀님이 누군가에게 돌려차기를 한 것과 같았다. 절대 일어날 것 같지 않은 사건이었다. 아무도 그 얘기를 믿지 않았다.

엘시가 이야기하는 동안 나는 첫 번째 쪽지를 생각했다.

'나도 가만히 있지 않을 거야.'

나도 모르게 입술이 벌어지며 웃음이 비어져 나왔다. 학교를 마치자 아빠가 주차장에서 기다리고 있었다.

"딸, 오늘 어땠어? 엄마가 그러는데 세브 상태가 나아졌대. 널 목이 빠져라 기다리고 있단다."

너무너무 기뻤다. 세브가 '나아졌다'는 말을 들은 지 백만 년은 된 것 같았다. 차 문을 닫고 우리는 평소보다 빨리 학교를 빠져나왔다.

"근데 평소랑 분위기가 살짝 달랐다더라? 세브가 너랑 둘이서만 회의해야 한다고 했대."

아빠 말에 심장이 멎는 듯했지만, 평소처럼 말하려고 애썼다.

"내가 너무 보고 싶었나? 엄마가 또 『비밀의 화원』을 읽어 줘서."

"그으을쎄다."

아빠가 저렇게 말할 때는 무슨 일이 벌어지고 있다는 낌새를 느꼈지만 확실한 증거가 없다는 뜻이다.

"낯선 단어가 등장해서 말이야. '회의'라니 뜬금없잖아, 안 그래?"

아빠는 우리가 뭘 하려는지 다 알고 있고, 좋은 일일지 나쁜 일일지 생각해 보겠다는 표정으로 나를 쳐다보았다.

"그러게, 거참 특이한 애네."

나는 어깨를 으쓱했다. 병원에 도착하자 세브는 등에 베개를 여러 개 받치고 앉아 있었는데, 아빠의 말과 달리 일요일보다 상태가 나빠 보였다. 나는 그런 생각을 떨치려 애썼다. 세브를 볼 수 있어 정말 행복했다. 하지만 세브는 지금껏 본 중에서 제일 안쓰러운 모습이었다. 궁금했다. 이게 나아진 거라면 나빠졌을 땐 대체 어떻게 보일까?

튜브로 연결된 기계가 아픈 세브의 회복을 도와준다는 사실을 알면서도 진심으로 그 모든 것에서 세브를 떼어놓고 싶었다. 의사 선생님들과 간호사 선생님들과 말도 안 되는 동물들이 서로 끌어안고 있는 정글 그림이 그려진 병원과 괴상한 맛이 나는 주스가 없는, 암에 걸릴 걱정 없는 안전한 곳으로 세브를 데려가고 싶었다.

"세브가 얼마나 용감했나 몰라!"

엄마가 활달한 목소리로 말했다. 그 목소리 톤은 엄마가 당장이라도 감정적으로 무너져 버릴지도 모른다는 신호였다.

"둘이서 회의라는 것을 좀 하게 두고, 커피나 마시러 갈까?"

아빠가 눈치 빠르게 말했다. 나는 의심받지 않기 위해 평소처럼 행동하려 애썼다. 또 다른 정체를 비밀스럽게 숨겨야 한다는 점에서 쉬운 일은 아니었다. 나는 클라크 켄트나 피터 파커가 어떻게 그렇게 오랫동안 슈퍼

맨과 스파이더맨이라는 정체를 숨길 수 있었는지 궁금했다. 나는 누군가가 온라인의 '온' 자만 꺼내도 영혼이 가출해 버릴 지경이었다. 미스 노바디로 지낸 기간이 얼마 되지 않는데도 그랬다. 엄마와 아빠가 병실 문을 닫고 나갔다. 나는 세브에게 물었다.

"괜찮아? 아빠 말로는 약 때문에 힘들다던데."

"아픈 게 아니야. 나는 소프트웨어를 업데이트 하는 중이라고."

세브가 그런 식으로 말하는 투가 좋았다. 우울하거나 겁먹지 않았다는 뜻으로 들렸다. 세브는 항상 그랬는데 덕분에 나는 세브가 언젠가 분명히 좋아지리라고 믿었다. 진짜 죽어 가는 사람들은 그럴 수 없다. 그들은 우중충하고 슬프고 심각하다. 퀴니 아주머니네 집에서 의학 드라마를 봐서 어느 정도 알고 있다. 나는 세브에게 미스 노바디에 관한 따끈따끈한 소식을 들려주었고, 세브는 나와 하이파이브를 했다. 그것 역시 좋은 징조였는데, 죽어 가는 사람들은 절대 하이파이브를 하지 않기 때문이다.

세브는 오늘 만난 새로운 의사 선생님 이야기를 했다. 하워드 선생님이라는 분인데 세브 마음에 쏙 든 모양이다. 세브는 음식을 먹기 힘들어서 튜브로 수액을 주입하는 방식으로 영양을 공급받았다. 하워드 선생님이 공룡 그림이 그려진 특별 수액 주머니를 주었다고 했다. 세브는 직접 그린 그림을 보여 주었다. 세브가 창조한 응가사우르스라는 공룡이었다. 응가사우르스는 거대한 똥산 꼭대기에 앉아 있는 아주 작은 공룡이다.

"얘는 응가를 너무 많이 해서 움직일 수가 없어! 하워드 선생님께 이 그림을 보여 주니까 지사제를 처방해 주겠다는 거 있지."

세브는 "나는 깔깔사우르스다!"라면서 눈물이 나올 때까지 웃어 댔다. 세브가 좀 진정되자 나는 응가사우루스에게 10점 만점에 7점의 공포 점수를 주었다.

"미스 노바디 블로그 조회 수가 엄청나던데?"

그 말을 듣는 내 표정이 복잡해 보였는지 세브가 덧붙였다.

"맨디 간호사님이 오늘 아침에 아이패드를 빌려주었거든. 파리 오줌 맛이 나는 약을 먹었다고 상을 주셨어."

세브는 미스 노바디 방문자들이 정해져 있는 편이지만 매일 새로운 방문자도 조금씩 늘어나는 중이라고 했다. 입소문이 나고 있었다. 그것도 아주 빠르게. 세브가 전해 준 소식에 너무 신이 난 나머지 엄마 아빠가 의사 선생님과 함께 복도를 걸어오는 것도 알아채지 못할 뻔했다. 나는 재빨리 세브에게 말했다.

"아빠 앞에서 말조심해야 해. 아빠가 우리 둘이 뭔가 꾸미고 있다고 생각하더라고. 잊지 마. 일급비밀이 들통나서는 안 돼."

"한 가지 조건이 있어. 내 수당을 올려 줘."

대답하기도 전에 엄마 아빠가 의사 선생님과 들어왔다. 여자분이었는데, 명찰에 '미스트리 박사, 소아 종양학 전문의'라고 적혀 있었다. 전에본 적은 없었지만 미스트리 선생님이 마음에 들었다. 나에게 아무 질문도하지 않았기 때문이다. 선생님은 세브가 두 주 내로 집에 갈 수 있을 거라는 기쁜 소식도 전해 주었다.

그 말은 세브가 확실히 좋아지고 있다는 의미였다! 그 말을 듣고 기뻐하는 사람은 나와 세브뿐이었다. 세브 옆의 기계에서 나는 삐삐 소리가무거운 침묵 속에 빨갛고 거대한 점을 찍고 있었다.

살해 협박

무슨 이유인지는 몰라도 매일 반복되던 코너의 아침 괴롭힘 패턴이 바뀌었다. 책상 위의 내 필통을 떨어뜨리는 대신 지퍼를 연 뒤 휴지통 위로 가져가 협박하듯 말했다.

"말 좀 해 보시지. 안 그러면 네 물건들을 쓰레기통에 처박아 버린다."

아이들이 대화를 멈추고 일제히 나를 바라보았다. 나는 갇힌 말을 꺼내지 못하고 그냥 자리에 앉아 있었다. 그럴 때면 아주 힘센 사람이 손으로 내 목구멍을 막고 코너 몰드에게 해 주고 싶은 수조억 가지 말이 나오지 못하도록 방해하는 느낌이었다.

누군가가 뛰어오며 소리쳤다.

"브라이언트 선생님 온다!"

그때 코너가 내 필통 속 물건을 휴지통에 쏟아부었다.

아이들이 웃는 소리가 들렸다. 그리고 누군가 외쳤다. "잘한다, 코너!"

"진짜 왜 저래. 왜 아무 말도 안 하는 거지?"

선생님이 들어오기 직전 메이지가 말했다. 그 말은 들은 아이들이 더 크게 웃었다. 나는 고개를 숙이고 책상을 바라보며 얼른 조회가 끝나서 아이들이 나가길, 아무도 안 볼 때 아무 말도 안 들으면서 쓰레기통 속 내 물건들을 꺼낼 수 있길 기도했다.

버나드와 메리가 크리스마스 선물로 준 고양이 형광펜에서 연필 부스러기를 털어 내는데, 브라이언트 선생님이 잠깐 얘기 좀 하자고 말했다. 몸이 얼어붙었다. 브라이언트 선생님이 나에게 말을 걸면서 말 못하는 이유에 관해 이야기하는 상황만큼 나쁜 일도 없다. 내 머릿속에 이런 말들이 차올랐다.

'선생님이 미스 노바디에 관해 알았나 봐.'

열이 화끈화끈 오르면서 심장이 두근거렸고 땀도 날 것 같았다. 내 걱정은 괜한 것이 아니었다. 선생님이 미스 노바디에 관해 알게 된 건 아니지만, 나에게 한 말은 훨씬 무섭고 나쁜 소식이었다.

"우리 반에 새로 전학 온 친구가 있단다. 네가 일주일 동안 그 친구를 도와주면 좋을 것 같은데."

나는 충격을 받아 기절할 지경이었다. 내 몸의 세포 하나하나가 '안 돼요!'라고 소리 질렀다. 그건 너무나도 겁나는 일인데다 생전 처음 보는 사람에게 말을 걸고 학교를 안내하는 일은 실제로 절대 불가능했다. 그 말을 브라이언트 선생님에게 어떻게 전해야 할지 감도 오지 않았다. 그러다가 나는 상황을 악화시키는 행동까지 하고 말았다. 웃으며 고개를 끄덕인 것이다. 브라이언트 선생님은 말했다.

"좋아! 그 애한테 당장 말을 못 붙인다고 걱정할 필요 없단다. 내가 모든 걸 설명할 거야. 킹슬리 선생님도 아주 좋은 아이디어라고 하셨어."

그건 딱히 놀라운 일이 아니었다. 브라이언트 선생님은 그 아이의 이름이 아일사고, 에든버러에서 이사 왔다고 했다. 그 애의 아빠가 돌아가셨는데 엄마가 다른 가족들과 가까이 살고 싶어서 전학 오게 되었다고 덧붙였다. 대개 같은 버스를 타는 학생을 도우미로 뽑지만, 이번만큼은 이해심이 많고 친절한 내가 그 아이에게 좋은 친구가 되어 주리라 생각한다나! 선생님은 내가 우리 반의 어떤 애들처럼 그 애를 괴롭히지 않을 것을 믿기 때문에 이런 미션을 주었는지도 모른다. (에든버러에 대해 제대로 들은 사람이 나밖에 없다고 생각했을 가능성도 있다.)

한편으로는 별똥별이 떨어지는 일보다 더 드문 기회가 찾아왔다는 사실에 설레고 흥분됐다. 친구라니! 동시에 엄청난 두려움이 몰려왔다.

○

그날 오후 옥타비아 선생님에게 그 이야기를 했다. 선생님은 잘됐다며, 너무 걱정될 땐 무엇이 두려운지 구체적으로 적어 보라고 했다. 그러면 머릿속을 떠돌던 두려움이 사라질 거라고 했다. 선생님은 커다란 종이 한 장과 펜을 주었다. 나를 두렵게 하는 걱정거리를 적은 뒤 선생님 앞에서 소리 내 읽었다.

아일사와 친구로 지내야 하는 일이 걱정됩니다. 아래에 적은 일이 한 가지 혹은 몇 가지, 아니면 전부 다 일어날지도 모르기 때문입니다.

1. 브라이언트 선생님이 내가 아일사의 도우미 친구가 될 거라고 말하자

모두 웃음을 터뜨린다. 선생님은 마음을 바꿔 다른 누군가를 뽑고, 아이들은 그 일을 두고 영원히 나를 놀린다.

2. 모두 나를 쳐다본다. 나는 주목받는 상황이 싫다.

3. 메이지 러브가 아일사에게 내가 왕따라고 말하고, 아일사는 그 사실을 브라이언트 선생님에게 말하는 대신 메이지와 친구가 된다.

4. 아이들이 나에게 더 못되게 군다. 아일사가 내 친구라는 이유로 그 애도 괴롭히기 시작한다.

5. 내 목구멍이 평소처럼 꽉 막혀서 아일사에게 아무 말도 못 한다. 아일사는 인사조차 못 하는 나를 싫어하면서 브라이언트 선생님이 말도 못 하는 나를 자기 친구로 골랐다고 어처구니없어한다.

6. 아일사도 학폭 가해자였다. 내가 '안녕' 하고 인사를 하지 않는다고 내 얼굴에 주먹을 날린다.

"이런 걱정들이 머릿속에 가득 차 있는 상태에서 뭔가 하려면 정말 힘들 거야!"

옥타비아 선생님은 말했다. 사실 이건 일부분일 뿐이다. 다 쓰려면 종이가 더 필요했지만, 더 달라고 하고 싶지 않았다. 선생님은 아주 중요한 이야기를 했다. 나는 그 말을 잊지 않으려고 열심히 들었다. 다음과 같은 말이다.

어떤 일이 일어나기 전에 걱정하는 건 괜찮다. 한 주 동안 누군가의 친구가 되어 적응을 돕는 중요한 일을 앞뒀을 때도 마찬가지다. 하지만 나쁜 일이라고 확실히 결론짓기 전에 실제로 어떤지 해 봐야 한다. 걱정스러운 기분은 정말 끔찍하다. 하지만 그런 감정은 실제로 네가 하고자 하는 일을 막지 못한다. 정말 열심히 애쓴다면 말이다.

선생님이 어떤 확신도 줄 수 없지만, 인사를 안 해도 아일사가 얼굴에 주먹을 날리지 않는다는 것만큼은 언어 치료사로서 백 퍼센트 보증한다고 했다.

"아일사도 새로운 학교로 전학 와야 한다는 사실이 조금은 걱정되지 않을까?"

"그럴 것 같아요."

"어쩌면 아일사도 너처럼 걱정거리가 많을지 몰라. 아마 그 애도 지금쯤 걱정하고 있겠지. 브라이언트 선생님이 너를 선택한 건 네가 그 아이에게 좋은 친구가 되어 줄 거라고 믿기 때문이니까, 너도 선생님을 믿어야 해."

옥타비아 선생님은 나쁜 생각과 좋은 생각의 균형을 맞춰 보자고 했다. 아일사의 도우미 친구가 될 때 일어날 일을 걱정하는 글 옆에 이 상황을 긍정적으로 바꾸려면 어떻게 해야 할지 적었다. 옥타비아 선생님은 내 글을 바탕으로 브라이언트 선생님과 킹슬리 선생님에게 도움이 될 만한 내용을 정리해서 이메일로 보내겠다고 했다. 나는 다음과 같이 적었다.

1. 브라이언트 선생님이 나를 교실 앞으로 나가도록 하거나 내가 아일사의 일주일 도우미 친구라는 것을 어떤 방법으로든 말하지 않는다면 도움이 될 것이다.
2. 아이들이 나를 쳐다보지 않는다면 도움이 될 것이다.
3. 나와 아일사가 친구가 되었다고 메이지와 코너가 놀리지 않는다면 도움이 될 것이다.
4. 아이들이 아일사를 친절하게 대하면 좋겠다.

5. 일단 아일사를 소개받고 함께 도서관에 간다면 그곳에서 아일사와 이
   야기할 수 있을 것 같다.
6. 아일사가 좋은 아이고 내가 처음에 아무 말도 못 한다 해도 별로 상관
   하지 않기를 바란다.

그다음 옥타비아 선생님이 뇌의 어느 부위에서 불안이 시작되는지 설명해 주었고, 나는 다음과 같이 덧붙였다.

7. 아무도 내 얼굴에 주먹을 날리지 않았으면 좋겠다.

옥타비아 선생님이 좋은 말들을 쏟아부어 주었지만, 나는 여전히 엄청난 걱정에 휩싸였다. 아빠에게 학교를 한 주만 쉬면 안 되겠냐고 사정했다. 아일사와 일주일 친구가 되어야 한다는 '매우 타당한 이유'가 있는데도, 아빠는 내가 학교를 쉬고 싶다고 할 때마다 보였던 반응으로 일관했다. "너한테 정말 잘된 일이잖니! 그런 좋은 기회를 놓치면 안 되지!" "괜찮을 거야!" "그만 좀 해라, 로절린드. 아빠 피곤하다."

나는 옥타비아 선생님의 충고를 받아들여 걱정스러운 일에 대해 적어보기로 했다. 그리고 그날 밤, 나는 아빠에게 방에서 책을 읽겠다고 말하고, 책을 읽는 대신 '미스 노바디의 메이너 중학교에서 목소리 내기 캠페인' 1화를 올렸다. 그러자 신기하게도 기분이 조금 나아졌다.

나에게 쪽지를 보낸 모든 노바디에게 이 블로그를 바칩니다.
(어떤 기분인지 알고 있습니다. 절 믿으십시오.)

메이너 중학교 쿨 리스트!

다들 알다시피 메이너 중학교에서 쿨하다는 소리를 듣는 일은 꽤 어렵습니다. 여러분이 알지 못하는 학생들을 끔찍한 방법으로 괴롭히는 일을 상상해 보세요! 웬일인지 몰라도 이 학생들은 아주 쉽게 해냅니다.

잭 시밍턴

잭은 메이너 중학교에서 쿨한 학생으로 지내느라 아주 바쁩니다. 지난주 누군가의 체육복을 훔치고, 또 다른 학생의 가방을 예술관 지붕 위로 던졌으며, 1학년 여학생에게 살 좀 빼야겠다는 막말을 했죠. 잭, 학교에서 빼야 하는 건 나불대는 네 입밖에 없다. 어쨌든 쿨 리스트의 넘버원을 기록하느라 수고했다. 경쟁자가 얼마나 많았는지 모를 거다. 진심이다.

3학년 페니

하루가 멀다 하고 학생들의 물건을 창밖으로 던져서 아주 쿨한 학생이라고 인정받고 있습니다. 페니는 지난주 자기랑 '똑같은 가방을 들고 다닌다'는 죄명을 붙여 2학년 여학생을 폭행했습니다. 페니, 그런 이유로 누군가를 혼내기 전에 가방 가게부터 탓해야지.

제이미와 패거리들

뇌가 텅텅 빈 이 학생들은 메이너 중학교 쿨의 새로운 장을 열고 있습니다. 많은 학생이 쪽지로 녀석들과 '과학관 남자 화장실에서 벌어진 괴이한 사건'에 대해 전해 주었습니다. 제이미와 패거리들은 점심시간에 화장실에 갈 만큼 쿨하지 않은 노바디들을 기다렸다가 그 학생들의 머리를 문에 밀어 부딪치게 하고, 물건들을 변기에 넣은 뒤 물을 내리고, 젖은 두루마리 휴지를 뭉쳐서 던졌습니다. 세 명의 화장실 괴물들이 손이라도 씻었길 바랍시다. (그러지 않았으리라 추측합니다).

메이너 중학교에서는 명예를 살 수 있어요. 돈이 아니라 원한과 멍청함으로 말입니다. 이제 우리가 바꿔야 할 때입니다.

나는 미스 노바디입니다.

금요일에 학교를 마치고 세브를 보러 갔다. 세브는 방문자 수가 전보다 늘었다고 했다. 주말 사이에 '좋아요' 뿐만 아니라 '쿨 리스트'에 넣을 후보자에 관한 쪽지도 많이 왔다. 진짜 끝내준다. 미스 노바디의 팬은 분명 아닌 듯한 누군가로부터의 쪽지도 있었다. 닉네임이 'me4evaC'였다.

미스 노바디 니가 누구건 걸리기만 해라.

내 손에 디졌다.

엄밀히 말하면 살해 협박이었지만, 나는 me4evaC가 '뒈졌다'의 철자를 틀렸다는 점에 주목했다. 날 죽이겠다고 협박하지만 이 학생은 확실히 '살인을 할 만한 두뇌'를 가지지 못했다. 정체를 알 수 없는 살해 협박자는 내가 메이너 중학교의 쿨한 학생들에 대해 의심하던 바를 확인시켜 주었다. 녀석들은 전부 똥멍청이들이다. 잠재적 살인자라고 해도 말이다.

166

나의 첫 친구

월요일 아침이었다. 이날은 전학생에게 도우미 친구가 되는 첫날이었다. 학교 도착 시각이 아슬아슬했다. 아빠가 차창에 낀 성에를 제거하는 데 시간이 너무 많이 걸렸고, 안전을 최우선으로 하겠다는 말은 결과적으로 도로에서 가장 천천히 달리겠다는 뜻이었다. 마침내 학교에 도착했다. 교문 앞에 학생들 몇 명이 서성이고 있었는데, 아빠가 차창 밖으로 고개를 내밀고 "도우미 친구, 파이팅!" 하고 외쳤고, 그 말을 들은 아이들이 아빠랑 나를 번갈아 쳐다보았다.

학교 건물 안은 온도가 5도밖에 되지 않았지만, 교실에 다다를 때쯤 나는 너무 더워서 기절할 지경이었다. 옥타비아 선생님이 브라이언트 선생님에게 이메일을 보내겠다고 했지만, 브라이언트 선생님이 학급 조회 시간에 그 얘길 하면 어쩌나 너무나도 걱정스러웠다. 평소보다 더 긴장되고 겁이 나서 아일사에게 말 한마디 못 붙일 것만 같다. 머릿속에는 반 아이들의 비웃음 소리가 울려 퍼졌다.

교실에 들어가자 아이들 대부분이 와 있었는데, 내가 별로 좋아하지 않는 상황이었다. 제일 먼저 가서 앉아 있어야 아이들이 내가 들어가는 모습을 보지 못할 테니까. 브라이언트 선생님도 교실에 와 있었다. 선생님은 새로 온 여학생과 이야기를 나누고 있었다. 그 아이가 아일사였다. 아일사는 내가 지금껏 본 아이 중에 가장 착하고 상냥해 보였다. 카터 선생님이 영어 교실에 붙여 둔 로알드 달의 포스터 속 글귀가 떠올랐다.

'좋은 생각을 하면 얼굴이 햇살처럼 빛나서 언제나 사랑스러워 보일 거야!'

아일사의 얼굴이 딱 그랬다. 주근깨가 아주 많아서 굳이 말하자면 초록색 눈을 가진 석양의 해 같은 얼굴이었다.

브라이언트 선생님이 나에게 가까이 오라고 손짓했다. 선생님이 나를 아일사에게 소개하자 아일사가 웃었다. 아일사의 눈과 미소를 보자 상냥하고 영리하며 착한 아이라는 확신이 들었다. 어찌나 마음이 놓이든지 기뻐서 심장이 터져 버릴 것만 같았다. 아일사는 메이너 중학교에서 내가 눈물이 터지면 어쩌나 하는 불안감 없이 마주 본 최초의 아이였다. 브라이언트 선생님은 말했다.

"네가 아무 말 하지 않아도 아일사는 괜찮단다. 뭔가 궁금한 점이 있으면 아일사가 여기 내가 준 공책에 적을 거야."

정말 기뻤다. 나 같은 사람을 충분히 배려한 행동이었다. 그 말은 내가 말하지 않아도 아일사는 무례하다고 느끼지 않으리라는 의미였다. 무엇보다 나는 글쓰기를 좋아했다. 머릿속에 얼어붙은 말들의 두꺼운 빙하가 아주 조금씩 녹기 시작하는 느낌이었다. 아일사가 내 책상 옆자리에 앉았다. 나는 선생님이 준 공책에 이렇게 적었다.

'안녕, 환영해!'

그러자 아일사가 방긋 웃더니 이렇게 적었다.

'고마워.☺'

나는 새로운 일정 계획표에서 시간표 적는 곳을 찾아 주었다. 아일사는 내 글씨를 보더니 정말 잘 쓴다고 칭찬했다. 나는 다른 곳으로 눈을 돌리지 않고 아일사에게 웃어 보였다. 긴장한 상태지만 목이 완전히 잠기지는 않았다. 말하지 않고 교감한 경험 중 최고였다. 조회 시간 내내 나는 책상 아래에서 손가락을 꼬고 아일사가 일주일 동안 나와 친구로 잘 지내도록 소원을 빌었다. 또 짧은 기도도 드렸다.

'하나님, 이번 주에 아일사에게 뭐든 말할 수 있게 도와주세요. 단 한마디라도 괜찮아요.'

꿈을 꾸는 기분이었다. 커다란 벼랑 끝에 서 있지도 않고 지하실에 갇히거나 집이 물에 잠겨 익사하는 꿈도 아니었다. 따뜻하고 안전한 느낌이 드는 마법처럼 행복한 꿈이었다.

꿈같은 기분은 과학 시간에도 계속되었다. 셸던 선생님이 아일사더러 나와 함께 짝을 이뤄 과학 전시회를 준비하라고 했다. 나는 준비하던 프로젝트와 전시 계획을 아일사에게 보여 주었다.

"이 프로젝트 진짜 좋다. 마분지로 거대한 오렌지주스 팩을 만들면 어때? 전시회에서 눈에 띄게 말이야."

아일사의 초록색 눈이 반짝였다. 나는 고개를 끄덕였다. 아일사가 짝꿍이라면 사람들이 내 프로젝트를 주목해도 엄청나게 끔찍한 기분이 들지 않을 것 같다. 아일사가 심사위원의 질문에 대답하면 되니까. (나는 거대한 오렌지주스 팩 뒤에 숨을 수도 있다.)

점심시간에 나는 공책에 이렇게 썼다.

'도서관에 가 볼래? 책 좋아해?'

아일사는 책을 좋아한다고 했다! 아일사에게 같이 도서관 봉사위원회로 활동하면 어떻겠냐고 넌지시 물었다(물론 공책에 써서).

"멋지다!"

나는 아일사를 구데이커 선생님에게 데려갔다. 선생님은 "잘했다, 로즈메리! 봉사자가 더 있으면 좋겠다고 생각하던 참인데!"라고 하더니, 아일사에게 래짓 오빠가 면접 어쩌고 하더라도 무시하라고 했다. 웃음이 터져 나오는 바람에 조금 소리 내어 웃었다. 그렇게 아일사는 도서관 봉사위원이 되었고 나는 아일사에게 활짝 웃었다. 최고로 기분 좋은 날이었다.

하지만 늘 그렇듯 좋은 기분은 오래가지 않는다. 도서관을 걸어 나오는데 눈에 익은 얼굴이 보였다. 아이라이너 번진 언니였다. (이번에는 아이라이너가 번지지 않고 말끔했지만) 그 언니는 크리스털의 복제 인간들 몇 명과 함께였다. 내가 조금 오래 쳐다보았는지 언니는 복제 인간들과 함께 내 옆으로 지나가면서 나를 세게 밀쳤다. 그 바람에 얼음장처럼 차가운 콘크리트 바닥 위로 넘어져 무릎이 쓸렸다. 타이츠가 찢어지고 살갗이 까져서 따끔거리면서 피가 배어났다. 아일사가 소리쳤다.

"왜 이래요!"

언니들은 자기들끼리 낄낄거리며 달려가 버렸다. 아일사가 구데이커 선생님을 데려오겠다고 했지만, 나는 고개를 저으며 아프지 않은 척했다. 사실은 그렇지 않았다. 정말 아팠다. 무릎이 아프다기보다는 머리와 마음이 아팠다. 나는 아일사가 학교에서 내가 얼마나 미움받고 있는지 몰랐으면 했다. 혹시라도 아는 날엔 아일사가 더는 나와 친구로 지내고 싶지 않다고 할 수도 있다.

"저런 애들은 그냥 멍청이들이야."

아일사는 지난번 학교에도 저런 아이들이 있었다고 했다.

"학교에서 말하기 어렵다는 거 알아. 그래도 저런 짓 하는 애들은 누군가에게 알려야 한다고 생각해. 내가 브라이언트 선생님께 말씀드릴까?"

나는 고개를 저었다. 아일사가 브라이언트 선생님이나 누군가에게 아무 말도 하지 않길 바랐다. 나는 공책을 꺼내서 이렇게 적었다.

'아무 말도 하지 말아 줘. 저 언니들은 누구한테나 저러거든!'

머릿속으로는 만약 내 처음이자 유일한 친구이며 메이너 중학교에서 만난 가장 상냥한 아이 앞에서 나를 밀어 무릎을 까지게 한 괴롭힘 가해자들을 학교가 계속해서 방관한다면, 미스 노바디가 처방을 내리는 수밖에 없다고 다짐했다.

○

집에 돌아오자 엄마가 타이츠가 왜 그러냐며 무슨 일이 있었냐고 물었다. 나는 다리가 꼬여 미끄러졌다고 둘러댔다.

"불쌍한 우리 딸!"

엄마가 나를 꼭 안아 주었다. 눈물이 터질 듯했지만 참았다. 대신 눈을 꼭 감고 나를 밀어 넘어뜨린 멍청한 패거리들에게 해 주고 싶은 말을 떠올렸다. 그러자 그 말이 머릿속에 거대한 분노의 눈물방울들을 만들어 냈다. 나는 위층으로 올라가 미스 노바디 블로그에 새 글을 썼다.

주의 : 복제 인간들은 여러분의 건강에 위험할 수 있습니다

크리스털의 유전자를 복사해서 붙인 듯한 패거리들과 마주친 뒤, 다음과 같은 증상을 경험한 적이 있습니까?

밀려서 넘어짐. 다리를 걸어서 넘어짐. 벽에 짓눌림. 물건을 도둑맞음. 욕설을 들음. 집단 폭행당함. 학교에서 숨어 있음.

만약 그렇다면, 여러분은 메이너 중학교를 휩쓸고 있는 오염된 복제 인간 바이러스에 감염된 것입니다. 그 바이러스는 전염률이 매우 높고 증상 또한 심각합니다.

똘마니들도 주동자만큼이나 해롭다고 밝혀졌습니다. 크리스털의 똘마니들과 접촉하지 않도록 하십시오. 또 이 말을 널리 알려 주십시오.

그 병으로 고통받는 사람을 본다면 반드시 돕기 바랍니다. 메이너 중학교의 괴롭힘 전염병과 싸워 이깁시다.

나는 미스 노바디입니다.

나는 최근에 받은 쪽지는 철저히 무시했다.

미스 노바디 니가 누구 건 걸리기만 해라.

내 손에 디졌다.

좋은 소식과 나쁜 소식

멋진 일이 일어났다. 나흘 내내 아일사가 나와 친구로 지냈다. 다른 누군가에게 가지 않았고, 나를 싫어하거나 얼굴에 주먹을 날리지도 않았다. 그 말은 가능성이 지극히 낮았던 기적이 실제로 일어나 아일사가 내 처음이자 유일한 친구가 되었다는 뜻이다. (아주 약간 강제성을 띠긴 했지만, 퀸니 아주머니나 아주머니네 고양이들이나 구데이커 선생님이나 가족이나 언어 치료사 선생님은 빼고 말이다.)

아일사는 수업마다 내 옆에 앉았다. 역사 시간마저도. 킹슬리 선생님이 모든 선생님에게 이메일을 보내서 나를 아일사와 함께 앉게 해 달라고 했다. 그야말로 특별 대우였는데, 보통 때면 싫었겠지만 이번만큼은 좋은 의미로 특별했다.

"잘됐네! 이젠 음소거 개미랑 앉을 필요가 없으니 너무 좋다!"

메이지가 속삭였지만, 나는 평소처럼 겁먹지 않았다. 아일사와 함께 다니자 학교에서 하는 모든 것이 수백만 배는 좋아졌다.

쉬는 시간에 사물함에서 물건을 가져오는 일도 크게 두렵지 않았다. 내 사물함이 아일사와 같은 구역에 있진 않았지만, 아일사는 사물함에 갈 때 함께 가 주었고, 나도 그렇게 했다. 우리는 점심시간에도 함께였다. 덕분에 점심을 먹기 위해 영어관 화장실이나 도서관에 숨을 필요가 없었다. 날씨가 무척 추웠지만 아일사는 추위에 익숙하다고 했다. 우리는 도서관 바깥뜰 벤치에 앉아서 샌드위치를 먹었다. 아일사는 별말 안 했지만 점심을 나와서 먹자고 한 까닭은 짐작이 갔다. 우리가 매점에 갔을 때 한 여학생이 나를 밀치면서 "저리 비켜, 별종아!"라고 했는데, 그 애한테 해 주고 싶은 말이 수없이 떠올랐지만, 그 말이 몽땅 내 머릿속의 블랙홀 속으로 사라지고 말았다. 의자에 앉자 아일사가 비스킷을 먹겠냐고 물어보았는데, 나는 고개를 끄덕일 힘조차 없었다.

아일사는 비스킷 하나를 건넸다. 그걸 먹기 위해 입을 움직이기도 벅찼다. 아일사는 내가 말하지 않아도 개의치 않는 눈치였다. 나는 진심으로 아일사와 이야기하고 싶었다. 내가 학교에서 그렇게 할 수 있는 유일한 곳은 도서관이었다.

다음 날, 아일사는 과학 전시회 프로젝트 생각만 하면 정말 신난다면서 자기 엄마가 우리에게 필요한 재료들을 마련해 줄 수 있다고 했다. 미술 시간에 나는 공책에 이렇게 적었다.

'점심시간에 도서관에서 프로젝트 준비할래?'

'좋아!! ☺'

(아일사는 대답할 때 항상 웃는 얼굴을 그려 넣었다.)

그날 점심시간에 우리는 과학책을 들고 도서관에 가서, 가장 구석에 있는 책상에 자리 잡았다. 래짓 오빠는 스도쿠를 푸는 중이었고, 구데이커 선생님은 사무실에 있었으며, 창가에서 책을 읽는 학생이 몇 명 있었다. 나는 아주 깊게 심호흡을 했다. 옥타비아 선생님이 알려 준 대로 발을 바닥에 단단히 고정하고 작게 콧소리를 냈다. 그러고 나서 조용히 말했다.

"우리 부스에 뭐가 필요하지?"

그러자 뭔가 부서지는 느낌이 들었다. 일주일 내내 머릿속에서 '말해!' 하고 천둥소리를 울려 대던 거대한 먹구름이 드디어 잠잠해진 것이다. 아일사가 눈을 반짝이며 미소 지었다.

"당연히 오렌지주스지!"

아일사는 토요일에 자기 집에 와서 프로젝트를 준비할 수 있냐고 물었다. 퀴니 아주머니네가 아닌 다른 사람 집에 간다니, 정말이지 믿기 어려웠고 동시에 무척 신이 났다. 고개를 끄덕이며 "좋아!" 하고 대답할 때는 뺨이 화끈거리는 느낌까지 들었다. 아일사는 뭔가 부탁할 때도 무척 상냥했다. 이 세상에서 내 선택적 함구증이 별나다며 나와 친구로 지내기를 꺼리지 않는 유일한 사람이었다.

아일사가 휴대폰을 달라고 하더니 자기 번호를 입력했다. 그러면서 휴대폰이 비싼 것이 아니라느니 어쩌느니 하는 말은 전혀 하지 않았다. 아일사가 휴대폰을 돌려주었다.

"전화번호 저장하게 나한테 전화 걸어 줄래? 엄마한테 말하고 문자 보낼게. 아마 몇 주 걸릴 거야. 아직 짐 정리를 못 해서 집이 엉망이거든."

"우리 집은 정반대야. 아빠가 청소 강박증이 있어."

"우리 아빠는 물건 만드는 강박증이 있었는데! 이것도 만들어 주셨어."

아일사가 목걸이를 보여 주었다. 은빛이 도는 푸른 보석이 달려 있었다.

"이건 수정이야. 자세히 보면 내 이름이 있어. 한번 볼래?"

아일사가 목걸이에 빛이 비치도록 들어 올렸다. 얼굴을 바짝 대자 안에 적힌 아주 조그마한 글씨가 보였다. 나는 소리 내 읽었다. "아일사."

"난 이 목걸이를 항상 걸고 다녀. 행운을 가져다주는 부적 같은 거야."

아일사가 살짝 고인 눈물을 훔쳤다.

"이 목걸이가 우리 프로젝트에 행운을 불러왔으면 좋겠다. 사실 초등학교 때 과학상을 탄 적이 있어. 열심히 해 볼게."

아일사는 활짝 웃더니 '우리가 해야 할 일' 목록에 '멋진 전시 부스 만들기!'라고 적었다.

그날 메이지 러브는 나를 향한 증오를 몇 단계 높인 듯했다. 프랑스어 수업 시간에 대화 연습을 하는데 메이지는 "무슨 소리지? 아, 아무것도 아니네. 그냥 음소거 개미였잖아"라고 했다. 미술 시간에는 내 옆을 지나가는 케이티에게 "조심해. 음소거 개미병에 전염될라"라고 했다. 그런 식으로 내 별명을 지어 부르는 바람에 반 아이들 모두가 나를 그렇게 부르기 시작했다. 과학 시간에는 비니가 "음소거 개미, 사인펜 좀 빌려줄래?"라고 하더니 불법 레슬링 동작인지 뭔지 하는 과학 프로젝트 포스터를 만든다면서 펜이 나오지 않을 때까지 휘갈겨 썼다. 역사 시간에는 코너가 내 책상 위 물건들을 모조리 떨어뜨리고는 "음소거 개미 좀 봐라, 얼굴이 불타는 고구마처럼 빨개졌다!"라고 놀려 댔다. 아무렇지 않은 척했지만 너무 속상했다.

다음 날, 아이들은 아일사에게도 그런 식으로 말하기 시작했다.

"왜 음소거 개미랑 친하게 지내는 거야? 너한테 말도 안 하는 애랑 친구로 지내는 이유가 뭔데?"

나는 아무 말도 못 했지만 아일사는 달랐다.

"네가 어떻게 생각하건 상관없어. 우리가 마음에 안 들면 그냥 내버려 두지 그래?"

가슴 한편에서 눈물이 흘렀다. 나 때문에 아일사까지 괴롭힘을 당했다. 한편으로 아일사가 아이들에게 굴하지 않는 모습이 엄청나게 멋져 보였다. 하지만 아일사가 이런 일까지 겪다니, 정말 마음이 아팠다.

점심시간이 되었다. 아일사와 도서관에서 과학 프로젝트를 준비하는데 심각하게 나쁜 일이 생겼다. 그 탓에 속이 더 상하고 말았다.

우리는 바깥뜰이 내다보이는 창가 자리에 앉아 있었다. 갑자기 바깥에 학생들이 엄청나게 몰려들기 시작했다. 크리스털과 복제 인간들이 맨 앞에 서 있었다. 아일사도 "무슨 일이래?"라며 일어섰다.

사람이 너무 많아서 제대로 보이지 않았다. 나중에 반 아이들이 이야기하는 걸 듣고 알게 된 사실은 이랬다. 크리스털과 패거리들은 홀리라는 2학년 언니를 에워싸고 때렸다. 홀리 언니의 친구들이 말리려 했지만, 너무 무섭게 겁주는 바람에 아무것도 할 수 없어서 선생님을 불러와야 했다. 결국 홀리 언니는 눈에 멍이 들고 입술이 찢어졌다. 나머지 이야기는 차마 더 듣기 힘들었다. 케이티가 한 말이 내 머릿속에 꽂혀 끝없이 메아리쳤기 때문이다.

"홀리 언니가 미스 노바디래."
"홀리 언니가 미스 노바디래."
"홀리 언니가 미스 노바디래."
"홀리 언니가 미스 노바디래."
"홀리 언니가 미스 노바디래."
"홀리 언니가 미스 노바디래."

멈추지 않을 거야

월요일이 되자 온 세상이 다시 꽁꽁 얼어붙었다. 교문을 걸어 들어가는데 진짜 겁이 났다. 세브의 상상으로 만들어 낸 결계가 나를 크리스털의 주먹에서 보호해 주지 못할 것 같아 두려웠다. 사실은 홀리 언니한테 너무나 미안했다.

온종일 머릿속에서 이 말이 네온사인처럼 번쩍였다.

'내가 미스 노바디다.'

점심시간에는 아일사에게 한마디도 못 했다. 주말 동안 미스 노바디 활동을 하지 않았지만, 실수로라도 그 얘길 꺼낼까 봐 겁이 났다.

역사 시간에 딘 선생님은 중세 시대의 형벌 제도를 설명했다. 그 시대에는 죄를 저지른 사람들에게 빨갛게 달아오른 금속 막대기를 메고 다니게 하거나 손을 잘랐다고 한다. 상상만으로도 손이 떨리고 속이 울렁거렸다. 아일사가 괜찮냐고 속삭였다. 전혀 괜찮지 않았지만 나는 고개를 끄덕였다. 수업이 끝날 즈음, 케이티가 홀리 언니에게 주먹을 휘두른 크리스털 언니가 3일간 정학당했다고 말하는 소리가 들렸다. 머릿속에는 여전히 거대한 네온사인이 번쩍였지만 굉장한 안도감이 밀려왔다. 한편으로 중세 시대에 태어나지 않은 크리스털 언니는 운이 좋은 케이스라는 생각이 들었다.

학교를 마치고 퀸니 아주머니네 집으로 가서 세브 소식을 기다렸다. 퀸니 아주머니는 케이크를 만들어 주었다. 그리고 (너무 많이 들어서 당연히 알고 있는) 선한 사마리아인 이야기를 하면서 중간중간 케이크에 무슨 재료를 넣어야 하는지 알려 주었다. 아주머니가 이야기하는 동안 나는 홀리 언니와 크리스털 언니와 미스 노바디를 생각했다. 그리고 나서 다음과 같은 결론을 내렸다.

나에게는 매우 중요한 두 가지가 있다. 첫째, 세브는 아무도 미스 노바디를 추적하지 못하게 보안을 확실히 했다. 전 세계에서 내가 미스 노바디라는 사실을 아는 사람은 나와 세브 말고는 없다. 우리는 아무에게도 그 사실을 밝히지 않을 것이다. 둘째, 미스 노바디는 크리스털 언니 같은 괴롭힘 가해자들에게 맞서는 유일한 사람이다. 크리스털 언니는 사흘 뒤면 다시 학교에 나온다. 지금 와서 멈출 수는 없다.

이 상황이야말로 현실 버전의 마녀사냥 같았다. 크리스털과 패거리들은 미스 노바디를 찾으려고 혈안이다. 누군가 누명을 쓰리라는 사실은 불 보듯 뻔했다. 체육 시간에 자신이 미스 노바디라고 말해 버린(거짓말이지만) 홀리 언니처럼 누군가 또 그렇게 말한다면 모두 진짜라고 생각할 것이다.

홀리 언니는 미스 노바디 때문에 폭행을 당했지만, 과연 이 학교에서 폭행을 당하지 않은 학생이 몇이나 될까? 숫자로 따지면 나는 분명히 이기고 있었다. 메이너 중학교에서 누군가는 노바디들을 위해 목소리를 내야 한다. 그 누군가가 바로 나다.

그날 밤, 퀸니 아주머니가 기네스북에 오를 만큼 아주 오랫동안 기도하면서 신기록을 경신하는 동안 나는 아일사의 문자를 받았다.

'엄마가 다음 주 토요일에 와도 괜찮대.☺'

기분이 날아갈 듯 했는데, 아빠에게 세브가 집에 오지 못한다는 말을 듣고 바로 기분이 가라앉고 말았다. 집에 오자마자 나는 곧장 위층으로 올라가서 미스 노바디 블로그에 글을 썼다.

뇌 없는 자들을 위한 두뇌 게임

지난주 미스 노바디 구독자 중 한 명을 여왕벌과 사나운 일벌 떼가 잔인하게 괴롭히는 모습을 보았습니까? 그 일로 블로그에 글 쓰는 일이 조금 위험해졌습니다. 메이너 중학교의 비열한 가해자들이 들고일어났습니다.

그들은 미스 노바디가 의견을 내는 것을 원치 않습니다. 우리가 목소리를 높이길 원하지 않습니다. 문제는 저들이 완전히 엉뚱한 사람을 다치게 했다는 사실입니다. 그러고는 신경도 쓰지 않겠지요. 하지만 나는 걱정됩니다. 나는 누구도 다치는 것을 원치 않습니다. 그것이 내가 미스 노바디가 된 까닭이자 이렇게 글을 쓰는 이유이기도 합니다. (우리가 영원히 입을 다문 채 침묵만 지켜서는 안 되기 때문이기도 합니다.)

그 무엇으로도 메이너 중학교의 괴롭힘 주동자들을 폭로하는 일을 막지 못할 것입니다. 노바디들을 위해 맞서는 나를 막을 수 없습니다. 나를 완전히 멈추게 할 수 없습니다. 미스 노바디는 아무도 두렵지 않습니다.

심장이 두근댔다. 나는 발행 버튼을 몇 번이나 클릭했다.

도덕적 잣대

그 주에는 세브를 보러 갈 수 없었다. 여러 가지 테스트를 받느라 세브 몸 상태가 좋지 않다고 했다. 엄마 아빠는 의사 선생님과 면담을 하러 갔다. 뭔가 안 좋은 일이 일어날 것 같았다. 왜 세브가 집에 오면 안 되는지 이해할 수 없었다. 뱃속에서 이상한 느낌이 꿈틀댔는데, 시험 보기 전 기분이랑 비슷했다.

그 느낌은 학교에서 아이들이 진짜 미스 노바디가 누구일지 떠들어 대는 것을 듣자 더 심해졌다. 메이지는 크리스털과 복제 인간들이 버스에서 아이들에게 아는 건 없는지 묻고 다니더라고 했다. 메이지가 말하는 동안 내 머릿속에 떠오른 커다란 침묵의 말풍선에는 '유죄'라고 적혀 있었다.

금요일에는 학교가 끝나자마자 바로 퀸니 아주머니네로 갔다. 퀸니 아주머니는 소파에 있었고, 고양이들은 발 받침에서 자는 중이었다.

"어서 오렴, 아가. 메리와 버나드에게 잃어버린 양 이야기를 읽어 주려던 참이야!"

그 이야기는 기꺼이 들을 마음이 있었다. 다른 성경 이야기에 비하면 꽤 짧은 편이고, 큰 경사('매우 기쁜 일'이라는 말의 옛날식 표현이다)로 끝나기 때문이다. 이야기를 들으면서 캘리그래피를 해도 되냐고 묻자 아주머니는 고개를 끄덕였다. 해피엔딩으로 끝나는 성경 이야기라면 언제나 환영이다. 이야기가 끝나면 아주머니의 특제 건포도빵을 먹을 수 있다. 어떤 이야기들은 해피엔딩의 정반대인 뉘우침으로 끝났다. 퀸니 아주머니는 우리가 하나님께 진심으로 회개해야 하며 그러지 않으면 끔찍한 벌을 받는다고 했다. 공들여 키우던 농작물이 모두 죽거나 영원히 괴이한 꿈을 꾸는 식으로 말이다. 그 이야기를 들은 뒤에 건포도빵을 바로 먹지 못했는데, 퀸니 아주머니가 아주 오래오래 기도했기 때문이다. 잿빛 침묵이 가득한 우리 집에 있는 것보다는 그 편이 나았다.

퀸니 아주머니는 내가 걱정한다는 사실을 알았다. 나에게 잼 덩어리가 유난히 크게 얹힌 건포도빵을 주면서 위로해 주었다.

"걱정하지 마, 아가. 세브는 금방 집에 돌아올 거다."

나는 세브보다 크리스털과 복제 인간들에게 맞을까 봐 걱정이 돼서 마음이 좋지 않았다. 나는 아주머니에게 물었다.

"옳은 길로 가는데 나쁜 일이 일어나기도 해요?"

"그럼, 아가! 가끔은 옳은 길이 험난할 수도 있단다."

그러더니 아주머니는 쯧쯧 혀를 차며 메리를 좀 보라고 했다. 메리는 창밖의 새를 보는 중이었다.

"메리는 내가 하는 말에 귀를 기울이는 법이 없어!"

아주머니는 내 쪽으로 몸을 돌렸다.

"너 자신이 옳은 길을 가고 있다는 걸 알 거야. 하나님이 네게 미소 짓고 계시단다, 아가."

그러고는 도덕적 잣대에 대해 설명했다. 우리 마음속에는 조그마한 잣대가 있는데, 그것은 우리가 옳은 일을 했을 때와 잘못된 일을 했을 때를 알려 주는 역할을 한다. 다른 사람을 돕거나 친절한 말을 하는 등 옳은 일을 하면 도덕적 잣대는 '정말 옳은 일을 했다'고 깨닫게 하고, 덕분에 우리의 기분이 좋아진다. 만약 물건을 훔친다든가, 아무 이유 없이 누군가에게 나쁜 말을 한다든가, 약속을 어기는 등의 옳지 않은 행동을 하면 우리는 도덕적 잣대 탓에 기분이 나빠진다. 이렇듯 우리는 옳은 일과 그렇지 않은 일을 마음으로 구분할 수 있다.

퀸니 아주머니는 사람은 모두 도덕적 잣대를 가지고 태어났는데, 몇몇 사람은 살면서 그것을 잃어버린다고 했다. 어떻게 그럴 수 있을까? 기이한 운명의 장난으로 이 세상 사람 중에서 도덕적 잣대를 잃어버렸다는 몇몇 사람이 모두 우리 학교에 다니고 있으니 말이다. 크리스털과 메이지와 코너와 루카스 메리는 도덕적 잣대를 잃어버린 것이 확실했다. 메이지는 '잣대'라는 말도 들어 본 적이 없을 것이다. 퀸니 아주머니는 내가 쓴 캘리그래피를 보기 위해 몸을 일으켰다.

"어머나, 너는 옳은 길을 가고 있구나. 작은 천사의 손을 가졌으니 그렇고 말고."

퀸니 아주머니와 이야기하는 것이 하나님과 이야기하는 것과 같진 않겠지만 나에게는 아주 비슷하게 느껴졌다. 알게 모르게 퀸니 아주머니는 미스 노바디 사이트를 계속 운영해도 된다는 녹색 신호를 보내 준 셈이다. 무조건 해야 한다고 말이다.

애플 트리 하우스

다음 날 아침에 일어나자 두 가지 감정이 들었다. 처음에는 아일사네 집에 간다는 생각에 엄청나게 신났고, 동시에 그곳에서 한마디도 못 할지 모른다는 생각에 속이 심하게 울렁댔다. 아일사가 문자를 보냈다.

'멋진 물건이 아주 많아. 곧 만나자.☺'

완벽하게 평범해져서 아일사에게 더 좋은 친구가 될 수 있길 바라고 또 바랐다.

"아일사는 진짜 과학 천재야. 초등학교 때 과학상도 탔대. 과학을 얼마나 잘하겠어. 걔네 아빠는 과학 기술자였는데, 아일사랑 차고에서 실험도 했대! 아일사한테 아주 특별한 수정 목걸이를 만들어 주었는데, 아주 작은 종잇조각에 아일사 이름을 써서 그 안에 넣었대. 아일사는 원소 기호도 다 알아. 아주 어려운 것까지 말이야. 세상을 바꾼 유명한 과학자들도 얼마나 많이 아는데. 아빠는 이름도 들어 본 적 없을걸. 아인슈타인 이야기를 하는 게 아니라고."

아일사네로 가는 차 안에서 계속 이런 이야기를 하자 아빠는 말했다.

"와, 아일사야말로 과학 프로젝트를 함께할 완벽한 짝꿍이네. 네가 누군가를 이렇게 말하는 건 처음 듣는다. 아일사가 오렌지주스를 좋아하기만을 바라자고!"

"좋아해, 아빠. 아일사가 완전 과학 천재니까 우리 프로젝트는 전시회 최고의 작품이 될 거야."

"그래. 근데 왜 그런 표정으로 아빠를 보는 거니?"

"나는 발표는 하고 싶지 않아."

"그래. 아일사가 발표하고 너는 거기 그냥 서 있으면 되지."

"그냥 서 있으라고?"

"누구나 그렇게 시작하는 법이야!"

아빠는 웃으며 내 손을 꼭 잡았다.

"괜찮을 거야, 걱정 마."

아빠는 내가 정말로 싫어하는 일을 해야 할 때면 늘 그렇게 말한다. 나는 전교생 앞에서 그냥 서 있기만 하는 일을 과연 내 육체가 감당할 수 있을지 궁금했다.

"애플트리 하우스. 여긴가 보다."

아빠가 차를 세웠다. 인도에는 커다란 나무 두 그루가 서 있고, 진입로에는 작고 붉은 타일이 깔렸으며, 집은 담쟁이덩굴로 덮여 있었다. 그 옆에는 밝은 노란색 문이 달린 차고가 있었다. 이런 길이라면 사람들이 서로서로 "안녕하세요!"라고 늘 인사할지도 모르겠다. 나는 차에서 내리기 전에 누가 오지 않나 확인했다. 아빠가 나랑 같이 현관에 올라섰다.

"준비됐지?"

나는 고개를 끄덕였다. 머릿속으로는 아일사의 엄마 앞에서 과연 내가 말을 할 수 있을지 확신이 서지 않아 무수한 물음표를 그리고 있었다.

초인종이 울리자 올록볼록한 유리문을 통해 누군가 다가오는 모습이 보였다. 문이 열리고 주근깨가 많은 아주머니가 문을 열었는데, 해 질 녘 태양처럼 따뜻한 표정이 아일사와 판박이였다. 나는 아무 말도 하지 않았지만, 입술이 초강력 접착제로 붙어 버린 느낌도 들지 않았다.

"안녕하세요오오!"

아주머니가 활달한 목소리로 인사하더니 말했다.

"어서 들어오세요, 여기로요! 전 아일사 엄마예요."

집에 들어서자 거실에 커다란 상자 두 개가 있었다.

"죄송해요. 아직 짐을 다 풀지 못해서요. 어디에 뭐가 들었는지도 모른다니까요!"

아일사가 아래층으로 내려와서 아주머니가 우리를 위해 준비한 커다란 가방을 보여 주는 동안, 아빠는 주방으로 가서 차를 마셨다. 가방에는 마분지, 줄, 물감, 색종이, 풀, 반짝이, 한지, 그 밖에 과학 프로젝트 부스를 꾸밀 만한 다양하고 멋진 물건이 가득했다. 심지어 탁구공도 있었는데, 아일사 엄마는 물감을 칠해서 오렌지처럼 보이도록 꾸며 보라고 했다.

"우아!"

감탄이 절로 나왔다. 마음은 이미 웃고 있었다. 내 말이 숨지 않았기 때문이다. 아빠가 내 어깨를 꽉 잡았다.

"너무 어지르지 말고!"

"어머, 과학의 발전을 위해서인데 어지르는 게 대수인가요!"

아일사 엄마가 말했다. 아빠는 나중에 데리러 오겠다면서 나를 꼭 안아 주었다. 나는 아빠가 아일사 앞에서 안아 주는 것도 신경 쓰이지 않았다. 왜냐하면 머릿속에 있던 거대한 물음표가 커다란 웃는 이모티콘으로 바뀌었기 때문이다.

나는 아일사네 집에서 말 한마디 했다고 너무 흡족해하지 않으려고 노력했다. 하지만 나 같은 사람에게 한마디는 완벽한 침묵에서 수백만 킬로미터를 이동했다는 의미고, 그곳은 진짜 멋진 곳이었다.

우리는 부스 배경을 만들었다. 아주머니가 레모네이드를 주면서 "오렌지주스라면 보기만 해도 신물이 나겠지!"라고 했다. 사실이었다.

"얘들아, 물감 칠하는 것 좀 도와줄까?"

"우리 엄마는 화가야."

아일사가 나에게 말했다.

"잘 그리는 건 아냐! 내가 그린 그림 대부분이 우리 집 벽에 걸려 있는 것도 그래서야. 붓을 놓은 지 오래라 화가라고 불리는 것도 민망하네."

아주머니의 그림은 진짜 멋졌다. 벽마다 커다란 그림이 걸려 있었다. 초록이 무성한 풀밭과 언덕, 커다란 은빛 구름이 떠가는 하늘, 황금빛과 오렌지빛으로 빛나는 태양 그림이었다. 아일사가 왜 그렇게 친절한지 알 것 같았다. 친절한 엄마에게서 자랐기 때문이다. 아일사 엄마는 아이가 스스로 특별하다고 느끼도록 애쓰는 분이다. 함께 있으면서 줄곧 행복했고 (과학 전시회까지도 포함해서) 모든 일이 잘 풀릴 거라는 생각이 들었다. 엄마도 세브가 아프기 전엔 그랬다. 이제 엄마의 눈은 슬프기만 하다. 아빠는 엄마가 괜찮다고 하지만 나는 잘 모르겠다.

아일사와 아일사 엄마는 아일사 아빠의 이야기를 꽤 많이 들려주었는데, 우리 집과 정반대였다. 최근 들어 엄마 아빠는 세브 이름조차 꺼내지 않았다. 우리가 탁구공을 칠하는 동안 두 사람은 아일사가 어렸을 때 아일사 아빠가 만들어 준 말하는 시계 이야기도 들려주었다. 시계는 "아일사, 자러 갈 시간이다!"라고 말했는데, 시간이 흐르면서 녹음된 목소리가 점점 괴상해지더니 완전히 무섭게 변했고, 결국 한밤중에 알람이 울려서 아일사를 겁먹게 했다. 아일사 엄마는 미친 로봇이 낼 법한 소리를 흉내 냈다.

"즈아러 가아으을 시그아니이이이이드아!"

아일사의 엄마는 우리가 거대한 오렌지주스 팩에 색칠하는 걸 도와주었다. 덕분에 진짜 오렌지주스처럼 보였다. 크기만 거대했을 뿐이다. 우리는 마분지, 반짝이, 휴지로 화학 실험 장비 모형을 만들었다. 목구멍이 꽉 눌리고 하려는 말이 사라져 버리는 느낌 없이 누군가와 프로젝트를 준비하는 건 이번이 처음이었다. 나는 말할 수 있었다. 그건 내가 어디를 가든 항상 따라다니면서 말이 입 밖으로 나오지 못하게 막던 선택적 함구증이라는 커다란 먹구름이 아일사의 집에서는 말끔히 걷혔다는 뜻이다. 정말 멋진 일이다.

집에 돌아갈 시간이 되었을 때 나는 활짝 웃고 있었고, 아빠도 내 기분을 눈치챈 것 같았다.

"즐거운 시간을 보냈구나!"

돌아오는 차 안에서 나는 아빠에게 "이제는 과학 전시회 때문에 긴장되지 않아!"라고 말했다. 애플트리 하우스에서 느낀 행복과 열정 덕분에 나는 실제로 과학 전시회 때 별일 없을 거라는 느낌이 들기 시작했다.

이전에 겪은 일들을 떠올려 보면, 그땐 참 어리석었다.

최악의 최악

내가 아일사의 도우미 친구가 아닌 진짜 친구가 되었다는 사실은 메이지의 심기를 불편하게 했다. 메이지는 수업 시간마다 "너랑 말도 하지 않는 애를 친구로 두다니 진짜 기분 더럽겠다!" "아일사는 음소거 개미랑 친구라서 완전 시시하겠네!"라고 했고, 거기에 코너와 비니까지 합세했다.

'닥쳐!'

나는 이렇게 말하고 싶었다. 하지만 멍청한 내 목구멍은 늘 꽉 닫힌 채였고, 얼굴은 후끈거렸으며, 말은 머릿속에서만 맴돌았다.

아일사는 "그냥 좀 내버려 둬, 메이지." "네가 상관할 바 아니잖아." "코너 좀 조용히 시켜 줄래?"라는 식으로 받아쳤다. 그 모습을 보며 나는 아일사가 놀랍도록 멋진 아이라고 새삼 느꼈고, 나는 전혀 그렇지 못하다는 생각이 들었다. 아일사는 우리가 이야기를 나누는 공책에 이렇게 적었다.

'과학 전시회 정말 멋질 거야!☺'

'점심은 도서관에서?☺'

누가 뭐라든 아무 상관하지 않고, 친구로 남겠다는 기세였다. 메이지가 하는 말 때문에 슬펐지만 아일사와 함께라서 행복했다. 슬픔 따위는 금세 사라졌다. 파란색과 노란색을 섞으면 초록색이 되는 것과 조금 비슷했다.

매일 세브가 돌아왔을까 기대하며 집에 들어섰지만 세브는 없었다. 아빠에게 무슨 일이냐고 물으면 "검사 결과를 기다리는 중이란다. 곧 돌아올 거야. 걱정하지 마라"라고 했다. 동생이 죽어 가는데 걱정하지 않는다는 건 불가능한 일이다.

블로그에 글을 쓰느라 늦게까지 깨어 있는 날이 많았다. 미스 노바디의 방문자는 504명이 되었고, 다음과 같은 쪽지들이 와 있었다.

'미스 노바디, 완전 멋있다!!! 루카스가 항상 스쿨버스에서 아이들을 괴롭혀!!!' '오늘 3학년 언니가 나를 밀었어요.ㅠㅠ'

이런 댓글도 달려 있었다.

'ㅋㅋㅋㅋ 맞아. 괴롭히는 놈들은 구려.'

리타_쿠리라는 사용자는 도움을 청했다.

'나 좀 도와줄 사람 없니??? 크레이그랑 개 친구들이 정문에서 나한테 소리를 질러 대.'

그러자 드래곤과_사는_소년이 '그래 좋아 접수했음'이라고 댓글을 달았다. 온라인에서 미스 노바디로 활동하는 일은 실제 나로 지내는 것보다 훨씬 잘 풀리고 있었다. me4evaC가 보낸 쪽지만 빼면 말이다.

'가만 안 둔다. 이 노바디 루저야.'

쪽지를 읽는데 기분이 조금 묘했다. 악몽을 꾸다가 갑자기 깨어나면 꿈은 현실이 아니고, 나를 다치게 하지 못한다는 사실을 깨달을 때까지는 시간이 좀 걸린다. 두려운 느낌은 금세 가시지 않는다.

○

한 학기가 끝나고 방학이 시작될 때쯤, 세브를 만날 생각에 신이 났다. 세브를 못 본 지 한참이었다. 병원에 가는 길에 아빠가 "로절린드, 세브를 보기 전에 마음의 준비를 해야 한단다. 평소 모습과는 많이 다를 거야, 그러니까…"라며 말을 끝맺지 못했다. 나는 어찌 해야 할지 알 수가 없었다. 세브는 얼굴이 퉁퉁 부은 데다 피부색도 이상했다. 눈을 조금 떴지만 완전히 깨어 있는 것 같지 않았다. 엄마가 내 손을 잡고 말했다.

"세브도 집에 가고 싶대. 조금 더 건강해질 때까지 기다려야 해."

"세브는 아주 강한 진통제를 맞느라 지친 상태야. 조금 있으면 깨어날 거다."

하지만 아빠의 말과 다르게 세브는 깨어나지 않았다. 간호사 선생님이 갈색에 들척지근한 맛이 나는 음료수를 주었는데, 맛이 진짜 괴상했다. 민트 맛 버터와 비슷하달까. 하지만 간호사 선생님이 버릇없다고 생각할까 봐 억지로 먹었다. 맛이 오래 남아서 속이 울렁거렸다. 이번 면회가 흡족하지 않았다. 병원에 있는 동안 세브랑 한마디도 못 한 탓도 컸다. 엄마가 읽어 주는 『비밀의 화원』, 세브의 숨소리, 아빠가 의자에 앉아 발을 톡톡 구르는 소리, 삐삐 소리 내는 기계를 간호사 선생님이 확인하는 소리를 들으면서 머릿속에 떠오르는 말을 한 번이라도 소리 내어 말할 수 있길 간절히 바라고 또 바랐다.

며칠 뒤 아일사네 집에 가서 부스 장식을 마무리했다. 다음 주 월요일이면 과학 전시회가 열린다. 아일사 엄마가 "안녕하세요오오!"라고 인사하며 문을 열었고, 엄마와 함께 차를 마셨다. 아일사가 플라스틱 시험관을 샀다며 보여 주었다. 아일사에게는 사람들을 부스로 모을 멋진 아이디어가 있었다. 엄마가 이야기하다 말고 나를 바라보며 '괜찮을 거야'라는 의미의 미소를 지어 보였다.

엄마는 거짓말을 했다. 실제로는 전혀 괜찮지 않았다.

○

월요일 아침, 아직 어두컴컴한데 아빠가 내 방으로 왔다.

"로절린드, 미안한데 내가 일 때문에 좀 일찍 나가야 해. 오늘은 버스 타야 하는데 괜찮겠니?"

앓는 소리가 절로 났다.

"미안해. 과학 전시회에 가려면 어쩔 수가 없어."

아빠는 내 머리에 재빨리 입을 맞추고 방을 나갔다. 나는 다시 끙 소리를 냈다. 엄마가 식탁 의자에 앉아 있었다. 토스트에는 손도 안 댄 채였고 금방이라도 울 것 같았다. 엄마에게 태워 달라는 말을 하지 못했다. 엄마는 나를 안아 주며 말했다.

"좋은 하루 보내렴. 나도 전시회에 가고 싶은데 세브를 오랫동안 혼자 둘 수가 없어서."

나는 엄마가 올 수 없다는 말이 반가웠다. 엄마 앞에서 말을 못 하는 건 싫었다. 그럴 때면 어린 시절 누군가에게 "어머, 너 부끄러워하는 거니?"라는 말을 듣고 엄마 다리 뒤로 숨던 기억이 떠올랐다. 그건 답을 찾을 수 없는 질문이었다. 엄마는 "네, 얘가 수줍음이 많아요. 더 자라면 괜찮아질 거예요!"라고 했다. 하지만 그런 일은 일어나지 않았다. (엄마 다리 뒤에 숨는 건 그만뒀지만 말이다.)

집을 나서는데 비가 조금씩 내렸다. 한참 동안 스쿨버스를 타지 않았기 때문에 긴장이 됐다. 다행히 아일사가 부스를 꾸미는 데 필요한 물건들을 대부분 가져오기로 해서 나는 가방 하나만 가져갔다. 루카스 메리가 웅덩이에 고인 빗물을 튕겨 댔는데, 전시회 부스 장식물에 튈까 봐 걱정됐다.

버스가 도착하자 가방을 움켜쥐고 뒷좌석으로 가서 앉은 다음 가방을 무릎에 얹었다. 옆자리에 앉은 여학생이 "그게 다 뭐야?"라고 물었지만, 대꾸할 수 없었다. 학교 가는 내내 루카스가 나를 향해 "별종이다!"라고 외치는 소리를 견디는 동시에 평소처럼 눈에 띄지 않기만을 바라면서 창밖으로 내리는 빗줄기를 바라보았다.

학교에 도착하자 해가 나왔다. 콘크리트에 고인 빗물이 햇빛에 반사되어 반지르르하게 일렁였다. 나는 심호흡을 했다. 차가운 공기와 함께 비 냄새를 맡으면서 오늘 이곳에서 반드시 한마디는 하겠다고 다짐했다. 강당 문을 열자 굉장히 북적북적하고 시끄러웠다. 머릿속에 내가 아는 모든 한 단어짜리 문장이 엄청나게 빠른 속도로 연거푸 튀어 오르더니 거대한 혼돈의 난장판 속으로 빨려 들어갔다. 아일사가 어디 있는지 보이지 않았다.

주변 사람들이 바쁘게 움직이면서 큰소리를 냈다. 나는 언제 터질지 모르는 침묵의 거품 속에 갇힌 느낌이었다. 다리가 움직이지 않아 한 발짝도 내딛기 어려웠다. 문 옆에 가만히 서 있었는데 사람들이 끊임없이 들어와 내가 든 커다란 가방을 스치며 지나갔다. 그때 누군가 내 손을 붙잡았다. 아일사였다.

"이리 와, 우리 자리는 저쪽이야!"

아일사가 내 가방을 받아 들고 사람들 사이를 헤치고 우리 자리로 나를 안내하더니 "정말 멋져 보일 거야!"라고 했다. 우리가 준비를 끝낼 때쯤 가방이 모두 비었고 내 어마어마한 침묵 공황도 진정되었다. 우리 부스는 프랑켄슈타인 박사의 실험실에 차린 오렌지주스 가게 진열장처럼 보였다. 아일사는 사람들이 맛볼 다양한 오렌지주스 샘플을 시험관에 담았다. 아주 기발한 생각이었다. 주스를 맛보기 위해 사람들이 우리 부스로 몰려들었다. 하지만 아무도 오지 않기를 진심으로 바랐다.

강당에 사람들이 더 많아졌다. 다 잘될 거라고 계속 되뇌었다. 속으로는 무슨 일이라도 일어나서 전시회가 중단되었으면 하고 빌었다. 강도가 든다든지, 학교에 갑자기 살인 개미들이 들끓는다든지, 화재경보기가 울려서 학교를 급하게 빠져나가야 하는 상황이 벌어지길 말이다. 그러면 모두 집으로 돌아가야 한다. 대부분은 이런 시나리오가 현실이 되느니 차라리 그냥 과학 전시회를 하겠다고 생각하겠지만, 말해야 하는데 그러지 못하는 상황에 비하면 사고가 발생하는 편이 백만 배는 나았다.

에이드리언과 메이지의 부스는 우리 바로 옆에 있었다. 근방에서 가장 인기가 많았다. 그 애들은 메이지네 엄마가 준비한 '병 로켓은 얼마나 높이 올라갈까요?'라고 적힌 핑크색 티셔츠를 입고 있었다. 병 로켓을 심사위원들 앞에서 발사시키려면 밖으로 나가야 했다. 에이드리언이 실험을 준비하는 동안 메이지는 셀카만 찍어 댔다.

"어, 저기 우리 엄마다! 금방 돌아올게."

아일사가 말했다. 나는 완전히 길을 잃은 기분이 되어 아무도 오렌지주스나 내가 말할 수 없는 것을 묻지 않기를 간절히 기도했다.

아빠가 오고 있었다. 뱃속이 요동치기 시작했다. 아빠에게도 말할 수 없다는 사실을 직감했다. 아빠가 "로절린드, 여기 정말 멋지구나! 엄청나게, 음, 오렌지색인걸! 기분은 어때?"라고 물었다. 나는 고개를 끄덕이고, 내 말이 꽁꽁 얼어붙었음에도 그렇지 않은 척했다.

갑자기 "오오!" 하는 커다란 함성이 들렸다. 밖에서 병 로켓이 발사되는 모습을 지켜보는 사람들 소리였는데, 그 때문에 나는 소스라치게 놀랐다. 그리고 그 뒤를 이어 우리 뒤쪽의 '종이 반죽을 만들려면 풀이 얼마나 필요할까요?' 부스에서 뭔가 와장창 깨지는 소리가 났다. 종이 반죽으로 만든 머리가 천천히 바닥을 굴러 반짝반짝 빛나는 구두 한 켤레 앞에서 멈췄다. 엔더비 교장 선생님이 허리를 굽혀 엉망이 된 종이 반죽 머리를 집어 들더니 미소를 지었다. 셸던 선생님과 내가 모르는 선생님 두 명이 우리 부스로 왔다. 모두 클립보드를 들고 있었다. 교장 선생님은 종이 반죽 머리를 팔에 꼈는데, 반죽 머리가 나를 노려보는 것 같았다.

나는 내 머리도 떨어져 버렸으면 좋겠다고 생각했다. 내가 뭔가 말할 확률은 그야말로 0퍼센트였다. 차라리 종이 반죽 머리가 심사위원들에게 무슨 말이든 할 가능성이 컸다. 나는 강당 바닥이 꺼지거나 번개가 교장 선생님 위로 떨어지게 해 달라고 기도했다. 그때 "로절린드, 괜찮니?"라는 아빠의 목소리가 들렸고, 아일사가 자기 엄마와 함께 나타났다.

"정말 훌륭합니다! 잘했어요! 창의력이 넘치는 작품이군요!"

교장 선생님은 말씀하셨다. 교장 선생님이 나에게 질문을 할까 봐 겁에 질렸고, 그 바람에 얼굴 근육을 움직여 웃기도 힘들었다. 심장이 너무 요란하게 뛰어 질문도 제대로 들리지 않았고, 아일사가 대답하는 소리도 안 들렸다. 나는 나무 바닥 위 내 신발만 바라보면서 시간이 빨리 흘러 이 모든 것이 끝났으면 하고 바랐다.

셸던 선생님이 "고맙다, 얘들아! 정말 멋진 부스야!"라고 말했고, 심사위원들은 종이 반죽 부스로 향했다. 아일사 엄마가 "잘했어!"라며 아일사를 끌어안았다. 그때 모르는 신생님이 와서 나에게 물었다.

"그런데 왜 오렌지주스를 고른 거니?"

선생님이 나를 똑바로 쳐다보았기 때문에 진심으로 그 질문에 대답하고 싶었다. 애쓰고 또 애썼지만 심장이 너무 빨리 뛰고 입술이 달라붙고 뇌가 아무 말도 적히지 않은 빈 종이처럼 변해 버렸다.

아빠가 나를 바라보았다. '저런 별난 아이와 한 가족이라니'라고 생각하는지도 몰랐다. 그런 상상은 내 증상을 수백만 배 더 악화시켰다. 본래 침묵은 아무런 색도 모양도 없지만, 내 침묵은 세상에서 가장 크고 또렷하게 느껴졌다. 아빠가 내 어깨에 팔을 두르더니 말했다.

"오렌지주스는 누구나 마시니까요. 그렇지, 로절린드?"

나는 간신히 고개를 끄덕였다. 전시회가 끝나고 짐을 싸는 내내 과학 전시회에 실패하고 가족을 부끄럽게 했다는 패배감에 사로잡혔다. 그때 셸던 선생님이 와서 더 안 좋은 소식을 전했다.

우리가 강당 조회에서 발표할 팀으로 뽑힌 거다.

거대한 오렌지주스 팩 속으로 기어들어 가서 절대 나오지 않으려던 나를 꺼내 준 사람은 아일사였다. 아일사가 어찌나 행복하고 신나 보이던지 발표할 팀으로 뽑혔다는 사실에 치를 떨던 나 자신이 미안할 지경이었다. 셸던 선생님은 우리 실험이 기발했고, 부스 역시 정말 멋졌다며 자부심을 가질 만하다고 했다. 그러면서 발표 준비를 도와주겠다고 했다. 아일사는 우리가 뽑혀서 얼마나 기쁜지, 우리가 애쓴 덕에 좋은 성과가 있었다고 말했다. 나는 이런 생각이 들었다.

'전교생 앞에 서서 아무 말도 못 하는 수치를 당하느니 그냥 거대한 오렌지주스 바다에 빠지는 편을 택하겠어요.'

집에 돌아오니 엄마가 위층에서 병원 갈 채비를 하는 중이었다. 나는 미스 노바디 사이트에 다음과 같은 글을 썼다.

짧은 퀴즈를 내겠습니다.

문제 : 루카스는 어떤 아이일까요?

답 : 완전 멍청이에다 자기보다 작은 아이들을 괴롭히고 고릴라처럼 행동합니다. 고릴라에게 모욕적인 말이지만요.

다음번에 이 짐승 같은 녀석이 순진한 노바디를 괴롭히는 모습을 목격하면 아무쪼록 동물원으로 돌아가라고 전해 주기 바랍니다.

메이너 중학교에서 가장 난폭한 짐승들에게 맞섭시다.

나는 미스 노바디입니다.

내가 말 한마디 못 한다는 패배감 속에 영원히 갇힌 느낌을 덜기 위해서는 미스 노바디가 되는 수밖에 없었다.

그때 밖에서 아빠 차가 멈추는 소리가 들렸다. 나는 재빨리 발행 버튼을 누르고 컴퓨터를 껐다. 브리태니커 백과사전을 펴고 내 눈이 백과사전 종이에 닿지 않을 정도까지 고개를 푹 숙였다.

"안녕, 로절린드! 집에 돌아오니 참 보기 좋은 광경이 펼쳐져 있구나!"

아빠는 코트를 벗고 내가 두려워하는 말을 꺼냈다.

"오늘 전시회 일 좀 얘기해 볼까?"

"아니, 별로."

아빠가 말 못 하는 내 모습을 보는 바람에 이 세상에서 가장 비참한 기분이 들었다. (아빠와 그 이야기를 하는 건 세상에서 두 번째로 비참한 기분이 들게 한다.)

엄마 아빠의 질문에 대답이 정해져 있을 때는 정말이지 짜증 났다. 내가 대답하든 말든 자신들이 하고 싶은 이야기만 하기 때문이다. 아빠는 '넌 내가 알고 있던 것보다 훨씬 더 별나더라'라는 말 대신 (사실 내가 기대한 건 그런 말이었다) 칭찬을 아끼지 않았다.

"정말 잘했다, 로절린드. 네가 정말 자랑스러웠단다."

"고마워."

하지만 아빠 말이 진심인지 거짓인지 가늠하기 어려웠다.

네 차례야

수요일에는 여느 때처럼 알람이 울리기도 전에 일어났다. 3초 정도는 매우 상쾌했는데, 갑자기 오늘은 전 생애를 통틀어 최악의 날이 되리라는 사실이 떠올랐다. 오늘은 바로 과학 주간 발표회 날이다.

우리는 두 번째로 발표할 예정으로 메이지와 에이드리언의 로켓 프레젠테이션 다음 순서였다. 이것 또한 최악이었다. 에이드리언은 우리 반에서 과학을 가장 잘했고, 그 애의 실험은 우리 것보다 백만 배는 훌륭했으며, 여러모로 학생들의 감탄과 흥분을 자아낼 것이 분명했다. 게다가 메이지는 자신감이 넘쳤다. 그 애는 메이너 중학교에서 잘 나가는 무리 중 한 명으로 나와는 차원이 달랐다.

아침밥이 넘어가지 않았다. 긴장해서 속이 메스꺼웠다. 아빠가 옆에 앉더니 오렌지주스라도 마셔 보라고 했다. 아빠의 농담은 오히려 오렌지주스를 아빠 머리 위에 쏟고 싶은 마음이 들게 했다.

"옥토 박사님이랑 했다는 그 긍정 훈련을 해 보는 건 어때?"

아빠의 제안에 나는 어깨를 으쓱하며 알겠다고 했다.

"좋아, 오늘은 어떤 긍정적인 일이 일어날 것 같니?"

"학교 가는 길에 목숨에는 전혀 해가 없는 가벼운 사고가 나서 지각하고 발표회에 늦는 거야."

내가 잠깐 생각한 뒤 대답했다.

"좋아, 이번엔 차 사고는 나지 않는 시나리오를 상상해 보자."

"치명적인 질병 발생?"

"긍정 훈련에 질병 따위가 끼어들어서는 안 돼."

아빠가 단호히 말했다.

"지진은?"

"별론데."

"포기할래."

나는 두 손으로 머리를 감쌌다. 아빠가 한쪽 팔을 나에게 둘렀다.

"그냥 발표회야, 로절린드. 별거 아니라고. 강단에 올라가서 거대한 오렌지주스 팩을 치켜든 다음 말할 수 있겠다 싶으면 연습한 대로 말하면 돼. 못 하겠으면 아일사가 네 부분까지 대신 말할 거야. 셸던 선생님이랑 연습했잖니. 아이들은 어리둥절한 채로 가만히 앉아 듣고 있겠지. 눈 깜짝할 새에 다 끝날 거야! 그럼 당분 덩어리 오렌지주스를 평생 마실지도 모르는 운명에서 전교생을 구해 내는 거라고."

"학교 지붕이 무너질 가능성은 얼마나 될까?"

나는 손으로 얼굴을 가린 채 말했다. 아빠는 그저 한숨 쉬었다.

"사상자 없이."

내가 덧붙이자 아빠는 말했다.

"준비됐으면 좀 일찍 데려다줄까? 생명에 지장 없는 차 사고가 날 거라고 장담은 못 하겠지만, 그래도 운명은 모르는 거잖니."

나는 억지로 미소를 지으려 애썼다.

아일사에게 학교에 좀 일찍 도착할 것 같다고 문자 메시지를 보내자 이렇게 답장이 왔다.

'좋아, 나도 빨리 갈게!! 도서관에서 만나자.☺'

아빠가 정수리에 입을 맞추며 말했다.

"발표회가 끝나면 말하려고 했는데, 의사 선생님이 내일 세브가 집에 올 수 있대."

그 말 덕분에 나는 일어나서 집을 나설 수 있었다. 학교에 도착하자 아일사가 먼저 도서관에 와 있었다. 나는 자리에 앉아 내 몫의 유일한 한 문장을 조용히 몇 번이고 반복해서 연습했다. 아일사는 대사를 완벽하게 외운 상태였다. 그때 강단에 올라가기 어렵겠다고 아일사에게 말했더라면 좋았을 텐데. 아일사 같은 진정한 친구를 만나고도 나는 별나디별난 일을 계속 겪었다. 아일사도 이미 내가 별나다는 사실을 알고 있다. 그보다 훨씬 유별난 모습을 보일 바엔 차라리 불 속을 걷는 편이 나았다. 하지만 발표회에서 아일사 곁에 서지 않는다면 나는 절대로 그 애와 친구로 지낼 수 없다.

진심으로 도서관 화장실에 영원히 숨고 싶었다. (얻어맞을 가능성이 있다 해도 말이다.) 나는 진정으로 아일사가 혼자서 외로이 발표하게 두고 싶지 않았다. 아일사가 괜찮겠냐고 물어보자, 할 수 있을 것 같다고 대답했다. 마지막으로 연습한 뒤 우리는 강당으로 갔다.

무대 한쪽에서 아일사와 순서를 기다리는 동안, 폐에서 산소가 쑥 빠져

나가는 느낌이 들면서 얼굴이 불길에 휩싸인 듯 달아올랐다. 제대로 숨을 쉴 수 없었다. 공기와 함께 들이켠 먼지가 목구멍에 걸렸지만, 기침조차 하지 못했다. 아일사가 내 손을 꼭 잡고 "행운을 빌어! 잘될 거야!"라고 속삭였다. 나는 연습한 문장을 말하지 못하겠다고 아일사에게 털어 놓은 뒤, 플랜 B로 넘어가서 그냥 오렌지주스 팩 옆에 입을 꼭 다문 채로 바보같이 서 있겠다고 말하고 싶었다. 하지만 그 말조차 나오지 않았다. 내 머릿속은 단 한마디로 가득 차 있었다.

'도와줘!'

비상구로 직진해 밖으로 나간 뒤 내 방 침대 속으로 들어가고 싶었다. 그렇게 했더라면 다 잘 풀렸을지도 모른다. 하지만 친구를 사귀면서 알게 된 점은 가끔은 친구를 위해 뭔가를 해야 한다는 사실이다. 그 일이 최악이라 해도 말이다.

우리는 에이드리언의 발표가 끝나고 박수가 멈출 때까지 기다렸다. 메이지가 웃으면서 자기 티셔츠에 적힌 '병 로켓은 얼마나 높이 올라갈까요?'라는 문구를 가리켰다. 우리는 무대 중앙으로 걸어갔다. 스포트라이트가 켜지지 않았는데도 세상에서 가장 밝은 조명이 나를 비추면서 전교생에게 내가 얼마나 유별나고 겁에 질렸는지 보여 주는 기분이었다.

실제 공포 영화 속에 들어온 것 같았다. 전교생이 모여서 과학 프로젝트를 발표하는 나를 지켜보는 공포 영화 말이다. 오렌지주스 팩을 든 손이 덜덜 떨리고 심장이 고동치며 갈비뼈에 부딪히는 느낌이었다. 머릿속에서 피가 혈관 속으로 분출되는 소리가 들렸다. 그때였다. 아일사가 막 첫마디를 하려는데, 내가 오렌지주스를 떨어뜨리고 말았다.

주스 팩이 바닥에 부딪히며 커다란 소리를 냈고 모두가 웃음을 터뜨렸다. 나는 주스를 줍기 위해 허리를 굽힐 수 없었다. 자동차 헤드라이트에 갇혀 얼어 버린 토끼 꼴이었다. 더 나쁜 건 바로 뒷바퀴에 토끼가 깔려 버렸다는 점이다.

아일사가 오렌지주스를 주워들더니 "안녕하세요, 여러분!" 하고 인사했다. 누군가가 "말도 못 하는 애잖아!"라고 하자 모두가 다시 웃음을 터뜨렸다. "멍청이!" "음소거 개미!"라는 소리도 들렸다.

셸던 선생님과 다른 선생님이 일어나서 학생들을 제지하려 했지만, 보아하니 20년은 걸릴 듯했다.

"걱정하지 마."

아일사가 속삭였다. 그러더니 큰 목소리로 "오렌지주스는 상표별로 당도가 어떻게 다를까요?"라고 말했다. 눈물이 차올랐다. 강단에서 뛰어 내려가고 싶었지만, 발이 초강력 접착제로 바닥에 붙은 것 같았다. 셸던 선생님과 다른 선생님들이 "쉬잇!" "조용히 해라!" 말하는 소리가 들렸다. 아일사가 우리 실험을 설명하고 있는 것이 분명했지만, 내 귀에 들리는 소리는 머릿속을 떠도는 말뿐이었다.

'멍청이, 멍청이, 멍청이, 멍청이, 멍청이'

'하하하, 하하!'

몸의 전원이 차단된 듯 꼼짝할 수 없어서 탈출도 불가능했다.

"실험 설명을 마칩니다!"

내가 진짜 나쁜 친구라는 사실을 아일사도 깨닫겠구나 생각했다. 전교생이 모두 나를 미워하니까.

하지만 아일사는 달랐다.

아일사는 허리를 굽혀 인사하고 "모두 들어주서서 감사합니다!"라고 했다. 그러고는 내 손을 잡고 무대 아래로 함께 내려와 뒤쪽 출구로 강당을 나왔다.

바깥 공기를 쐬고서야 마침내 숨을 쉴 수 있었다. 우리는 기둥 아래 축축한 콘크리트 계단에 앉았다. 아일사가 "그런 애들 때문에 울지 마. 우리 실험 진짜 좋았잖아! 걔들이 뭐라고 생각하든 누가 관심이나 있대? 앞줄에 앉은 학생들은 열심히 듣고 있었어. 우리 실험이 마음에 든 것 같더라. 셸던 선생님도 웃고 있었고"라고 말했다. 아일사가 내 어깨에 팔을 둘렀다. 나는 불안하고 슬프고 두려웠으며 오랫동안 그랬던 것보다 훨씬 더 조용했다. 한편으로 아일사가 내 옆에 있고 여전히 나와 친구로 지내고 싶어 한다는 생각에 너무나도 행복했다. 아일사가 거대한 오렌지주스 팩을 팔에 끼고 나왔다는 점 또한 매우 인상 깊었다.

과학 주간 발표회에서 벌어질지 모른다고 상상했던 사건 중 제발 일어나지 않게 해 달라고 기도했던 단 한 가지가 현실이 되고 말았다. 전교생과 선생님들 앞에서 말이 나오지 않으리라는 사실은 너무나도 뻔했다. 대체 무슨 일이 일어났던 걸까. 혹시 하나님이 내 기도를 잘못 알아들은 건 아닐까.

마음을 열고

그날 남은 시간은 멍한 상태로 보냈다. 눈물이 계속 났다. 아일사가 나를 킹슬리 선생님에게 데려가서 무슨 일이 있었는지 전했다. 킹슬리 선생님은 말했다.

"네 생각을 적어 보는 것이 최선일 것 같아. 그래 보겠니?"

그래서 썼다.

'집에 갈래요.'

선생님은 학교에 있는 것이 중요하다고 했다. 그 말을 듣자 머릿속에서 새로운 주제가 생성되었다. 바로 '킹슬리 선생님이 싫은 이유'였다.

"이렇게 하면 어떻겠니? 도서관에서 오전 시간을 보내는 거야. 너는 네가 생각하는 것보다 훨씬 잘 해냈을 거다!"

나는 선생님의 제안대로 도서관에서 『제인 에어』를 펴 놓고 오전 시간을 보냈다. 점심시간에 아일사가 샌드위치를 가져왔다. 우리는 높은 책장 옆 바닥에 앉았다. 아일사가 초등학교 때 〈오즈의 마법사〉 연극에서 마법사 역을 맡은 이야기를 들려주었다. 마지막에 마법사 오즈를 가리고 있던 천을 당겨서 모습을 드러내야 하는 장면에서, 아일사는 무대 뒤로 떨어져 병원에 실려 갔고 머리를 다쳐 여섯 바늘이나 꿰맸다. 아일사가 머리카락 속의 흉터를 보여 주었다. 나는 작게 말했다.

"오늘 나한테도 그 일이 일어나야 했는데."

우리는 함께 웃었다. 마음속은 여전히 울 것 같았지만.

학교가 끝나자 나는 퀸니 아주머니네로 가야 했다. 아빠는 늦게까지 일해야 했고 엄마는 병원에 있었다. 퀸니 아주머니에게 다 이야기하진 않고 오렌지주스 팩을 떨어뜨린 부분만 말했다. 아주머니는 "세상에나, 어떡하니!"라고 하더니 나를 꼭 안아 주었다. 내 얼굴이 아주머니 가슴에 푹 파묻히도록 말이다. 아주머니는 "버나드도 아주 힘든 하루를 보내는 중이란다, 아가"라고 했다. 우리는 푹신한 슬리퍼를 끌어안고 바닥을 뒹구는 버나드를 보았다. 아주머니가 쯧쯧 혀를 차며 머리를 흔들더니 "발정이 난 거야. 아가, 건포도빵을 하나 주마"라고 하며 주방으로 사라졌다.

나 자신이 세상 최악의 인간처럼 느껴졌지만, 최소한 버나드 처지보다는 나았다. 아주머니가 주방에서 나와 말했다.

"오늘 정리를 좀 했다, 아가. 아프리카 시절의 사진을 보여 줄게."

아주머니는 선반에서 오래된 비스킷 깡통을 꺼내더니 뚜껑을 열어 무릎 위에 내려놨다.

아주머니가 긴 갈색 머리를 리본으로 묶고 활짝 웃는 젊고 아름다운 여성의 사진을 꺼냈다. 여성은 들판에 앉아 있고, 뒤쪽에서 아이들이 놀고 있었다.

"눈앞에 있는 퀸니 아주머니를 못 알아보겠다고 하지 말아다오!"

농담이 아니었다. 먹고 있던 건포도빵이 목에 걸려 질식할 뻔했다. 우리는 오스트리아제 찻잔에 달콤한 차를 따라 마셨다. 아주머니가 아이들에게 읽고 쓰기를 가르친 일, 나에게 하듯 (조금 더 짧고 덜 헷갈리는 버전이었길 바라는) 성경 이야기를 들려준 일을 이야기했다.

아주머니가 계획한 일인지, 아니면 아주머니와 하나님이 함께 계획했는지 판단이 서지 않았지만 나는 조금씩 행복해졌고, 온종일 내 머릿속에 떠다니던 끔찍한 말들이 사라져 버린 것 같았다. 집에 돌아가기 전에 아주머니는 마지막으로 사진 한 장을 보여 주었다.

"아, 여기 있다."

아주머니가 작은 하얀색 예배당 앞에 셔츠에 스카프를 두르고 서 있는 친절해 보이는 남성을 지그시 바라보았다. 사진 뒤에는 완벽한 캘리그래피로 다음의 글귀가 적혀 있었다.

'헨리 오켈리, 보츠와나 1963'

아주머니는 뭔가 말하려다 고개를 젓더니 다시 말했다.

"과거에 연연해서는 안 된다, 아가."

나는 펑 소리와 함께 현실로 돌아왔다.

속보

엄마가 퀸니 아주머니네로 나를 데리러 왔다. 내가 두려워하던 질문 대신 엄마가 한 말은 내가 주연을 맡았던 공포 영화의 제목처럼 다가왔다.

'나는 발표회에서 무슨 일이 있었는지 알고 있다.'

아일사의 엄마가 아빠에게 전화한 것이다.

"아일사 엄마가 네 걱정을 많이 하더래. 아일사가 네가 속상해했다고 말했나 봐. 엄마도 마음이 아프구나, 로절린드. 네가 집에 왔을 때 내가 있어야 했는데. 엄마한테 전화하지. 문자를 보내거나."

엄마가 나를 꼭 안아 주었는데 기분은 좋았지만 눈물이 났다.

"넌 정말 사랑스러운 아이야. 아일사처럼 좋은 친구도 생겼고. 게다가 네 멋진 남동생이 내일 집에 돌아온단다!"

고개를 끄덕이자 엄마가 내 눈물을 닦아 주었다.

"세브는 널 슈퍼히어로라고 불러."

심장이 멈추는 느낌이 들었다. 세브는 미스 노바디를 그렇게 불렀다.

"기뻐해야 할 이유가 생겼네. 저녁으로 뭘 먹을까?"

심장이 다시 뛰기 시작했다. 나는 입을 열었다.

"탄 마카로니 빼고."

"좋아. 타지 않은 마카로니를 준비할게."

엄마가 요리하는 동안 나는 주방 식탁에 앉아 세브를 환영한다는 캘리그래피를 썼다.

'집에 돌아온 것을 환영해, 세브 2.0!!!'

글씨 위에 로봇 그림도 그렸다. 작품을 완성하는 동안 엄마에게 내일 학교 갈 생각을 하니 어떤 기분인지 솔직히 털어놓아야 하나 고민스러웠다. 엄마는 학교에 가지 않아도 된다고 말할지 모른다. 어쩌면 메이너 중학교에 다니지 않아도 된다고 할 수 있다. 홈스쿨링을 하자면서 다 괜찮아질 거라고 말할지도 모른다.

내일 퇴원해서 집에 돌아오는 동생은 나를 진짜 슈퍼히어로라고 생각하고, 엄마는 아주 오랜만에 행복에 가까이 간 듯 보이는 상황에서 진실 비슷한 사실을 털어놓는 건 있을 수 없는 일이었다. 그러니까 나는 슈퍼히어로가 아니고, 학교에서 전교생이 알아주는 별종에 똥멍청이에 음소거 개미며, 내일은 전투 중 눈에 화살을 맞은 누군가보다 참혹한 운명이 기다리고 있다고 말할 수 없다.

나는 별로 평범하지 않은 사람이 이런 상황에서 할 법한 행동을 했다. 타지 않은 마카로니를 먹으면서 엄마에게 아일사가 〈오즈의 마법사〉 연극을 하다 겪은 사고 이야기를 들려주고, 나의 메이너 중학교 무대 데뷔는 그에 비하면 크게 나쁘지 않은 척했다. 저녁을 먹은 뒤 엄마는 아일사 엄마가 카디프 성 현장학습 이야기를 하더라며 현장학습 신청서를 본 기억이 없다고 했다. (당연하다. 신청서를 재활용지 맨 아래에 숨겼는데, 학교 다니는 내내 현장학습을 '즐거운 소풍'이라고 생각한 적이 없기 때문이다.)

"아일사 엄마가 하루 일찍 출발한다고 생각하고, 현장학습 전날 자기 집에서 널 재워도 괜찮겠냐고 묻더라. 현장학습 가는 날 아침에 너랑 아일사를 직접 학교에 데려다주겠대. 어때?"

"좋아! 그렇게 할래! 진짜 성에 꼭 가고 싶어!"

나는 바로 마음이 바뀌었다. 그날 저녁 내가 없애 버린 카디프 성 현장 체험 신청서를 학교 홈페이지에서 찾는 척하면서 낮에 느꼈던 당혹감과 공포와 분노와 슬픔을 모조리 글로 적었다.

뉴스 속보!

방금 긴급 소식이 들어왔습니다. 메이너 중학교의 짐승들이 탈출했다고 합니다! 유명한 고릴라(메리 루카스)가 1학년 여학생을 괴롭히는 장면이 목격되었습니다. 이 녀석에게는 진정제를 묻힌 화살이 필요합니다. 무슨 종인지 알려지지 않은 코너 몰드는 연못 근처에서 목격되었습니다. 아마도 연못에 사는 생명체가 자신의 지적 수준과 유사해서 그곳에 숨기로 마음먹은 듯합니다. 크리스털은 다시 학교에 나오기 시작했고, 중앙 현관을 어슬렁거리면서 새로운 희생양을 찾고 있습니다. '위험하니 가까이 다가가지 마십시오!' 먹잇감을 찾아 메이너 중학교를 돌아다니는 야생 짐승을 목격한다면 그냥 지나쳐서는 안 됩니다. 이제 우리가 서식지를 지켜야 할 때입니다. 메이너 중학교에서 가장 위험한 짐승들을 길들여야 합니다.

나는 미스 노바디입니다.

나중에 말해 줄게

다음 날 아침, 집에 있게 해 달라고 엄마 아빠에게 애걸복걸하지 않기 위해 모든 의지력을 끌어모아야 했다. 아침 식사 때는 내가 많이 아파 어쩌면 죽을지도 모른다고 말하고 싶었지만, 부모님은 세브를 데리러 병원에 가야 했고, 결국 아무 말도 하지 못했다. 그러다가 미스 노바디 블로그에 들어갔는데, 691명이라는 방문자 숫자를 보고 말았다. 1학년에 2학년까지 합친 것보다 훨씬 많은 숫자다! 비밀리에 세브와 함께 별똥별 프로젝트의 성공을 축하해야겠다.

학교로 가는 차 안에서 이런 생각을 했다. 메이너 중학교의 똥멍청이들이 나를 최악의 방법으로 괴롭힌다 한들 세브가 겪는 일에 비할까? 나는 그 생각을 잊지 않으려 애썼다. 그날 일어날지도 모를 수백만 가지 나쁜 상황이 계속 머릿속에 떠올랐지만 말이다.

학교에 도착하자 나는 최악을 경험해야 했다. 맞서야 한다. 셸던 선생님 덕분에 나는 더 이상 '우리 반 별종'이 아니었다. 이젠 '우리 학교 별종'이 되어 있었다. 나는 전교생이 비웃고 욕하고 이리저리 밀치는 상황을 각오해야 했다. 하지만 그런 괴롭힘을 감당할 준비가 전혀 안 되어 있었다.

교실에 들어서자마자 눈에 들어온 것은 화이트보드에 그려진 그림이었다. 뺨이 빨갛게 달아오른 졸라맨이 입으로 토를 뿜어내면서 아마도 오줌일 듯한 액체를 다리 사이로 흘리는 그림. 졸라맨 옆에는 오렌지주스 팩이 있었다. 그림 위에는 검은색으로 '말 없음!!!!ㅋㅋㅋㅋㅋ'라고 적힌 말풍선이, 아래쪽에는 '머저리!!!!' '음소거 개미!!!!'가 다른 색깔 펜으로 여러 번 적혀 있었다.

심장이 너무 빨리 뛰었다. 그 자리에서 심장마비가 오지 않는다는 사실이 놀랍기까지 했다. 그랬다면 적어도 교실을 떠날 수 있었다. 자리로 가서 일정 계획표를 펴고 고개를 숙였다. 아무도 내가 얼마나 겁먹고 말문이 막히고 스스로 멍청하게 느끼는지 눈치채지 못하기만을 바랐다. 몇몇아이들이 웃자 에이드리언이 "야, 그러지 마. 괜찮아?" 하고 물었다. 고개를 들 수 없었다. 머릿속에서는 이런 말이 무한 반복되고 있었다.

'울지 마! 울지 마! 울지 마!'

아일사가 옆에 있으면 좋겠다고 생각했지만, 그 애는 없었다.

그때 브라이언트 선생님이 들어오더니 "이게 뭐야? 누가 이랬어?"라고했다. 눈물이 차올라 앞을 볼 수 없었다. 어차피 자기가 했다는 아이도없었다. 교실이 처음으로 찬물을 끼얹은 듯 조용해졌다. 브라이언트 선생님이 화이트보드를 지웠다.

"조회하는 동안 아무 소리도 내지 마라."

"쟤는 문제없겠네요, 선생님!"

코너가 외쳤다.

"교실에서 나가!"

브라이언트 선생님이 처음으로 코너에게 고함쳤다. 코너는 나만큼이나 놀란 듯 보였다. 녀석은 방정식을 풀 때보다 더 당황한 표정으로 천천히 교실 문을 열고 나갔다. 그때 아일사와 다른 아이들이 들어왔다. 아이들은 교실의 어색한 침묵을 감지하고 눈치를 살폈다. 마커스가 말했다.

"죄송해요, 선생님. 버스가 늦었어요."

브라이언트 선생님은 고개만 끄덕였다. 선생님이 평소에 이렇게 가라앉은 적이 없었기에 아이들은 어리둥절한 표정으로 자리에 앉았다. 아일사가 자리에 앉은 뒤 내 팔에 손을 얹었다. 그러고는 입 모양으로 "무슨 일이야?" 하고 물었다. 나는 대답할 힘이 없어 그저 고개만 저었다. 아일사가 손바닥 위에 '나중에 말해 줄래?'라고 썼고, 나는 고개를 끄덕였다. 그 뒤로 누구도 그림이나 나에 관해 말하지 않았다. 지리 수업을 하러 이동하는 동안 모두 코너가 교실 밖으로 쫓겨난 이야기만 했다.

누가 그림을 그렸는지 확신할 수 없어도, 이 모든 일이 누구의 잘못으로 일어났는지 나는 알았다. 바로 셸던 선생님이었다. 눈치 없이 과학 주간을 계획한 셸던 선생님 말이다. 애초에 나를 무대에 세운 것도 셸던 선생님의 생각이었다. 아침 내내 머릿속으로 이런 생각들이 스쳐 갔다.

1. 셸던 선생님은 나에게 전시회에 참여하도록 강요했다.
2. 바보 같은 발표회도 마찬가지다.
3. 아이들이 무대에 서 있는 나를 향해 소리 지르는데, 선생님은 나를 도와주지 않았다.
4. 선생님은 내가 교실에서 아무 말도 하지 못한다는 사실을 안다. 그런

데 왜 전교생 앞에서 발표할 수 있다고 생각한 걸까?

5. 선생님은 모두가 나를 미워한다는 사실을 분명히 안다. 그런데도 나를 억지로 무대에 세웠다. 자기가 계획한 바보 같은 과학 주간을 돋보이게 하려고 말이다.

생각은 점점 안 좋은 쪽으로 향했다. 이런 생각도 들었다.

6. 선생님은 우리 반 하나도 통제할 능력이 없다.
7. 선생님은 과학 실력도 그다지 좋지 않다. 한번은 명왕성이 행성이 아닌 이유를 제대로 설명하지 못했는데, 그건 세브도 알고 있었다. 세브는 열 살이다.
8. 선생님은 과학 주간 발표회 행사를 완전 악몽으로 만든 장본인이다.
9. 이 모든 것이 선생님 잘못이다.
10. 나는 셸던 선생님이 진짜 밉다.

지리 시간에 바트 선생님이 종이를 가지러 나간 사이, 코너가 나에게 와서 펜을 마이크처럼 들고는 "저는 이곳에 음소거 개미를 만나러 나와 있습니다. 별종으로 사는 건 어떤 기분인가요?" "음소거 개미는 아침으로 뭘 먹을까요? 바로 오렌지주스죠!"라고 했다. 그러고는 가짜 마이크를 내 얼굴에 들이댔다.

"이러지 마, 코너."

아일사가 말렸지만, 코너의 괴롭힘은 10분 넘게 계속됐다.

"음소거 개미랑 절친으로 지내는 건 어떤 기분인가요?"

코너가 아일사에게 소곤댔다.

"그냥 무시해."

아일사가 말했다. 우리는 코너를 무시했다. 겉으로는 코너를 무시하는 것처럼 보였지만, 내 머릿속에는 학교, 발표회, 선택적 함구증, 세브, 그밖의 모든 것에 대한 분노의 말 백만 개가 날아다녔다.

그 말들이 거대한 난장판을 만드는 바람에 고통스러웠다. 맞서서 말해야 하는데, 그러지 못했다. 그다음 시간, 코너가 다시 아일사에게 뭔가 소곤대자 아일사가 손을 번쩍 들고 외쳤다.

"바트 선생님, 코너가 우리한테 자꾸 이상한 말을 해요."

바트 선생님은 코너가 자리를 옮기게 했다. 나는 공책에 ☺를 그려 아일사에게 보여 주었다. 분노와 슬픔과 두려움과 걱정에 관한 말로 가득 차서 머리가 지끈거리는데, 다른 말을 적기가 쉽지 않았다. 게다가 나는 그런 감정을 표현할 이모티콘을 모른다.

쉬는 시간에 도서관에 가는데 몇몇 남학생들이 킬킬대며 "음소거 개미!"라고 소리쳤고, 또 다른 아이들은 손가락질했으며, 어떤 아이들은 자기들끼리 "말 못 하는 그 애야!"라고 속삭였다. 전교생이 다 아는 유명인사가 된 느낌이 어떤지 궁금하다면 이렇게 말해 주겠다. 땅이 나를 삼켜버리기를 바란 적은 많다. 이건 그때보다 훨씬 더 나쁘다. 완전히 사라지고 싶었고 더는 존재하기 싫었다.

그날 나를 지탱해 준 건 두 가지다. 첫째, 아일사가 온종일 나와 같이 있었다. 세상에서 가장 좋은 친구다. 둘째, 집에 가면 세브가 와 있을 거다.

나는 끝까지 울지 않고 버텼는데, 하나님이 불쌍히 여긴 덕분이라고 생각한다. 현관문을 열고 집에 들어서자마자 눈물이 터져 나왔다. 거실에서 처음 보는 의사 선생님이 어색한 미소를 짓고 말했다. "걱정 말아라. 나를 보기만 해도 눈물을 터트리는 사람들이 종종 있단다."

아빠가 나를 안아 주면서 "괜찮다. 우리 모두 힘든 하루를 보냈지!"라고 하고 위층으로 데려다주었다. (솔직히 이런 대우를 받는 것이 얼마 만인지 모른다.) 아빠는 "세브는 괜찮아. 걱정 마. 다만 오래 쉬어야 해. 이제 집에 왔단다. 우리가 데려왔어. 다시 병원으로 돌아가진 않을 거야. 괜찮아." 분명히 퀸니 아주머니가 '기뻐해야 할 이유'라고 부를 만한 사건이었다. '감정이 더는 무너져 내리지 않을 이유'라고 불러도 될 것 같았다.

저녁을 먹고 세브의 방으로 갔다. 세브는 자고 있었다. 천장에 붙여 둔 야광 별들이 어둠 속에서 빛나면서 방 전체에 초록빛이 감돌았다. 세브는 창백하고 작았다. 내 눈에 보이는 세브의 모습을 의사 선생님도 그대로 본 건지 궁금했다. 세브가 전혀 좋아 보이지 않았기 때문이다. 세브를 깨우고 싶지 않아서 아주 작은 목소리로 말했다.

"환영한다, 슈퍼 세브. 정말 보고 싶었어, 동생아."

잠자리에 들기 전 나는 머릿속에서 쿵쿵거리는 소리가 들릴 정도로 아주 열심히 기도했다.

'하나님, 하늘에 계신다면 부디 세브를 낫게 해 주세요. 아빠는 세브가 괜찮다고 했지만, 제 눈엔 그렇지 않아 보여요. 제 기도를 듣고 계시다면 제발 저를 다른 사람으로 만들어 주세요. 자고 일어나면 다른 사람이 되게 해 주세요. 제발, 제발, 제발 제가 다시는 저로 사는 일이 없게요. 아니면 (이쯤에서 하나님께도 선택권을 드리는 편이 좋겠다 싶었다) 제발 메이너 중학교가 사라지게 해 주세요. 그 일이 꺼림칙하시다면 메이너 중학교에 기적이라도 일어나서 제발, 제발 제가 말할 수 있게 해 주세요.'

216

약속

나에게는 두 가지 선택권이 있다. 하나, 학교에 가서 침묵의 질병 속에 갇힌 채 아이들이 끊임없이 해 대는 욕을 듣다가, 기분이 더 나빠져서 인생 탈출 버튼이 생기기를 간절히 바란다. 둘, 아파서 학교에 못 가겠다고 부모님을 설득한 뒤 안전하고 정상적인(것처럼 보이는) 집에 머문다.

꾀병에 공감하지 못하는 부모님 덕분에 두 가지 선택은 반 토막이 났다. 월요일, 바나나를 들통에 넣고 으깬 뒤 헛구역질하는 소리를 냈다. 엄마가 그걸 보고 내가 토했다고 믿길 바랐다. 엄마는 말했다.

"우리 이제 으깬 바나나를 아침으로 먹는 거니?"

화요일, 아빠가 일하러 가기 전에 잠옷 차림으로 마당에 나가서 손가락이 얼어 떨어져 나가는 느낌이 들 때까지 서 있었다. 그러고서는 아빠에게 너무 춥다며 지독한 독감에 걸려 죽을지도 모른다고 했다.

"그렇게 뭘 바라고 잠옷만 입고 맨발로 밖에 나갔어? 대체 뭘 한 거니?"

"나도 잘 모르겠어. 얼마나 아프면 이러겠어."

217

아빠는 옷을 입고 점퍼도 입으라고 했다. (아빠 말로는 그거야말로 추운 마음을 낫게 하는 아빠표 기적의 치료제라고 덧붙였다.)

수요일, 죽을 정도로 창백해 보일 때까지 얼굴에 땀띠 분을 발랐다. 엄마에게 몸이 좋지 않고, 죽음의 문턱에 이르렀다고 말하자 엄마는 "야만인으로 변하기 일보 직전 같은데. 얼른 세수하고 옷 입어"라고 했다. 내가 무엇을 하든지 엄마 아빠는 똑같은 말을 했다.

"학교 갈 준비해."

내가 꾀병을 부리는 데 별로 재능이 없거나 부모님에게 공감 능력이 없거나 둘 중 하나였다. 세브는 대체 어떻게 엄마 아빠가 자신을 병원에 데려가게 했을까. 미스터리다. 두 분 다 누군가 아프다는 사실을 도통 믿지 않았다.

목요일, 이불을 뒤집어쓰고 침대에 누워 작은 기적이 일어나게 해 달라고 기도했다. 부모님이 부디 오늘은 내 존재를 잊게 해 달라고 말이다. 하지만 세브가 들어와서 말했다.

"누나, 일어나! 엄마가 나더러 팬케이크 만들어 보래!"

세브가 그토록 신이 난 모습을 본 건 진짜 오랜만이었다. 세브가 만든 팬케이크를 먹는 일이 머릿속에 지나치게 많은 말을 가진 채 솜이불을 덮고 있는 일보다 훨씬 중요하다는 생각이 들었다. 부엌에 들어서자 바나나 팬케이크 냄새가 진동했다. 학교를 빠지려던 내 모든 시도가 실패한 원인을 깨달았다. 아빠가 한쪽 팔로 나를 감싸며 말했다.

"주말은 세브랑 보내렴. 세브도 네가 학교에 빠지는 건 싫을 거야."

하지만 그건 사실이 아니다. 아빠가 세브에게 그런 걸 물어보았을 리 없다. 나는 아무 말도 하지 않고 그저 책을 가방에 넣으며 언젠가 운 좋게 진짜 아프길 바랐다.

아일사와 친구로 지내는 일은 끊임없이 계속되는 거친 속삭임과 고함에서 나를 보호해 주는 유일한 방패막이었다. 아일사는 "걱정하지 마, 쟤들도 곧 싫증 날 거야." "네 잘못이 아니야, 쟤들이 멍청해서 그래." "괜찮아질 거야, 내가 약속할게." 등의 아마도 사실은 아니겠지만, 누군가가 내 편이라는 기분이 들 만한 말을 했다. (나는 매일 생명에 위협이 되지 않는 질병에 걸린 누군가가 나를 향해 재채기해 주길 기도했다.)

금요일 영어 시간에 카터 선생님은 좀비에 관한 책에서 발췌한 글을 나눠 주면서 위험과 관련된 단어를 찾아 표시하라고 했다. 아일사와 내가 '갈라진' '불타는' '거미줄' '뒤틀린' 같은 단어에 표시하는 동안, 내 머릿속에서는 '머저리' '별종' '음소거 개미' '하하하하하하' 같은 단어들이 형광펜으로 색칠되고 있었다.

점심시간, 도서관에 가는 길에 한 남학생이 내 얼굴에 대고 "괴물이다!"라고 쩌렁쩌렁한 목소리로 외쳤다. 내 목구멍에 거대한 마개가 생기더니 말하려던 것들을 그 아래에 가둬 버렸다. 압력이 점점 세지면서 울음이 터져 나오는데 아무 소리도 나지 않았다.

아일사가 나를 도서관 화장실로 데려갔고, 나는 차가운 물로 세수했다.

"누군가에게 말해야 해. 브라이언트 선생님을 만나 볼까? 선생님이 도와주실 거야. 아니면 구데이커 선생님께 말해 볼까?"

나는 고개를 저었다.

"그렇게 나쁜 상황은 아니야. 곧 그만둘 거야."

아일사는 내 말을 믿지 못하는 눈치였다. 나는 하얀 거짓말을 했다.

"그래, 다음 주까지 계속되면 그때 말하자."

"미스 노바디한테 쪽지를 보내는 건 어때? 휴대폰으로 미스 노바디 블로그에 접속할 수 있어."

심장박동 소리가 점점 커졌다. 나는 깊이 생각하지 못한 채로 고개를 끄덕이며 좋다고 말했다. 어느새 나는 이런 글을 쓰고 있었다.

안녕하세요, 미스 노바디. 학교에서 어떤 애들이 나한테 심한 말을 해요. 그것도 아주 많이요. 그 애들 때문에 내가 완전 하찮고 보잘것없게 느껴져요. 『이상한 나라의 앨리스』에서 앨리스가 아주 작아졌을 때랑 비슷해요. 단지 좋은 방향이 아니라는 점만 다르죠. 나는 감히 맞설 수도 없어요.

궁금했다. 미스 노바디 이야기를 미스 노바디에게 적어 보내면 과연 거짓말을 하는 걸까?

내가 전송 버튼을 누르자 아일사가 말했다.

"미스 노바디가 우릴 도와주면 좋겠다!"

나는 안타깝게도 그럴 거라고 확신했다.

무슨 말을 해야 하나

토요일, 아빠는 강박적으로 집을 청소해서 말끔하게 변신시켰고, 세브는 아빠를 청소봇이라고 부르기 시작했다.

"세균을 막기 위해 밤낮없이 순찰 활동을 벌여야 해!"

아빠의 주장에 세브가 반박했다.

"그럼 코딱지 테니스를 못 하잖아."

"트럼프 게임은 어때?"

엄마의 말에 세브가 조건을 걸었다.

"아빠가 최고로 높은 카드를 내지 않겠다고 약속하면 할게."

엄마는 그건 불가능하다고 했다.

"진입로에 분필로 그림 그려도 돼?"

"내일 해. 오늘은 좀 늦었다."

엄마가 세브를 말렸다. 세브의 피부색은 좀 웃겼다. 팔에는 자잘한 멍 투성이였다. 엄마는 병원에서 새로운 치료법을 시도하느라 생겼다고 했지만, 세브는 자기가 방사능 인간으로 변했기 때문이라고 했다. 엄마는 "진짜 그런 거라면 너를 세균 순찰대에 신고해야겠는데"라고 했다. 진짜 오랜만에 우리 집이 평범한 일상으로 돌아간 느낌이었다. 우리 집의 흔한 풍경은 이랬다. 아빠는 항균 물티슈와 혼연일체가 되어 누군가 재채기라도 할라치면 몸서리를 치며 달려들었다. 세브는 역겨운 게임들을 찾아 티라노사우루스 렉스가 인간을 엉덩이부터 잡아먹는 모습을 보여 주었다. 엄마는 10분마다 발작적으로 울음을 터뜨렸는데, 어떨 때는 웃다가 울고 어떨 때는 슬퍼서 울었다. 이상한 잿빛 침묵에 싸였을 때보다 지금이 백만 배는 나았다.

잘 시간이 되자 세브가 나에게 책을 읽어 달라고 했다. 나는 소리 내어 읽는 연습을 하려고 옥타비아 선생님께 『벨벳 토끼 인형』을 빌렸다. 선생님 말로는 크리스마스에 읽기 딱 좋은 책인데, 세브는 크게 상관하지 않을 것 같았다. 아빠는 책을 꼼꼼히 닦아야 한다고 우겼는데, 오래전에 내가 옥타비아 선생님의 방이 무척 지저분하다고 말해서 그러는 건가 싶었다. 아빠가 집 안 모든 것을 또다시 박박 닦으려는 것일 수도 있다.

"숨 쉬지 않는 것들은 내가 모두 닦아 낼 거다!"

아빠가 으름장을 놓자, 엄마가 와서 세브의 이불을 여며 주었다.

"10분 있다가 불 끌 거다. 뽀뽀하러 다시 올게, 알았지?"

그건 엄마가 행복하다는 의미다. 진짜 슬플 때면 엄마는 불을 끈다고만 하고 좋은 꿈 꾸라는 말이나 뽀뽀는 하지 않았다. 나는 엄마가 인사할 때가 좋았다. 세브는 눈알을 굴리면서 배를 부여잡고 아픈 시늉을 했는데, 세브도 엄마가 그러는 게 좋은 듯했다.

책을 읽기 시작하는데 세브가 물었다.

"오늘 밤에 블로그에 글 쓸 거야?"

나는 어깨를 으쓱했다. 아직 세브에게 과학 주간 발표회의 일을 말하지 않았다. 세브는 나를 위로하려고 애쓸 테지만, 그 이야기를 꺼내면 나를 음소거 개미라 부르고, 못된 말을 속삭이는 아이들 얘기를 해야 하고, 모두가 나를 쳐다보고 손가락질한다는 말도 해야 한다. 나는 아무도 슬프지 않은 주말을 보내고 싶다(나는 빼더라도).

"그동안 공부하느라 정말 바빴어."

새빨간 거짓말은 아니었다. 해야 할 숙제가 몇 가지 있었다.

"그래도 누나, 히트작이 진짜 많잖아! 별똥별 프로젝트야말로 대박이지! 다들 누나를 좋아한다고."

이상했다. 나는 그런 식으로 생각한 적이 없다. 사람들이 미스 노바디를 좋아한다고 한들 실제로 아일사만 빼고 아무도 진짜 나를 좋아하지 않기 때문이다. (사서 선생님과 도서관 봉사위원들은 넣지 않았다.)

세브는 "그 사람들도 누나처럼 엄청난 별종인가 봐. 다들 글을 읽으면서 숨 넘어 갈듯이 'ㅋㅋㅋㅋ' 했을 거야!"라며 깔깔 웃었다. 그리고는 참지 못하고 계속 웃다가 중간에 숨을 고르며 "이젠 내가 숨 넘어 갈듯이 'ㅋㅋㅋㅋ'거리고 있네!"라며 나에게 간지럼 고문은 하지 말아 달라고 사정했다. 내가 간지럼을 태워 주길 바랄 때만 세브가 하는 말이었다. 하지만 세브가 너무 약해서 간지럼 고문을 했다가는 어딘가 부러져 버릴까 봐 걱정됐다.

세브는 'ㅋㅋㅋㅋ'거리기를 가까스로 멈추고 말했다.

"하워드 선생님이 그러는데 이젠 나를 낫게 할 방법이 없대."

나는 난생처음 세브 옆에서 아무 말도 하지 못했다. 선택적 함구증 때문이 아니었다. 위로할 말이 떠오르지 않았기 때문이다. 안타깝게도 말은 마법을 부리지 못한다. 말에는 누군가를 죽지 않게 할 힘이 없다. 말은 진짜 기적을 일으키지 못한다. 말에는 아무 능력도 없을 때가 있다. 심지어 말은 중요하지 않을 때도 많다. 나는 잠자코 있다가 세브를 꼭 안았다. 눈물이 세브 얼굴에 떨어지지 않길 바랐다.

"내가 낫지 않으면, 날 미라로 만들어 줄래?"

"그래, 꼭 그렇게 할게. 허가만 받을 수 있다면 말이야."

"좋아, 완전 멋져! 퀸니 아주머니네 고양이 한 마리도 나를 숭배하는 모습의 미라로 만드는 건 어때?"

아빠가 들어오더니 "그건 마음에 안 드는데. 위생 문제는 어떻게 하려고?"라고 물었다. 엄마는 아빠 옆에 서서 미소 짓고 있었는데, 진짜 오랜만에 보는 적절한 미소였다.

"자, 우리 아가, 이제 잘 시간이구나."

엄마가 세브에게 말하더니 내 어깨에 팔을 두르고 이마에 입을 맞추며 말했다.

"너도 마찬가지야, 우리 큰 아기."

"그럼 아빠는 특대형 아기겠네."

결국 세브는 간지럼 고문을 받고 말았다.

세브가 낫지 않는다고 생각하고 싶지 않았다. 내 방에서 공책을 꺼내 메이너 중학교의 전교생에게 하고 싶은 말을 몽땅 적었다. 과학 발표회 참사 이후, 학교생활은 더 나빠졌다. 이제 내가 말도 못 하는 별난 애라는 사실을 전교생이 알았고, 내 기분도 전보다 백만 배 안 좋았다. 심지어 아일사에게 거짓말까지 했다. 과학 주간이 내 인생을 망쳐 놓은 거다.

그때 기발한 생각이 떠올랐다.

나는 엄마가 방에 들어올 때까지 글을 썼다. 엄마는 10분 뒤에 불을 끈다고 하고 내게 입을 맞췄다. 정말 기분이 좋았다. 엄마의 애정이 필요했던 걸까. 무엇보다 뽀뽀를 받으니 세브를 위한 기도 횟수를 늘리고 싶었다. 세브가 메리나 버나드를 미라로 만드는 것을 심각하게 고려하는 중이라 더 그랬다. 엄마가 문을 닫고 나가자 나는 기발한 생각을 미스 노바디 블로그에 적고 발행 버튼을 눌렀다. 침대에 누웠는데 잠이 오지 않았다. 내 마음속의 도덕적 잣대가 자동차 경적처럼 울려 댔다. 아무래도 기발한 생각이 그다지 기발하지 않은 것 같았다. 휴대폰을 켠 뒤 새 글을 지웠다.

엄마가 좋은 꿈을 꾸라고 해 준 뽀뽀가 마법을 부린 것인지 알 수 없지만, 그날 밤 깊은 잠에 빠졌다. 악몽을 꾸지 않은 것이 얼마 만인가. 나는 엄마의 뽀뽀가 '딸이 끔찍한 실수를 저지르지 않도록 막는 마법'을 발휘하길 바라고 또 바랐다. 하지만 그런 마법은 일어나지 않았다.

진실을 말해

다음 날, 아일사네 집에 놀러 갔다. 지금껏 해 본 적 없는 일이었다. 아일사는 캘리그래피로 글씨 쓰는 법을 알려 달라고 했다. 퀸니 아주머니에게 배운 방법 그대로 아일사에게 알려 주었다. 먼저 올바른 자세로 앉는 법을 익혀야 했다. 그리고 나서 펜을 바르게 잡고 고리 모양과 소용돌이 모양을 연습했다. 아일사에게 캘리그래피를 가르쳐 주는 일은 재미있었다. 아일사는 열심히 따라 했다. 아주 완벽하지 않았지만, 나는 퀸니 아주머니가 항상 나에게 하던 말을 반복하지 않으려고 마음을 단단히 먹었다. 아주머니는 말씀하셨다.

"어머나, 아가. 주님께서는 그렇게 괴상한 모양으로 구불구불 그어 놓은 선에 별로 감동하지 않으실 것 같구나."

나는 아일사에게 세브 이야기를 하고, 옥타비아 선생님 이야기도 들려주었다. 또 학교에서 얼마나 말하고 싶은지도 얘기했다. 아일사는 자기 아빠가 얼마나 재미있는 사람이었는지, 에든버러에서 지낼 때의 이야기를 들려주었고, 할 수만 있다면 내가 학교에서 말할 수 있도록 돕고 싶다고 했다. 아일사네 집에 있는 동안 나는 엉뚱하지만 유별나지는 않은 아이였고, 아일사는 세상에서 최고로 좋은 단짝 친구였다. 아주 살짝 고등학생들이 나오는 미국 영화 속 여자애들이 된 기분이 들기도 했다. 영화에서는 함께 캘리그래피를 하면서 시간을 보내지는 않겠지만 말이다.

아일사가 고리 모양 쓰기를 연습하는 동안 나는 독서 주간 광고 문구를 썼다. 아일사가 "있지, 메이너 중학교에 간 첫날 얼마나 겁났는지 몰라"라고 말하기에 "나도야!"라고 했다. 그날 이후 지금까지 하루도 빼지 않고 겁이 난다고 말하고 싶었지만, 그 말은 하지 않았다. 아일사가 바보 같다고 생각할까 봐 겁이 났다.

"지금도 가끔 겁날 때가 있어."

아일사가 말했다. 나도 그렇다고 말하려다 아일사가 이어 하는 말에 얼어붙고 말았다.

"미스 노바디가 그러더라. 후회해야 하는 쪽은 우리가 아니라 괴롭히는 아이들이라고. 미스 노바디 블로그 글 읽어 볼래?"

나는 고개를 끄덕였다. 극심한 공포로 정신이 혼미해서 할 수 있는 일이라고는 그저 입을 꾹 다무는 것뿐이었다. 아일사가 내가 며칠 전에 쓴 글을 읽었다.

자신이 보잘것없다고 느끼나요?

노바디 여러분, 메이너 중학교의 괴롭힘 가해자들 때문에 이상한 나라의 앨리스가 된 기분이 드나요? 물약을 마시고 작아진 앨리스 말입니다. 앨리스는 너무 작아져서 자신이 진짜 사람이라고 생각하지 않았습니다.

최근 누군가에게 쪽지를 받았습니다. 쪽지를 보낸 이의 기분이 어떤지 적혀 있었습니다.

아일사가 그 부분을 읽으며 나를 향해 미소 지었다.
"미스 노바디가 우리 쪽지를 읽었나 봐!"

그건 내가 학교에서 가끔 느끼는 기분과 비슷했습니다.
다만 나는 이런 생각을 했습니다. 그렇게 작아진 느낌이 드는 쪽이 왜 우리여야 할까요?
후회하는 쪽은 우리가 아니라 괴롭히는 아이들이어야 합니다.
토끼굴 속으로 사라졌으면 하고 바라는 쪽은 왜 항상 우리여야 합니까?
메이너 중학교에서 사라져야 할 사람들은 비열함으로 똘똘 뭉친 가해자들입니다.

얼굴이 활활 타오르고 손에서 땀이 났다. 무슨 죄라도 지은 사람 같았다. 하지만 어쩔 수 없었다. 아일사가 나를 보았다면 바로 눈치챘을지도 모른다. 이마에 '그건 내가 쓴 거야!'라고 적어 붙인 느낌이었다.
무슨 일이 있어도 숨겨야 했다. 다행히 나는 공책에 얼굴을 파묻는 훈련이 아주 잘 되어 있다. 시간을 되돌려서 이 상황을 되풀이한다면, 아일사에게 사실을 털어놓을 것이다. 맹세한다.

카드를 쓰다

며칠 뒤, 학교에서의 상황이 나아질지도 모른다는 희망이 생기기 시작했다. 아이들은 나를 완전히 무시했고, 코너는 나와 아일사를 집요하게 들볶는 데 싫증이 난 듯했다. 브라이언트 선생님이 코너에게 주의를 준 모양이었다. 조회 시간이 끝나고 선생님이 코너를 남게 했다. 코너는 그날 영어 시간만큼은 조용히 있었다.

루카스는 여전히 버스에서 나에게 못된 말을 해 댔다. 학교에서 아이들이 나에게 손가락질할 때도 있었다. 하지만 그냥 내버려 뒀다. 그러다 금관악기 동아리 사건이 벌어졌다.

이 사건은 우리 학교가 어떤 곳인지를 압축해서 보여 준다. 악기 연주에 재능이 있어서 금관악기 동아리에 들어간다면, 노바디가 되는 특급열차에 오른 셈이다.

매주 화요일 금관악기 동아리는 음악관에서 연습하는데, 그곳은 3학년들이 주로 이용하는 장소 옆에 있다. 나는 절대 가지 않는 곳이다. 매주 금관악기 동아리가 연주를 시작하기가 무섭게 크레이그 불과 패거리들이 닥치라고 소리치기 시작한다. 녀석들이 창문을 두드리고 욕을 퍼부어 대고 연습실로 들어가서 악기를 빼앗는 등 너무 겁을 줘서 연습이 중단되기 일쑤다. (크리스마스 콘서트가 썩 훌륭하지 못했던 것도 다 이유가 있다. 악기 조율을 마치기도 전에 연습이 중단된 거다.)

과학 수업을 받으러 가는 길에 에이드리언이 점심시간에 무슨 일이 벌어졌는지 들려주었다. 이번엔 금관악기 동아리가 연습을 중단하지 않았다고 했다. 3학년들이 팰 듯이 겁을 주며 악기를 부수려 하고(실제로 한 명은 플루트를 운동장으로 던져 버렸다), 수업이 끝나면 교문 밖에서 기다리겠다고 위협했지만, '모두가 끝까지' 연주했다. 그 얘기를 하며 에이드리언은 활짝 웃었다.

그게 다가 아니었다. 마이클은 크리스털과 복제 인간들이 점심 사 먹을 돈을 빼앗아 간다는 사실을 누군가가 담임 선생님에게 말했다고 했다. 시안은 스쿨버스를 기다리는 동안 한 남학생이 우리 학년을 밀치자 2학년들이 함께 맞서 주었다고 했다.

아이들의 얘기를 들으며 나는 깨달았다. 약자들의 반란은 성공했고, 그 공을 미스 노바디가 몽땅 차지할 수 없다는 것을. 나 같은 노바디들은 오랫동안 메이너 중학교에 불만을 품어 왔고, 나는 그저 적절한 때에 블로그에 글을 올렸을 뿐이다.

하지만 이것만은 확실하다. 미스 노바디가 블로그를 시작하기 전, 작고 조용하고 눈에 띄지 않는 학생들은 자기 목소리를 전혀 내지 못했다. 체스 동아리 회원들은 1학년들을 위해 맞선 적이 없었고, 데이비드 게이는 괴롭히는 녀석들에게 반항할 생각조차 못 했으며, 금관악기 동아리는 점심시간 연습을 제대로 끝낸 적이 없었다.

이 사건들 덕에 나는 마침내 문장 카드를 사용할 자신감을 얻었다.

모두가 겁먹지 않고 지내서 얼마나 좋은지 이야기했고, 노바디들은 서로 힘을 합쳤다. 과학 시간에 임시 선생님이 들어와 셸던 선생님이 아파서 못 나왔다며 대신 수업하겠다고 하자, 나는 이제 때가 되었다고 생각했다. 아일사에게 카드를 보여 주었다. 아일사는 눈을 반짝이며 나를 지지해 주었다. 나는 책상 앞으로 걸어가 임시 선생님에게 킹슬리 선생님이 준 카드를 보여 주었다.

'저는 로절린드 뱅크스입니다. 1학년 1반이에요. 저는 말하는 일이 굉장히 어렵습니다. 저에게 대답하라고 하지 말아 주세요. 대신 제가 할 말을 적도록 허락해 주세요.'

선생님이 카드를 읽는 동안 나는 손을 숨겼다. 손이 부들부들 떨렸고 위장은 울렁울렁 재주를 넘었다. 임시 선생님은 나를 향해 미소 지으며 부드럽게 말했다. "좋아, 로절린드. 말해 줘서 고맙구나. 어떤 상황인지 이해했으니까 질문이 있으면 적어서 보여 주렴."

그 말을 듣자 드디어 문장 카드를 사용했다는 생각에 안도감이 파도처럼 밀려들었다. 학기 초부터 내내 가방에만 있던 카드를 꺼내다니, 실제로 기적이 일어난 거다! 장장 7개월이라는 긴 시간을 지나 드디어 학교에 적응했으니, 앞으로 상황이 점점 나아지리라 생각했다. 진짜 모든 것이 잘될지도 모른다.

하지만 내가 깜빡한 것이 있다. 꿈이 이루어진다는 말은 메이너 중학교에서만큼은 예외라는 것이다. 메이너 중학교에서 꿈은 이루어지지 않는다. 학교는 그 말을 교훈으로 정해야 했다. 다음 날 아일사가 아파서 결석했고, 나는 혼자 앉아야 했으며, 메이지는 카드를 만들었다.

'나는 말을 못 해요! 음소거 개미병에 걸렸거든요!!'

메이지는 선생님이 등을 돌리기만 하면 카드를 들어 올렸다. 아침 내내 그랬는데, 사실 나는 적잖이 놀랐다. 메이지가 말하지 않고 그렇게 오래 버틸 수 있는지 몰랐기 때문이다. 아이들은 모두 메이지가 카드를 들어 올릴 때마다 재미있다고 생각하는 듯했다. 한 번도 빼놓지 않고 말이다.

나는 참을 수 있지만 미스 노바디는 절대 참지 못했다.

내가 존재하는 이유는 메이너 중학교 최악의 괴롭힘 가해자에게 맞서기 위해서다. 그런 나에게 메이지 러브는 가장 큰 골칫덩어리다! 미스 노바디가 메이지에게 도덕적 잣대도 없는 끔찍한 인간이라는 사실을 깨닫게 해 줄 것이다. 그러면 내가 학교에서 지내기도 훨씬 나아지리라. 수업 시간에 카드도 사용하지 못한다면 나는 말 한마디 못 하는 처지가 되고 만다.

그날 오후 도서관에서 나는 퀸니 아주머니가 말한 하나님의 계시를 하나 더 받았다.

구데이커 선생님이 회의에 다녀오는 동안 도서 주간에 사용하려고 내가 만들어 둔 홍보 포스터를 복사해 달라고 부탁했다. 그러고는 컴퓨터를 끄지 않은 채로 갔다. 사무실 게시판에는 새로운 게시물이 붙어 있었다. 래짓 오빠가 손글씨로 '독서 주간입니다, 선생님!! 예산이 더 필요해요!!'라고 적은 쪽지였다. 마지막에는 이런 글귀가 쓰여 있었다.

'드래곤을 처치하기 위해서는 목숨을 걸어야 한다!!!'

그야말로 내 결심과 정확히 일치하는 글귀였다. 이제 와서 생각해 보니, 맙소사, 나 같은 아이에게 그건 꽤 적절하지 못한 게시였다.

누구인지 맞춰 보십시오.

별종, 게이머, 과학 덕후, 천재 여러분, 퀴즈를 내겠습니다.

질문 : 메이너 중학교에서 가장 잔인한 생명체는 누구일까요?

독사보다 지독한 독니를 가졌고, 살인 개미보다 치명적인 공격을 가하며, 말벌보다 강한 독침을 가진 자는 누구일까요? (뇌세포는 조금 적은 듯합니다.)

그 여학생은 다른 학생이 진짜 열심히 한 숙제를 베껴서 좋은 점수를 받습니다. 스티븐 스필버그가 지진을 발명했다고 생각합니다. 립글로스야말로 최고의 발명품이라고 찬양하지요.

열심히 괴롭힘을 훈련 중인 꿈나무는 바로 1학년입니다!

답 : 메이지 러브

학교 폭력 일급 가해자 메이지 러브는 당장 괴롭힘을 멈춰야 합니다.

우리가 일어나 메이지에 맞서야 할 때입니다.

그만둬, 메이지. #메이지극혐

나는 미스 노바디입니다.

돌이켜 보면 그 해시태그를 붙인 건 엄청난 실수였다.

메이지극혐의 결과

그다음 주 강당 조회에서, 엔더비 교장 선생님은 굉장히 심각한 표정으로 교단에 섰다. 학생들이 문제를 일으켰을 때의 분위기와 비슷했다. 곧 교장 선생님 입에서 "괴롭힘"이라는 단어가 나오자, 내 뺨이 후끈 달아올랐다. 차마 교장 선생님을 볼 수 없어 고개를 돌리자, 브라이언트 선생님이 종이 뭉치 귀퉁이를 만지작거렸다. 브라이언트 선생님이 종이 귀퉁이를 만지작거릴 때마다 세브가 디자인한 미스 노바디 블로그 사진이 보였다. 세상에서 가장 재미없는 소식이었다. 조회 시간 내내 메이지가 내 의자를 발로 차서 속상했지만, 브라이언트 선생님이 미스 노바디 블로그 사진을 들고 있는 일에 비할 바가 아니었다.

엔더비 교장 선생님은 화면에 교칙을 띄운 뒤 괴롭힘은 심각한 문제고, 학생들은 적극적으로 나서서 신고해야 한다고 몇 번 강조했다. 또 학생들이 자경단이 되어 스스로 법을 집행하는 상황을 절대 용납하지 않을 것이라고 했다. (집에 가자마자 구글에서 자경단이라는 단어를 찾아보았다.)

그날 오후 옥타비아 선생님은 말했다. 가끔은 말이 세상을 바꾸기도 한다고. 우리는 유명한 연설문들을 읽었고, 사이먼이라는 다른 치료사 선생님을 불러서 연설문 낭독을 들려주자는 데 합의했다. 엄청난 진전이었다. 나는 호흡을 안정감 있게 유지했다. 더듬은 건 몇 번뿐이었다. 옥타비아 선생님이 "굉장히 좋아졌구나!"라고 했다. 선생님의 목걸이가 박수 소리처럼 찰랑거렸다. 나는 수많은 사람 앞에서 이런 연설을 한다는 건 정말 대단한 일이라고 말했다. 옥타비아 선생님은 "네가 일어서서 뭔가 말한다고 상상해 봐. 어떤 말을 하고 싶니?"라고 물었고, 나는 잠시 생각하다가 어깨를 으쓱했다. 미스 노바디가 모두를 향해 말하긴 했지만, 실제로 많은 사람 앞에서 소리 내서 말하는 건 생각만으로도 진짜 악몽을 꾸는 기분이 들어서 '꿈은 이루어진다'는 말처럼 상상조차 하기 힘들었다.

"한번 생각해 보렴." 선생님은 연설문 책을 톡톡 두드리고 말했다. "이 사람들은 실제로 성과를 이뤘어. 그저 일어나서 네 생각을 말하는 일이 역사를 움직이는 파도를 만들 수 있단다."

집에 돌아와서 나는 세브에게 선생님들이 미스 노바디에 관해 알게 되었다고 전했다.

"내가 보안용 결계를 하나 더 칠 수 있어. 이번엔 누나를 투명 인간으로 만들어 볼게!"

나는 세브가 천재긴 해도 조언을 구하기에 적당한 스타일은 아니라고 결론지었다. 항상은 아니더라도 대부분 말이다. 미스 노바디를 떠올릴 때면 심장이 뛰었다. 학교에서는 미스 노바디가 나라는 사실을 아무도 모른다고 되뇌어야 했다. (학교 측에서 미스 노바디 포스터에서 지문을 채취해 추적하면 어쩌나 약간 걱정되긴 했다.)

다음 날, 나는 말이 파도를 만들어 낸다는 옥타비아 선생님의 얘기가 옳았다고 결론지었다. 메이지에 관해 쓴 블로그 글이 학교에서 급격한 여론의 파도를 만들었기 때문이다. 블로그 글이 실시간으로 화제에 오르기 시작한 것이다. 그것도 아주 뜨겁게. 미스 노바디 활동이 정말 좋았지만, 얼마 지나지 않아 나는 미스 노바디가 실제 나와 분리되기를 바랐다.

첫 번째 사건은 강당 조회하러 걸어갈 때 메이지가 울고 있는 모습을 본 것이다. 메이지의 친구들이 주위에 모여 있었는데, 케이티가 말했다.

"걱정 마, 메이지. 우리가 브라이언트 선생님한테 말할게. 선생님이 글을 내리게 할 거야."

"벌써 사방팔방에 다 퍼졌다고!"

메이지가 속상해하는 모습을 보는 건 정말이지 충격이었다. 그 모습을 보면 기분 좋을 거라고 생각했다. 메이지가 나에게 준 상처를 아주 조금만 맛보게 하면 나도 행복해질 거라고 생각했다. 실제는 정반대였다.

그날 아침 화장실에 가서 메이지와 그 애의 친구들이 하던 얘기가 무엇인지 깨달았다. 화장실 벽에 유성 매직으로 이런 글귀가 그래피티처럼 그려져 있었다. (나는 이미 그런 낙서를 지우려고 한 경험이 있기 때문에 유성 매직으로 썼다는 것을 안다.)

'우리는 메이지를 증오한다. #메이지극혐'

지리 수업을 들으러 가는데 벽에 또 그 글귀가 있었다. 글씨는 창문에도, 올라가는 계단에도 쓰여 있었다. 그 글귀를 볼 때마다 여론의 파도가 내 뱃속을 훑고 지나가는 느낌이었다. 교실에서도 메이지는 계속 울었다. 바트 선생님이 메이지를 밖으로 데리고 나가서 아주 오랫동안 이야기했다. 케이티와 엘라는 내내 작은 소리로 이야기를 주고받았는데, 나에게는 들리지 않았다. 아일사가 무슨 일인지 아느냐고 물었고, 나는 고개를 흔들고는 다른 곳으로 눈을 돌렸다.

다음 날 조회 시간에 메이지는 한마디도 하지 않았다. 나는 엄청나게 기뻐야 했다. 메이지에 관한 그래피티가 마음에 쏙 들지 않았지만, 마음 속 한구석에서 그런 일을 겪어도 싸다는 생각이 들었다. 또 미스 노바디 블로그 구독자 중에서 누군가가 학교에 그래피티를 그렸다는 사실이 조금 낯설게 느껴지기도 했다. 그건 메이지를 미워하는 사람이 나만은 아니라는 분명한 증거였다. 그런데 데이비드 게이가 누군가의 얼굴에 주먹을 날렸다면, 체스 동아리나 금관악기 동아리 회원 중 누군가가 학교 공공 기물을 파손할 가능성도 있지 않을까? 나는 에이드리언이 휘파람을 불며 안경을 닦은 뒤 색연필을 가장 옅은 색에서 어두운색 순서로 정리하는 모습을 바라보았다. 그럴 리 없지만, 불가능한 일도 아니었다.

시간이 흘러 영어 시간에 아일사가 직접 쓴 캘리그래피를 보여 주었다. 하지만 내 눈엔 오로지 메이지만 보였다. 메이지 눈에 그렁그렁 고인 눈물이 반짝였다. 내 마음속 도덕적 잣대가 움찔했다. 기분이 썩 좋지 않았다. 내 눈도 항상 그랬다는 사실이 떠올랐다. 메이지는 나에게 그래피티 문구보다 더 심한 말을 하지 않았던가.

집에 돌아와서 세브에게 메이지극혐 이야기를 들려주려고 했다. 세브의 방에는 내가 모르는 간호사 선생님이 있었다. 선생님은 "안녕!" 하고 밝은 목소리로 인사했다. 나는 굳은 얼굴로 어색한 미소를 지었다. 심장이 가라앉는 것 같았다. 세브랑 이야기하고 싶은 마음이 간절했다. 하지만 말이 모두 목구멍 속에 갇혀 한마디도 나오지 않았다. 세브가 말했다.

"로절린드 누나예요. 누나는 아마 간호사 선생님한테는 말하지 않을 거예요. 그렇다고 선생님을 좋아하지 않는다는 뜻은 아니에요."

간호사 선생님은 저녁 내내 세브 방에 있었고, 다음 날 아침에는 다른 간호사 선생님이 있었다. 주말 내내 내가 세브에게 무슨 말을 하려고 할 때마다 엄마 아빠가 세브 방에 있었다.

그건 정말이지 엄청나게 짜증 나는 일이었다. 세브에게 '메이지극혐' 해시태그에 관한 일을 솔직히 털어놓고 싶었다. 내가 할 수 있는 일이라고는 세브의 농담에 웃고 함께 엑스박스 게임을 하면서, 학교에 갑자기 그래피티가 생긴 일 따위는 없는 척하는 것뿐이었다.

월요일, 학급 조회 시간에 메이지가 보이지 않았다. 우리 반에는 기묘한 분위기가 감돌았다. 아이들이 메이지극혐을 소곤거렸다. 그 일이 주말 동안 어떻게 더 심해졌는지 이해할 수 없었다. 학교에 아무도 없었는데 말이다. 케이티는 온종일 책상 밑으로 휴대폰을 보면서 작은 목소리로 아이들에게 무슨 말을 전했다. 나는 메이지가 집에서 문자로 학교에서 미움받는 일이 얼마나 끔찍한지 하소연하는 걸까 생각했다. 문득 메이지가 '미스 노바디의 처방'을 경험하고 있는 이 상황이 과연 좋은 것인지, 나쁜 것인지 궁금했다.

그날 늦게 나는 메이지가 맛보고 있는 것이 미스 노바디의 처방이 아니라는 사실을 깨달았다. 점심시간에 도서관 화장실에 들어가려는데 공교롭게도 크리스털의 복제 인간들이 나왔다. 심장이 너무 빨리 뛰고 머릿속 말들이 안개처럼 뿌옇게 흐려졌다. 복제 인간 중 한 명이 나를 밀었다. 나는 고개를 떨구다 그 언니 손에 들려 있는 것을 보았다. 유성 매직이었다. 화장실에 들어가자 벽이 글귀로 도배되어 있었다.

'우리는 메이지를 증오한다. #메이지극혐'

일이 크게 잘못되고 있었다. 크리스털의 복제 인간들은 분명히 미스 노바디의 구독자가 아니었다. 그 언니들은 미스 노바디가 블로그 글에서 문제 삼던 사람들이었다. 이건 말이 되지 않았다. 복제 인간들이 왜 내 글을 가로챈 걸까?

사건은 거기에서 그치지 않았다. 다음 날 아침 브라이언트 선생님이 심각한 얼굴로 학급 조회에 들어왔다. 선생님은 아주 중요한 이야기를 하겠다고 했다. 그러면서 괴롭힘이 무엇인지, 괴롭힘을 신고하는 일이 얼마나 중요한지 이야기했다. 선생님은 우리 학교 학생들이 괴롭힘과 사이버폭력의 피해자가 되었다고 했다. 교장 선생님이 강당 조회 때 이미 말했는데도 브라이언트 선생님은 같은 이야기를 아주 오랫동안 설명했다.

선생님이 말하는 동안 나는 '드디어!'라고 생각했다. 선생님도 드디어 나 같은 학생들이 있다는 사실을 깨달은 거다. 최근 들어 누군가가 나에게 소리치거나, 뭔가 던지거나 내 물건을 쓰레기통에 버리거나(대개 코너가 하던 짓이다), 비웃고 밀치거나, 아예 무시하는 일을 하루도 빼놓지 않고 겪었다. 선생님은 괴롭힘 때문에 학교 오는 것이 두려울 수 있다고 했다. 나는 '맞아요!'라고 속으로 말했다. 그거야말로 정확히 나 같은 학생들이 느끼는 바였다. 노바디들 말이다.

심한 괴롭힘 앞에선 너무나 두려운 나머지 감히 맞서기 어렵다. 누군가를 쳐다보는 일조차 감당하기 힘들어 홈스쿨링으로 공부하거나, 학교에 오느니 심한 병에 걸리기를 바란다. 결국 브라이언트 선생님도 그걸 깨달은 거다! 메이지 같은 학생은 자신의 인기를 이용해 다른 아이를 괴롭힌다. 나나 에이드리언 같은 아이들은 말할 것도 없고 때로는 메이지의 친구조차 잔뜩 겁을 먹는다. 메이지가 근처에 얼씬대기만 해도 두려움을 느끼는 것이다. 그러다 보면 집에서도 전혀 쓸모없는 존재처럼 자신을 규정하게 된다. 반면 메이지는 그걸 즐기면서 놀릴 거리를 찾았다. 메이지에 관한 그래피티를 썩 좋다고 볼 수는 없었으나 그런 짓을 한 사람들 역시 괴롭힘 주동자들이라니!

브라이언트 선생님은 아주 많은 이야기를 했는데, 듣다 보니 선생님이 누굴 이야기하는지 감이 왔다. 그건 메이지도 코너도 아이라이너가 번진 언니나 크리스털 언니나 선반을 부순 3학년생도 아니었다. 화장실 벽에 메이지극혐이라고 쓴 복제 인간들도 아니었다. 선생님은 아이들을 괴롭힌 학생들을 지칭하는 것이 아니었다. 속이 울렁거리기 시작했다.

"너희가 똑똑한 학생이라면, 나는 모두가 그럴 거라고 믿는다. 누구도 이 미스 노바디라는 이름의 소셜 미디어 계정에 접근해서는 안 된다. 학교에서 계속 주시할 예정이고 또…"

선생님이 이어서 하는 말이 귀에 들어오지 않았다. 머릿속으로 너무 많은 생각이 특급열차처럼 쏟아져 들어왔다.

'미스 노바디 이야기를 하는 거야? 미스 노바디에게 피해를 본 학생이라고? 학생들이 미스 노바디를 무서워한다는 말이야?'

즉, 선생님이 말하는 내용은 미스 노바디에 관한 것이 아니었다. 피가 얼음처럼 차갑게 식는 느낌이었다. 선생님은 나에 관해 말하는 중이었다. 하지만 미스 노바디는 소셜 미디어 계정이 없다. 내가 만든 적이 없기 때문이다. 내 미스 노바디 블로그를 말하는 것이 아니라면, 누구라는 말이지?

나는 그제야 상황이 아주 심각해졌다는 걸 깨달았다.

격려의 말

집에 가자마자 내 방으로 올라가서 문을 닫았다. 휴대폰을 꺼내서 브라이언트 선생님이 말을 마치자마자 모두 수군대던 웹사이트 주소를 입력하고 #메이지극혐을 검색했다. 나중에 그러지 말아야 했다고 후회했다. 메이지에 관한 게시물이 엄청나게 많았다.

그 계정들은 메이지가 만든 것이 아니었다. 메이지의 셀카 사진에 화살표를 그려 넣고 끔찍한 욕설을 덧붙여 올린 뒤 못된 댓글을 주르륵 달아 놓은 사람이 메이지 자신일 리는 없다. 몇 군데를 더 클릭해서 살펴보다가 그만두고 말았다. '명복을 빕니다'라는 문구를 달고 해골 낙서가 덧입혀진 메이지 사진이 나를 째려보았다. 나는 두 가지 생각이 들었다.

하나, 이건 화장실 그래피티보다 훨씬 끔찍하다. 둘, 메이지 살해 협박범은 나를 괴롭힌 아이들보다 몇 배는 더 잔인하다.

다음 날, 가는 곳마다 유성 매직으로 적힌 메이지극혐은 내가 무슨 짓을 했는지 상기시켰다. 메이지는 학교에 오지 않았다. 여전히 메이지가 미웠지만, 그 애에 관한 온갖 게시물이 온라인에 떠도는 것을 확인한 뒤로 마음이 편치 않았다. 나는 생각을 정리했다.

1. 메이지는 나에게 말로 하기 힘들 정도로 못되게 굴었고, 내가 메이지에 관한 글을 올린 것도 그 때문이다. 미스 노바디는 메이지처럼 집요하게 괴롭히는 아이들이 그러지 못하도록 막으려 했다.
2. 학교에 그래피티를 그리거나 소셜 미디어에 게시물을 올린 것은 내가 아니다. 크리스털과 복제 인간들이 그래피티를 그린 것이 확실하다. 사실 그 언니들은 메이지와 친하다. 미스 노바디가 전적으로 옳았다는 사실이 증명된 셈이다.
3. 지독한 병에 걸려 홈스쿨링할 기회가 아직 남아 있다.
4. 애당초 나에게 미스 노바디 활동을 시작해 보라고 한 것은 퀸 아주머니나 하나님 둘 중 한 분이라고 나는 확신한다.
5. 부모님을 설득하는 일보다 메이지의 부모님을 설득해 메이지가 학교를 쉬는 편이 훨씬 쉽다.

미술 수업 때 아이들은 너나 할 거 없이 그 얘기를 했다. 다만 내 블로그 이야기가 아니었을 뿐이다. 케이티는 미스 노바디가 메이지에게 끔찍한 문자를 보냈다고 했다. 마이클은 온라인 게시물은 내려갔지만 '미스 노바디는 메이지를 증오한다'라는 새로운 계정이 생겼는데, 아직 선생님들은 모른다고 했다. 아일사가 목소리를 낮춰 나에게 "너도 봤어?"라고 했다. 나는 고개를 저었다. 진실이 아니지만 나는 최선을 다해 정말 그런 것처럼 보이도록 애썼다. 진실은 내가 거의 밤을 새우며 그걸 보고 말았다는 것이다. 너무 늦은 밤이기 때문인지 메이지의 '명복을 빕니다' 해골 사진이 실제 모습보다 나아 보였고, 그래서 더 안됐다는 생각이 들었다.

그날 밤, 엄마 아빠가 티브이를 보는 동안 나는 세브에게 별똥별 프로젝트가 원래 궤도를 벗어났고, 실제로 다른 태양계로 진입했다고 털어놓았다. 세브는 사람들에게 메이지를 괴롭히지 말라는 글을 써서 블로그에 올리라고 했다. 세브는 평소보다 창백했고 말할 때마다 호흡이 가빴다. 나는 미스 노바디 블로그에 로그인해서 글쓰기 버튼을 눌렀다. 뭔가 쓰려고 했는데 무슨 말을 해야 할지 떠오르지 않았다. 너무 늦어 버린 건 아닐까.

다음 날 브라이언트 선생님은 엔더비 교장 선생님이 최근 일어난 사이버폭력을 조사하고 있다고 말했다. 뭔가 아는 것이 있다면 쉬는 시간에 알려 주거나 쪽지에 적어 익명으로 교무실 밖 의견함에 넣어 달라고 했다. 선생님은 우리 반에도 뭔가 아는 사람이 있을 거라며 우리를 찬찬히 훑어보았다. 아주 심각한 문제고 옳은 일을 해야 한다고 했다.

나는 오전 내내 브라이언트 선생님에게 익명으로 쪽지를 써야 하나 고민했다. 하지만 무슨 말을 적어야 할지 몰랐다. 나는 이 모든 일이 일어나기 전에 옳은 일을 하고 있었다. 그런데 이제는 뭐가 옳은 일인지 모르겠다. 아이들은 온종일 그 얘기만 했다. 나는 온종일 듣기만 했다. 케이티는 메이지가 전학 갈 거라고 했다. 시안은 선생님들이 전교생의 소셜 미디어 계정을 다 살펴보고 있다고 했다. 수업 시간 중에 아이들이 메이지 계정에 게시물을 올렸기 때문이다. 엘시는 미스 노바디가 다른 블로그에 글을 올린 것이 확실한지 궁금하다고 했다.

나는 아무 말도 하지 않았다. 그런데 이런 생각이 들었다.

1. 하나님은 비밀스러운 방법으로 일한다고 했으니까 나도 이번만큼은 믿어 봐야겠다.

2. 나는 블로그에 메이지에 관한 글을 올렸지만, 사진 속 얼굴을 끔찍하게 바꾼다거나 셀카 사진 밑에 잔인한 댓글을 단다거나 수업 시간에 온라인으로 쪽지를 보낸다거나 하는 짓은 절대 하지 않았다. (내 휴대폰으로 데이터 통신망을 사용하지 못한다는 사실이 유일하게 기쁜 순간이었다.)

3. 단순히 메이지가 자기 꾀에 넘어갔을 수도 있다.

4. 아무도 미스 노바디가 나라는 사실을 추적하지 못하도록 세브와 보안을 확실히 점검해야겠다.

5. 어쩌면 미스 노바디 활동을 그만둬야 할지 모른다.

6. 학생들에게 문제가 생길지도 모르니 메이지극혐 활동은 당장 그만둬야 하지만, 메이지는 어쨌든 전학 갈 것이다. 미스 노바디는 옳은 일을 했다. 메이지는 우리 학교에서 더는 나 같은 아이를 괴롭히지 못할 테니 말이다. 비록 제대로 된 성공은 아닐지라도 완전히 망한 것도 아니다! 지금쯤이면 메이지도 마음을 고쳐먹었을지 모른다. 내가 별난 방법으로 메이지에게 호의를 베푼 셈이다!

그러자 이런 생각도 들었다.

7. 미스 노바디가 계속 활약하면 1학년이 끝날 때쯤 메이너 중학교에서 괴롭힘이 완전히 사라질지 모른다. 어쩌면 더 빠를 수도 있다!

나는 스스로 계속해야 한다고 설득했다. 퀸니 아주머니가 언젠가 말해 준 도덕적 십자군 이야기처럼, 옳은 길을 가는 동안 사소한 실수 몇 가지쯤은 생길 수 있다. 나는 지금껏 기다려 온 것을 확인했다.

하나님의 계시였다. 이번만큼은 그렇게 좋은 계시는 아니었지만.

너무 늦은 사과

스쿨버스를 타기 위해 서둘렀다. 래짓 오빠가 독서 주간 장식용 색종이에 '여학생들!! 집에 가져가세요!!'라는 쪽지를 붙였다고 해서 도서관에 들르느라 시간이 지체되고 말았다. 늘 그렇듯 버스를 타기 무서웠는데, 아니나 다를까 루카스 메리가 버스 창문을 열고 스포츠 경기 해설자 같은 목소리로 외쳤다.

"저기 오네요. 절대 말하지 않는 별종입니다! 달리기 시작하려는 걸까요?"

정말이지 절대 도움이 안 되는 녀석이다.

나는 고개를 푹 숙였다. 멍청한 두 뺨이 나를 배신한 채 빨갛게 달아올랐고, 루카스에게 '입 닥쳐!'라고 소리치고 싶었지만 내 말은 늘 그렇듯 뒤죽박죽 헝클어졌다. 내 앞의 두 명이 버스에 오르는 사이, 어떤 장면이 눈에 들어왔다. 하나님이 보낸 계시가 확실했다. 셸던 선생님과 과학 부장인 콕스 선생님이 학교 주차장에 주차된 차를 닦고 있었다.

처음엔 조금 이상하다고 생각했는데, 선생님들은 대개 자기 차가 어떻게 보이는지 신경 쓰지 않았기 때문이다. 아주 짧은 반바지를 입고 선탠 로션을 발라 구릿빛 피부를 한 체육 선생님 빼고 말이다. 게다가 왜 학교에서 세차를 하는 걸까?

셸던 선생님이 나를 보고 미소 지었다. 마치 우는 것처럼 보였다. 나는 버스에 올라 재빨리 운전석 가까운 자리에 앉았다. (루카스 자리에서 멀리 떨어진 곳이다. 녀석은 계속 큰 소리로 뭐라고 떠들어 댔다.)

루카스가 뭐라고 하는지 정확히 들리지 않았다. 나는 셸던 선생님을, 아니 선생님의 차를, 아니 차에 스프레이로 적힌 '너!!!'라는 글씨를 못 본 척하느라 정신없었다. 다시 생각하니 '너!'가 아니라 '네'인 것도 같았다. 아무리 장난이라도 굳이 선생님 차에 모범생 같은 대답을 적어 놓는 일이 과연 모욕일까 싶었다. 그 글자는 어쩌면 '네'가 아니고 '비'일지도 모른다.

생각이 거기에 이르기도 전에, 내 마음 깊은 곳에서 도덕적 잣대가 꿈틀대며 이렇게 외쳤다.

'좀비!! 좀비!! 좀비!!'

내가 메이지극혐 그래피티를 처음 보았을 때와 비슷한 느낌이었다. 그걸 보았을 때 나는 생각했다. 그래, 좀 안됐지만 메이지는 이런 일을 당해도 싸지. 이번에는 셸던 선생님 차를 보고 이런 생각이 들었다.

내가 블로그 글을 지우기 전에 누군가가 봤다.

이건 메이지 사건보다 더 최악이다.

엄마가 잘 자라고 뽀뽀해 주던 바로 그날 밤, 별의별 끔찍한 생각이 머릿속에서 꼬리를 물며 이어지는 바람에 나는 바로 잠들지 못했다. 머릿속에서 그 생각을 꺼내야만 했다.

그래서 셸던 선생님에 관한 글을 블로그에 올렸다.

루카스는 나를 향해 계속 뭐라고 소리쳤다. 무슨 소린지 거의 들리지 않았다. 그날 밤 내가 썼던 글이 머릿속에 펼쳐졌다.

메이너 중학교의 가장 큰 문제

이번만큼은 괴롭힘 주동자들을 이야기하지 않을 작정입니다.

우리 같은 아이들, 즉 악의 무리에게 괴롭힘당하고, 위협당하고,

희생당하는 학생들을 무시하는 자들의 이야기를 하려 합니다.

학교에는 역겨운 사람이 몇몇 있는데, 이번에는 미스 노바디가 그들에게

처방을 내릴 생각입니다.

네, 맞습니다. 교사 이야기를 하는 겁니다.

우리의 고통을 무시한 채 좀비처럼 돌아다니는 사람들 말입니다.

우리에게 도움이 필요할 때는 절대 눈에 띄지 않는 사람들이지요.

지금 말하려는 사람은 메이너 중학교 최악의 교사입니다. (보이는 것보다 훨씬

심각합니다.) 바로 셸던 선생님입니다.

나를 향해 소리를 질러 대는 루카스의 목소리가 배경음처럼 깔렸다. 그때 다른 목소리가 들렸다. 머릿속에서 몇 개월 동안 갇혀 있던 말을 누군가가 루카스에게 했다.

"입 닥쳐, 루카스!"

다른 누군가도 말했다.

"그래, 가만 좀 놔둬, 루카스."

기분이 진짜 묘했다. 갑자기 다른 목소리들까지 합세해 내 편을 들었

다. 그 상황은 경이로운 느낌을 줘야 마땅하지만, 셸던 선생님에 관해 썼던 글이 머릿속에 넘실댔다. 내 기분은 점점 엉망으로 변했다.

커피를 너무 마셔서 입에서 걸레 빤 냄새를 풍기는 선생님들에 비하면 양호하지만, 셸던 선생님의 향수와 헤어스프레이 때문에 과학실은 항상 화재 발생 위험에 놓여 있습니다.
선생님이 가스버너를 켤 줄 안다는 말이 아닙니다.
솔직히 셸던 선생님이 H_2O가 뭔지는 알까요?.
자칭 과학자라는 이 교사는 학생들이 실험하다 위험한 상황에 처해도 본척만척합니다!
성능이 더 뛰어난 과학 시험용 고글이 필요한 모양입니다.
뇌가 있어야 할 곳에 블랙홀이 자리 잡았는지도 모르지요.
셸던 선생님이 진짜 좀비가 아닌지 확인해 줄 사람 누구 없습니까?

사람들의 기억에서 뭔가 삭제하는 능력이 생긴다면 나는 그 글을 없애고 싶었다. 마침내 버스가 출발했다. 셸던 선생님이 차에 적힌 마지막 글자를 지우는 모습이 보였다. 나는 내가 절대 하지 못할 말을 진심으로 하고 싶었다. 말하자면 이런 것이었다.
'모두 다 제 잘못이에요. 제가 미스 노바디예요. 죄송해요.'

어색한 농담

집에 도착하자마자 세브 방으로 갔다. 그럴 생각이 털끝만치도 없었지만, 눈물을 보이고 말았다. 세브에게 그런 내 모습은 조금 이상해 보였을 거다. 엄마에게는 말도 못 하게 이상해 보였을 테고, 나는 어쩔 수 없이 루카스가 버스에서 뭐라고 했기 때문이라고 했다. 그 상황에서는 어떤 거짓말을 하든 미스 노바디 활동을 하고 있다고 사실대로 털어놓는 것보다는 나았다. 무엇보다 더는 미스 노바디로 지내고 싶지 않았다.

아빠가 퇴근하자, 엄마는 아빠도 버스에서 있었던 일을 알아야 한다고 했다. 모든 일이 롤러코스터처럼 빠르게 진행되었다. 아빠는 학교에 가겠다고 했고, 킹슬리 선생님과 브라이언트 선생님에게 이메일을 보내겠다고도 했는데, 아빠는 그걸 쓰는 데만 엄청나게 오랜 시간이 걸렸다. 아빠는 심지어 옥타비아 선생님에게도 말할 거라고 했는데, 옥타비아 선생님은 루카스 메리가 누군지 모른다는 사실을 생각하면 좀처럼 이해하기 어려운 일이었다.

아빠는 무슨 일이 있으면 아빠와 엄마에게 반드시 말해야 한다며 아주 긴 설교를 했다. 나는 버스 안에서 다른 학생들이 내 편을 들어주었다고 했지만, 엄마 아빠는 그것을 '깜짝 뉴스'로 여기지 않는 눈치였다. 나도 속으로 그렇게 생각했다. 아빠가 말하는 내내 셸던 선생님의 차에 적혀 있던 단어가 떠올랐고, 블로그에서 뒤늦게 지운 글이 생각났다. 속이 좋지 않았다.

그날 밤, 나는 중대한 결정을 내렸다. 미스 노바디를 그만두기로 했다. 내 도덕적 잣대는 한결 편안해졌다. 처음 시작할 때는 세상 두려울 것 없었지만, 실제로 활동하면서는 정말 두려웠다. (미스 노바디가 나라는 사실이 들통나는 것 때문만은 아니었다. 그 점도 진짜 겁나긴 했지만 말이다.)

나는 모든 것이 통제 불능 상태로 접어들고 있다는 걸 모르고 있었다.

다음 날 아침, 아빠는 나와 함께 학교로 갔다. 루카스가 버스에서 뭐라고 했는지 나에게 들은 그대로를 아빠가 킹슬리 선생님에게 전하는 동안, 나는 킹슬리 선생님의 답답한 사무실에 앉아 있어야 했다. 나는 베이지색 양탄자를 내려다보며, 영화 〈알라딘〉처럼 양탄자가 마법을 부려 나를 태우고 멀리 날아갔으면 했다. 새로운 세상을 향해서가 아니라 그냥 집으로 날아가서 안전한 이불 속에 숨어 버리고 싶었다.

킹슬리 선생님은 "알겠습니다" "세상에나!" "저한테 맡겨 주세요" "우리는 학교 폭력을 아주 심각한 문제로 생각합니다"라고 말했다. 아빠가 말하는 단어가 내 머릿속에서 커다랗게 부풀더니 톡톡 터지는 사탕처럼 요란한 소리를 냈다.

그날 역사 시간에 딘 선생님은 카디프 성 현장학습에 점심 도시락을 싸 와야 한다고 백만 번 강조했다. 선생님은 현장학습을 '웨일스 지방에

251

있는 카디프 성 여행'이라고 불렀다. 아일사가 공책에 이렇게 썼다.

'땅콩버터 좋아해?☺'

시안과 엘시가 새로운 미스 노바디 계정을 발견했다고 말하는 소리가 들렸다. 새 계정이 진짜 악질이더라며 브라이언트 선생님에게 신고할 거라고 했다. 나는 그 말을 들으며 공책에 적었다.

'응!☺'

내 마음속 감정은 웃는 얼굴 이모티콘과 정반대였다. 모두 내 잘못이라는 극도의 죄책감이 들었다.

누군가가 셸던 선생님의 차에 쓴 '좀비'라는 글자가 다른 곳에서도 발견되었다. 다음 날 점심시간, 나는 아일사, 수지 언니와 도서관 뒤쪽 키 큰 책장을 정리했다. 실은 도서 주간 장식을 아직 끝내지 못해 래짓 오빠를 피해 다니는 중이었다. 수지 언니가 물었다.

"셸던 선생님네 교실 문에 그려진 그래피티 봤어?"

"아니. 근데 선생님 과학실 화분을 누가 죄다 깨 놨대. 어제 버스에서 아이들이 얘기하는 거 들었어."

아일사가 말했다. 나는 '웨일스 지방의 카디프 성 여행' 전날 밤 아일사네 집에서 잘 때, 비로소 그 그래피티를 제대로 보았다.

난생처음 친구네 집에서 하룻밤을 보낸다는 사실에 적잖이 흥분한 상태였다. (꾀병 부리다가 퀸니 아주머니네 집에서 하룻밤 잤던 일은 포함하지 않겠다.) 한편으로 나에게 무슨 끔찍한 일이라도 벌어질까 봐 무척 불안했다. 네 시간 동안 코너 몰드와 버스를 타야 해서가 아니었다. 내가 미스 노바디라는 사실을 누군가가 알아낼까 봐 너무 불안했다.

거기에 더해 백만 배 제곱한 만큼 세브 걱정이 컸다. 내가 인사하려고 들어가자 세브는 눈만 간신히 뜬 채 누워 있었다. 아빠가 아일사네 집에 데려다줄 때쯤엔 잿빛 하늘에 벌써 달이 떠 있었다. 수평선을 가로지르는 짙은 핑크빛 길을 보자 아일사네 집 주방에 걸린 그림이 떠올랐다. 아빠가 자동차 엔진을 껐다.

"다 왔다. 있잖니, 킹슬리 선생님이 네가 버스에서 겪은 일이 다시는 일어나지 않도록 확실히 조처해 주실 거야."

"응, 안 그러면 루카스가 진짜로 나를 죽일 거야."

"그런 일은 일어나지 말아야 할 텐데!"

아빠가 웃었다. 그러고는 운전대를 톡톡 두드렸는데 마치 뭔가 할 말이 있는 것 같았다. 하지만 이내 마음을 바꾸고는 말했다.

"그래, 바로 이거지! 난생처음 친구 집에서 자는 날!"

"맙소사, 아빠, 나랑 같이 아일사네 집에서 잘 건 아니지?"

"아니야! 내 말은 아빠로서 난생처음이라는 뜻이지. 네 아빠로서 말이야. 그냥 이런 기분일 줄 몰랐거든. 네가 집을 떠나는 느낌이 드네. 보고 싶을 거다."

"딱 하룻밤이야, 아빠."

"알아. 그래도…."

아빠가 내 머리에 입을 맞추더니 얘기하느라 밤을 새우지는 말라고 했는데, 나는 그런 일은 절대 일어나지 않을 거라고 장담했다. 사실 정말 하고 싶었지만 하지 못한 말이 있었다.

'세브를 두고 와서 진짜 걱정돼. 며칠 동안 세브가 세브답지 않아 보였거든. 제발, 제발 내일 웨일스 지방에 있는 카디프 성 여행을 가지 말라고 해 줘. 세브랑 같이 집에 있으면서 별일 없는지 지켜보고 싶다고.'

내 인생을 통틀어 절대 하지 않은 말이기도 했고, 꽤 길지만 정말이지 가장 하고 싶은 말이었다. 하지만 그 말을 하려면 큰 용기가 필요했고, 나에겐 그런 용기가 없었다. 그래서 그냥 "갈게"라고 하며, 언제 데리러 와야 하는지 덧붙였다.

아일사의 엄마가 문을 열어 주며 "안녀어어엉!" 하고 인사했다. 옆에서 아일사가 "어서 와!"라고 했다.

아일사의 집은 음식 냄새가 가득했고, 유리창에는 온통 김이 서려 있었다. 어딘지 퀸니 아주머니네 집에 갔을 때와 비슷한 느낌이었다. 마음이 편해지고, 평범하게 말할 수 있었다. 다만 퀸니 아주머니네와는 달리 양배추 수프를 끓이는 냄새는 나지 않아 다행이었다. 나와 아일사는 함께 저녁 준비를 도왔는데 정말 재미있었다. 아주머니가 은색 기계를 사용해서 아주 기다란 스파게티 면을 만들었다.

저녁을 먹고 아주머니가 새 그림 작업을 해야 하니, 둘이서 놀아도 괜찮겠냐고 물었다.

"엄마 노트북 써도 돼?"

아일사가 묻자 아주머니는 흔쾌히 쓰라고 했고, 심지어 뭘 할 거냐고 묻지도 않았다. 우리 집에서는 있을 수 없는 일이었다.

"엄마는 다시 그림을 그리기 시작했어."

아일사에 따르면, 아일사 엄마가 이젠 슬프지 않다는 좋은 징조가 분명했기에 나는 활짝 웃어 보였다.

"미스 노바디 블로그에서 애들이 말하던 글 찾아볼래?"

아일사도 우리 아빠의 '컴퓨터는 백과사전과는 달리 건강에 진짜 해롭다'는 이론이 틀렸다는 것을 알았다. 또 아직 그 글을 못 보았다고 거짓말한 참이기도 했다.

아일사 앞에서 그 글을 읽고 싶지 않았지만, 좋다고 대답했다. 아일사가 웹페이지를 몇 번 클릭하자 바로 계정이 나왔다. 나를 향해 깜빡이는 그것은 엄청난 증오로 무장한 미스 노바디 계정이었다. 그 계정은 아일사 엄마의 그림과는 정반대였는데, 황금빛도 오렌지빛도 없었고 푸른 풀밭과 태양도 없었으며, 오직 폭풍과 혼돈과 암흑으로 가득해서 어디서부터 손을 대야 할지 감이 잡히지 않았다.

아일사가 화면을 내리는 동안 나는 눈을 떼지 않고 지켜보았다. 누군가가 미스 노바디를 도용해서 악의를 드러냈다. 아주 작정한 듯했다. 잔인한 게시물들과 선생님들 사진으로 만든 움직이는 사진도 있었고, 혼내줄 아이들의 명단을 적고 '미스 노바디에게 면상 얻어터질 놈들'이라고 불렀다. 또 학교 아이들의 얼굴을 동물 사진으로 바꾼 사진에 그다지 상냥하지 못한 설명을 단 게시물도 있었다. 그야말로 온라인 혐오 마라톤이었다. 게다가 미스 노바디 이름을 사방팔방에 붙여 놓았다.

"이건 말이 안 돼."

내 진심이 말했다.

"나도 그렇게 생각해. 미스 노바디가 악당으로 변한 것 같아."

"하지만…."

내가 할 수 있는 건 그 말뿐이었다. 아일사에게 진실을 말하고 싶었다. 내가 미스 노바디고, 이런 것들은 쓴 적도 만든 적도 없다고. 이런 일이 일어나게 할 생각은 전혀 없었다고. 하지만 뭐라고 말해야 할지 떠오르지 않았다. 선택적 함구증처럼 말이 숨어 버렸기 때문이 아니라, 무슨 말로 시작해야 할지 몰랐기 때문이다.

그때 '미스 노바디에게 면상 얻어터질 놈들'에 적힌 글이 눈에 띄었다.

팔목에 붕대를 감고 늘 서류 가방을 들고 다니는 3학년 도서관 덕후 놈

아일사에게 내 비밀스러운 정체성을 드러내고 싶은 마음이 쏙 들어갔다. 나는 래짓 오빠를 위해 긴급 기도를 드리자고 말했다.

그날 밤 내내 속이 좋지 않았는데, 새벽 여섯 시가 가까워 오면서 점점 더 안 좋아졌다. 뒤척이며 잠을 청했지만, 머릿속에는 노트북에서 본 글이 굵은 글씨체로 소리 없이 깜빡였다. 어느 쪽으로 돌아누워도, 눈을 아무리 꼭 감아도, 마음속으로 수없이 그건 내가 아니라고 말해도 '나는 미스 노바디입니다'라는 글자가 점점 크게, 점점 밝게 깜빡였다.

학교 갈 준비를 끝냈을 때도 밖은 아직 어두웠다. 머릿속은 온통 아일사에게 말해야 한다는 생각뿐이었지만, 무슨 말을 해야 하나 생각하면 순식간에 말이 사라졌다. 그와 함께 내가 하는 말은 전부 새빨간 거짓말로 바뀌었다. 내가 아침으로 시리얼을 먹겠다고 하고, 도시락을 싸 주고 재워 줘서 고맙다고 인사할 때, 진실이 있어야 할 곳에 커다란 침묵만이 자리 잡았다.

아일사의 엄마는 해가 뜨자마자 우리를 학교에 데려다주었다. 우리는 아이들이 대형 버스를 기다리는 장소로 갔다. 아이들은 삼삼오오 무리 지어 돌아다니고, 딘 선생님은 클립보드를 보고, 코너는 커다란 초록색 에너지 음료를 마시고 있었다. 맙소사, 멀미약을 먹어야 했나. 에너지를 빵빵하게 채운 코너 몰드와 함께 장장 네 시간 동안 밀폐된 공간에 함께 있어야 하다니, 벌써 속이 메슥거렸다.

반 아이들과 함께 서 있는데 코너가 다가왔다. 녀석은 음료수를 홀짝이면서 "애 말하냐? 말해?"라고 계속 물었다. 코너는 눈을 희번덕거렸는데, 입술이 형광 초록빛으로 물들어 있었다. 딘 선생님이 들여다보던 클립보드 너머로 코너를 보고 "코너, 이리 와라! 그 애는 그냥 두고!"라고 했다. 그러자 코너가 주머니에서 여권을 꺼내더니 선생님에게 건넸다.

"이게 뭐냐? 우린 웨일스에 가는 거다!"

"선생님께서 잉글랜드가 아니라고 하셨잖아요."

"내가 졌다. 아주 두 손 두 발 다 들었다!"

딘 선생님이 땅이 꺼져라 한숨을 쉬었다.

대형 버스가 도착하자 아이들이 뒷자리를 향해 몰려가는 바람에 나와 아일사는 줄 뒤쪽으로 밀려났다. 덕분에 딘 선생님과 내가 모르는 역사 선생님 바로 뒷자리에 유일하게 남은 2인용 좌석에 앉았다. 그건 코너 몰드의 놀림에서 벗어났다는 뜻이고, 동시에 네 시간 동안 딘 선생님의 흥미진진한 '노르만족에 관해 몰랐던 사실' 강의를 들을 만반의 준비를 하라는 의미이기도 했다.

아일사는 한 시간쯤 후에 잠들었지만, 퀸니 아주머니의 이야기를 듣는 데 이골이 난 나는 지루함 따위는 거뜬하게 이기고도 남을 능력이 있었다. 현장학습에 다녀오는 내내 노르만족 사람들이 아는 이상으로 노르만족에 관해 많이 배웠다.

어쨌든 현장학습 이야기를 하는 이유는 딘 선생님의 '노르만족은 진심으로 놀라운 민족이다!'라는 강의 때문은 아니다. 또 관광 가이드가 "걱정 말고 뭐든 물어보세요. 바보 같은 질문은 존재하지 않아요!"라고 했지만, 코너 몰드 같은 관광객을 겪어 본 적이 없기에 가능했던 말이고, 실제로 코너는 "성곽을 세운 날짜가 언제죠, 선생님?"이라는 질문을 50번 정도 했다는 이야기를 하기 위해서도 아니며, 카디프 성에 세브가 말해 준 동물 모양 석상으로 장식된 돌담이 진짜 있고, 말을 타고 벌이는 창 시합을 실제로 봐서가 아니다.

현장학습 이야기를 하는 까닭은 이 사건 때문이다.

마상 창 시합을 구경한 뒤, 우리는 버스를 타기 전에 점심 도시락을 먹었다. 모두 잔디밭에 앉아서 먹었는데, 우리 학교 학생들답게 몇몇 아이들이 음식을 던지기 시작했다. 그 아이들은 매점에서도 종종 그런 장난을 쳤다. 딘 선생님이 그만두고 앉으라고 했지만, 아이들은 계속 뛰어다녔고, 남학생 두 명은 바게트로 창 경기를 흉내 냈다.

나와 아일사는 아이들 무리에서 좀 떨어진 곳에 앉았다. 그래야 내가 말할 수 있었다. 실은 누군가 프랑스 빵으로 우리 머리를 때리면 어쩌나 하는 걱정을 벗어 버리고 싶었다. 우리는 흙이 축축하지 않은 잔디를 찾았다. 내가 코트를 벗어 땅에 깔았고, 아일사와 함께 그 위에 앉았다. 머릿속에 너무도 많은 생각이 뱅글뱅글 돌아가는데, 그 탓에 우리가 어디 있는지도 잊어버릴 지경이었다. 그때 갑자기 뭔가가 공기를 가르며 아일사를 향해 날아왔다. 무슨 일인지 생각할 틈 없이 나는 "아일사!"라고 외치면서 아일사를 재빨리 밀었다.

나를 포함한 모두가 얼음처럼 굳어 버렸다.

모두가 난생처음 들은 소리를 나도 들었기 때문이다. 꿈에서도 절대 불가능할 것 같은 일이었다. 내가 사람들 앞에서 말을 하다니.

비상사태

돌아오는 버스 안에서 나는 거품 속에 갇힌 기분이었다. 옥타비아 선생님은 그것을 '엄청난 충격에 빠진' 상태라고 말해 주었다. 평범한 사람에게말 한마디쯤은 별일 아니지만, 나 같은 사람에게는 정말이지 굉장한 일이다. 그야말로 '대박 사건'이다.

대개 이런 식으로 처음 말할 때면 내 목소리는 겁먹은 듯 아주 작게 속삭이는 소리로 나오는데, 이번에는 아주 컸다. 게다가 평상시 내 진짜 목소리와 똑같았다. 그 한마디가 나 같은 사람에게는 중요한 돌파구다. 또그 한마디는 코너를 멘붕에 빠트리기에 충분했다. 코너는 내가 말하게 하려고 아주 오랫동안 별짓을 다 했는데, 고작 치즈 바게트 반쪽을 아일사에게 던진 누군가가 한 방에 해낸 것이다.

돌아오는 동안 코너가 나를 두 배는 더 심하게 놀리겠다고 생각했다. 내가 말할 줄 안다는 사실을 알았으니까. 하지만 코너는 나를 괴롭히지않았다. 내가 말해서 충격받은 건지, 에너지 음료를 너무 많이 마셔서 당쇼크가 온 건지 분간할 수 없었다. 어쨌든 코너는 뒷좌석에서 형광 초록빛 입을 크게 벌리고, 비니의 어깨에 머리를 기대 기절한 듯 잠을 잤다.

코너 몰드와 내 말 한마디 돌파구와 그 밖의 모든 문제는 곧 나와 아무 상관없는 일이 되었다.

학교에 도착했는데 아빠 차가 보이지 않았다. 상상 못 했던 낯선 상황이었다. 아빠는 미리 와서 기다리고 있지 않으면 내가 당황한다는 사실을 알기 때문에 언제나 칼같이 시간을 지켰다. 첫 현장 체험이니 아빠는 틀림없이 먼저 와서 기다리고 있어야 했다. 그때 아일사의 엄마가 나를 향해 달려왔다. 아주머니는 평소처럼 웃는 얼굴이 아니었다. 우리에게 뛰어온 아주머니가 내 어깨에 팔을 둘렀다. 지난번처럼 "안녀어어엉!" 하고 인사하지도 않았다. 아주머니는 집에 데려다주겠다며 세브의 상황이 좋지 않아서 부모님이 자리를 비울 수 없다고 했다.

그 말을 듣자 불과 몇 시간 전 말 한마디로 입이 터지면서 느꼈던 기쁨이 돌연 자취를 감췄다. 오직 한 단어가 수백만 번 되풀이되면서 머릿속을 가득 채웠다.

나는 침묵 속으로 빠져들었다. 몇 번이나 하나님과 일방적 대화를 나눴는지 모르지만, 집으로 가는 내내 있는 힘을 다해 기도했다.

'하나님, 퀸니 아주머니가 하나님이 하늘에서 우리 기도를 듣고 계신다고 했어요. 제발, 제발, 제발 세브가 무사하게 지켜 주세요. 제가 일을 엉망으로 망쳐 버리긴 했지만, 동생이 꼭 있어야 해요. 제발요, 제발 세브가 괜찮아지게 해 주세요.'

썩 훌륭한 기도는 아니지만, 그건 나와 하나님의 마지막 대화였다. 아일사랑 아일사 엄마가 나와 함께 집으로 향했다. 내가 첫 번째 계단에 발을 올리기도 전에 아빠가 문을 열었다. 아빠는 팔을 뻗어 나를 끌어당기더니 울었다.

"세브는 아직 여기 있단다. 아직 가지 않았어. 널 기다리고 있어."

방문을 열자, 간호사 선생님이 한쪽에 앉아 있었다. 세브의 손을 잡은 엄마의 뺨 위로 소리 없이 눈물이 흘러내렸다. 내가 들어가자 세브가 희미하게 웃었다. 평소처럼 환한 미소가 아니었다. 세브가 나를 향해 손을 뻗었다. 내가 알던 세브의 모습이 아니었다. 아빠가 내 손을 잡고 작은 소리로 말했다.

"세브에게 시간이 얼마 남지 않았단다, 로절린드. 세브는 이제 아프지 않아."

처음엔 아빠가 무슨 말을 하는지 이해하지 못했다. 그러다 갑자기 세브를 잃는구나 싶었다. 갑작스럽게 깊은 물속으로 던져진 느낌이었다. 가까스로 고개를 내밀고 숨을 쉬려는데 세브가 없다. 그래서 숨을 못 쉰다. 온 세상이 완전히 변해 버렸다.

작별 인사

세브의 장례식 날 아침, 나는 남동생이나 여동생이 더 있으면 좋겠다고 생각했다. 마음과 머리가 산산조각 나는 것 같은 아픔을 공유할 누군가가 있으면 도움이 될지도 모르니까. 우리 집엔 나뿐이고 엄마의 울음소리만 가득했다. 엄마는 적당한 신발이 없고, 사람들에게 보낸 이메일에 답장을 더 잘 쓰지 못했고, 마음에 드는 목걸이를 찾을 수도 없으며, 아무도 전화를 받지 않는다고 울었다. 하지만 아빠는 엄마가 속상해하는 진짜 이유는 세브가 죽어 가는 데 아무것도 하지 못해서라고 했다. 그 말을 듣자 엄마의 기분을 이해할 수 있었다. 내 기분도 똑같았기 때문이다.

세브가 떠나고 8일이 지났다. 우리 집은 물속에 잠긴 것 같았다. 집에 들른 사람들은 조용조용 이야기했다. 아무도 웃지 않았고 사람들의 목소리와 모든 소리는 안타까움과 상실감, 애통한 심정과 찻잔 소리, 흐느끼는 소리와 무거운 침묵이 섞여 희뿌옇게 변했다.

그날 아침에 마리 이모 말고는 아무도 들르지 않았는데, 마리 이모는 지금까지 평상시 목소리 그대로 말하는 유일한 사람이었다. 이모는 흰 레이스가 달린 장갑만 빼고 온통 검은색을 두르고 있었다. 털이 달린 외투를 어깨에 걸치고 치마에 은색 유니콘 모양 브로치를 꽂은 이모가 내 뺨에 입을 맞췄다. 민트 향이 났다.

"말해야 한다는 걱정은 하지 않아도 돼. 그냥 안아 주려는 것뿐이야."

이모는 엄마 찻잔에 차를 한가득 따랐다. 그러고는 찻잔을 들고 몇 번 홀짝이는 시늉만 하더니 한쪽으로 밀어 놓았다.

그날 아침 우리가 주방에서 교회에 타고 갈 차가 오길 기다리는 동안 마리 이모 혼자 계속 이야기를 했다. 엄마는 내 손을 꼭 잡고 내 머리를 쓰다듬었다. 아빠는 창밖만 바라보았다. 모든 것이 아주 오래 걸렸다.

"왔다."

아빠가 말했다. 그러고는 모든 일이 빠르게 진행됐다.

나는 집 밖으로 나서기가 싫었다. 세브에게 작별 인사를 하고 싶지 않았다. 하지만 마리 이모가 내 손을 잡고 유니콘에게는 우리를 지켜 주는 특별한 힘이 있다고 하면서, 치마에서 브로치를 빼 내 카디건에 꽂아 주었다. 그러고는 내 손을 꼭 잡고 말했다.

"내가 같이 있을게. 필요한 게 있으면 와서 내 손을 잡아 줘."

이모는 가방 안에 든 메모장과 펜을 보여 주면서 "여기다 적으면 돼, 알겠지?"라고 했는데, 이상하게도 그 말을 들으니 힘이 나서 자리에서 일어나 밖으로 나갈 마음이 생겼다. 그럴 수 있으리라 생각 못 했는데 말이다. 그날은 정말 슬픈 하루였다. 세브는 내 인생을 통틀어 말을 잃어버렸다는 느낌 없이 이야기할 수 있는 극소수의 사람 중 한 명이지만, 그 때문만은 아니었다. 모두가 계속 이야기하는 것처럼 세브는 정말 특별한 아이였다. 세브가 너무 보고 싶었다. 내가 평범하게 말할 수 있다 해도 내가 말할 수 있는 것보다 백만 배 이상 그리웠다.

차 안으로 햇살이 비쳤다. 너무 밝아 눈이 부셨다.

"하늘에서 우리를 비추고 있나 봐."

이모가 말하는 빛을 비추는 존재가 세브인지 하나님인지 알 수 없지만, 덕분에 기분이 조금 나아졌다.

교회에 도착하자 퀸니 아주머니가 다가와서 꼭 안아 주었다. 오늘은 평소보다 더 오래 안아 주었다.

"가끔 하나님께서는 진짜 좋은 사람들을 데려가서 천사로 삼으신단다."

아주머니 말이 사실이라면 세브도 좋아하겠다는 생각이 들었다. 그 애는 항상 멋진 직업을 갖고 싶어 했고, 초능력이 있기를 바랐다. 어쩌면 지금쯤 둘 다 가졌을지도 모를 일이다. 사실 세브가 하나님에게 회오리 폭풍 오줌 능력을 달라고 하면 어쩌나 아주 조금 걱정했다.

"장례식은 작별 인사를 하는 시간이지만, 세브는 이미 천국에 있단다. 원하면 언제든지 세브랑 이야기할 수 있어."

퀸니 아주머니는 그렇게 말했지만, 세브가 죽은 뒤로 나는 누구와도 이야기할 수가 없었다. 하나님과도 그랬다. 내 말들이 몽땅 머릿속에 갇혀버렸다. 말이 나오지 않으면 어쩌나 걱정하면서도 한편으로는 밖으로 나오지 말았으면 했다. 나는 마리 이모가 유니콘 브로치를 줘서 좋았다. 보호 장치라면 뭐든 필요했기 때문이다. 실제로 살아 있는 유니콘도 이렇게 든든한 느낌을 주지 못했을 거다.

교회에서 나는 활짝 웃는 세브의 커다란 사진을 보지 않으려고 온 힘을 다했다. 내가 진짜 온 힘을 다해야 할 일은 그저 숨을 쉬는 것이다. 이런 유별난 상황에서는 호흡마저 쉽지 않았다. 남동생의 장례식장에서 쓰러져 죽는 일만큼은 피해야 했다. 아빠가 세브 이야기를 했다. 장례식에 참가한 사람들에게 세브가 파라오에 푹 빠져 자신을 미라로 만들어 달라고 했다고 하자, 모두 웃음을 터뜨렸다. 나를 포함해서 모두 슬펐는데도 그렇게 웃었다.

밖으로 나오자 햇빛에 눈이 부셨지만 날씨는 꽤 쌀쌀했다. 나는 엄마 손을 잡은 채로 콘크리트 바닥을 밟고 있는 내 검은색 신발을 내려다보았다. 엄마가 허리를 굽히고 나를 꼭 껴안았다.

"정말 용감하구나."

진짜 그럴까? 엄마는 내 눈에 고인 눈물을 보지 못했을 것이다.

집에 돌아오자 우리보다 먼저 도착한 사람들이 있었다. 아주 오랫동안 못 보았지만 나는 대부분 알아보았다. 엄마 아빠는 내가 사람들 앞에서 말하지 못하게 된 뒤로 집에 누군가를 초대하지 않았다. 브레인 선생님, 롱 선생님, 하워드 선생님, 맨디 간호사님, 예전 동네에 함께 살았던 몇몇 사람들이 보였다. 집은 다시 물 밑으로 가라앉았다. 사람들의 목소리가 마구 섞이는 바람에, 마리 이모가 사람들에게 뷔페 음식을 좀 드시라고 말하는 소리와 아일사 엄마의 목소리 말고는 알아듣기 힘들었다.

슬픈 얼굴로 앉아 있던 아일사는 나와 눈이 마주치자 초록빛 눈에 생기가 돌았다. 아무 말 없이 몸을 움직여 내가 옆에 앉게 했다. 아일사가 한쪽 팔을 내게 둘렀다. 그러자 외로운 기분이 조금 가셨다. (뷔페 음식이 차려진 식탁 위로 얼굴을 처박고 싶은 마음도 조금 가셨다.) 그날 아일사에게 아무 말도 하지 않았지만, 뇌가 완전히 먹통이 된 느낌은 들지 않았다.

아일사가 떠나자 아빠는 말했다.

"내키지 않는데 여기 있을 필요 없어, 로절린드. 네 방에 가고 싶으면 그렇게 해. 퀸니 아주머니가 너만 괜찮으면 자기 집에 데리고 있겠다고 하셨어. 컴퓨터나 다른 걸 해도 좋고. 다들 늦게까지 있진 않을 거다."

그 말도 별로 낯설게 들리지 않았다. 세브가 떠난 뒤로 아빠는 내가 하고 싶은 건 뭐든 해도 괜찮다는 말만 했다. 컴퓨터를 몇 시간 동안 해도 말이다. 내가 음식이 차려진 식탁에 얼굴을 처박아도 아빠는 이렇게 말할 것 같았다.

'걱정하지 마. 음식에 얼굴을 처박아도 괜찮아.'

나는 퀸니 아주머니네 집에 가고 싶었다. 블로그에 들어가서 몇 가지 확인하고 싶었지만, 남동생 장례식 날 블로그나 확인하려는 건 좋은 생각이 아니었다. 이런 쪽지나 와 있을 것이 뻔했다.

'미스 노바디, 넌 내 손에 디졌다.'

기분이 나아질 유일한 방법은 퀸니 아주머니의 푹신한 가슴팍에 안기는 것뿐이다. 운이 좋게도 옆집 문을 열고 들어가기만 하면 된다.

말하지 그랬어

퀸니 아주머니는 새 캘리그래피 펜 세트를 식탁 위에 꺼내 놓고 말했다.

"아가, 모든 걸 잠시나마 떨쳐 버리는 데 이만한 것이 없단다."

내가 자리에 앉자 아주머니는 내 손을 잡고 아주 오랫동안 눈을 감고 있었는데(아주머니는 하나님과 직통으로 대화할 때 이렇게 한다), 나는 눈을 감지 않았다. 아직 하나님을 향한 화가 풀리지 않았기 때문이다. 세브를 내 남동생으로 살게 놔두지 않고 자기 천사로 삼다니.

퀸니 아주머니가 젊은 시절 사진을 보관해 둔 철제 상자를 다시 꺼내며 말했다.

"해 줄 얘기가 있단다, 아가. 진작 말했어야 했는데, 난 퀸니 아주머니가 아니야."

그 상황이 마치 아침 드라마에서 보았던 장면과 비슷해서 '맙소사! 아주머니가 내 진짜 엄마라고 말하려나 봐. 아주머니랑 영원히 살아야 하는 건가' 하고 생각했다. 하지만 그건 아니었다.

아주머니는 자기 이름은 퀸니가 맞지만, 모두 생각하는 것처럼 아주머니는 아니라고 했다. 실제로 결혼한 적이 없다는 뜻이다.

그러면서 이다 퀸니라고 불렸던 옛날 사진 속의 아름다운 여성과 셔츠를 입고 목에 스카프를 두른 친절한 인상의 헨리 오켈리라는 남성의 이야기를 들려주었다.

1958년 이다 퀸니는 교회에서 헨리 오켈리를 만났다. 노래할 때 헨리의 목소리는 기가 막혔는데, 이다는 일요일마다 그가 크게 부르는 찬송 소리를 좋아했다. 이다는 헨리 같은 남자를 본 적이 없었다. 그는 활짝 웃는 얼굴로 교구 목사님의 설교를 들었다. 이다는 항상 일찍 교회에 갔기 때문에 늘 같은 자리에 앉을 수 있었다. 헨리가 아주 잘 보이는 자리였다(물론 그곳에 앉은 주된 이유는 예배를 잘 드리기 위해서였지만).

어느 날 헨리는 이다에게 참으로 은혜로운 날이니 함께 강가를 산책하지 않겠냐고 물었다. 이다는 헨리를 짝사랑했지만, 한 번도 말을 걸어 본 적이 없어서 (옛날엔 다들 그랬다고 한다) 고개를 끄덕였다. 헨리는 1달러짜리 지폐 한 장을 가지고 한 줌의 행운에 기댄 채 리머릭에서 이사 왔다고 했다. 이다와 마찬가지로 헨리는 하나님께 푹 빠져 있었고, 오래지 않아 두 사람은 함께 주님의 일을 하기로 마음먹었다.

두 사람은 여러 나라를 다니며 봉사했고, 언제 어디에서 일을 마치든 늘 함께 저녁 식사를 했다. 헨리는 식사 전에 감사 기도를 드리면서 자신들이 돕고 있는 병들고 가난한 아이들을 축복한 뒤 언제나 "주님, 이다 씨에게도 축복을 내려주소서"라는 말로 끝맺곤 했다. 헨리가 그렇게 말할 때면, 이다는 빨갛게 달아오른 얼굴과 주체할 수 없이 두근거리는 가슴과 말 한마디 제대로 하지 못한다는 사실을 헨리가 눈치채지 않게 해 달라고 은밀히 기도했다. 이다는 나처럼 수줍음이 많았다.

두 사람은 5년 가까이 서로의 곁에서 일했다. 어느 날 저녁 식사 도중에 헨리가 미국으로 갈 생각이라고 털어놨다. 그는 이다의 손을 잡고 물었다. "제 아내가 되어 함께 가지 않겠습니까?"

이다는 손을 잡았다는 사실과 청혼을 받았다는 사실에 너무나 큰 충격을 받고, 겁을 먹은 나머지 아무 말도 할 수 없었다. 헨리는 물었다.

"나를 사랑하나요?"

이다는 어떤 대답도 할 수 없었다. 헨리는 다음 날 떠났고, 이다는 그를 다시는 만나지 못했다. 퀸니 아주머니는 눈물을 닦고 내 머리에 입을 맞추더니 내 무릎을 두드렸다.

"아가, 잠자코 있어야 할 때도 있지만 말을 해야 할 때도 있단다."

○

아빠에게 손님들이 모두 돌아갔다는 문자 메시지가 올 때까지 기다렸다. 최근 받은 살해 협박 때문에 조금 걱정되긴 했지만, 세브 일로 너무 슬퍼 다른 감정이 끼어들 틈이 없었다. 세브가 죽고 난 뒤로 나는 속이 불편했다. 롤러코스터를 타고 급경사를 내려가기 직전과 약간 비슷했지만 '무서운데 신나는, 그야말로 짜릿한' 느낌은 아니었고 '너무 무섭고 하나도 재미없고 절대 끝나지 않을 듯해서 이러다 죽을 것 같은' 느낌이었다. 상황이 이러니 누군가가 나를 죽이겠다고 협박한들 크게 신경 쓰이지 않았다.

위층에 올라갔는데 세브 방에 엄마가 있었다. 엄마는 세브 잠옷을 움켜쥐고 세브의 침대에 누워서 천장에 붙여 둔 야광 별들을 바라보았다.

그 방에 들어가서 세브의 별을 보고 싶었지만, 그러면 엄마가 더 슬플지 덜 슬플지 짐작이 가지 않아 그냥 내 방으로 왔다. 세상에서 제일 특별한 사람을 잃었을 때, 다른 가족 역시 잃는 느낌이 든다는 사실은 아무도 알려준 적이 없었다.

우리 가족 중 누구도 행복해지지 못할 것이고, 나도 다시는 말을 하지 못할 거라는 걱정 속에서 잠자리에 들었다. 나는 완벽한 침묵 속에 갇혀서 여생을 보내겠지. 세브 방 천장의 야광별을 바라보지 못하고, 가끔 옆집 퀸니 아주머니네 집에서 양배추 수프를 먹지도 캘리그래피를 연습하지도 푹신한 가슴에 폭 안겨 보지도 못한 채 일생을 마치면 어쩌나.

마침내 잠이 들었을 때는 집 어딘가에 갇힌 세브를 찾아 다니다가 다니다가 구하지 못하는 악몽을 꾸었다. 나는 계속 도와 달라고 외쳤지만 내 목소리가 너무 작아서 아무도 듣지 못했다. 잠에서 깨어나 울음을 터뜨렸다.

엄마가 와서 아무 말도 하지 않고 "쉬이이잇" 소리만 냈는데, 조회 시간에 선생님이 조용히 하라고 내는 소리와는 달랐다. 그건 '사랑해, 로절린드. 네가 슬프거나 겁먹지 않으면 좋겠구나'라는 의미였고, 덕분에 나는 혼자가 아니고 침묵 속에 영원히 갇힐 일도 없다는 느낌이 들었다. 엄마는 나를 안고 악몽에서 완전히 깰 때까지 기다렸다. 잠시 뒤 아빠가 따뜻한 코코아를 들고 왔다. 아빠 역시 아무 말도 하지 않았다. 먹구름 잔뜩 낀 잿빛 침묵이 아닌 비구름 뒤에서 햇살이 살짝 비치는 침묵에 가까워진 기분이었다. 며칠 동안 잔뜩 구겨져 있던 내 말들이 천천히 기지개를 켜고 있었다.

엄마 아빠가 방으로 돌아가자 나는 침대에서 일어나서 커튼을 열고 창

턱에 기댔다. 밤공기가 팔에 닿았다. 하늘에는 별과 은빛 구름에 반쯤 가려진 달이 떠 있었다. 나는 저 하늘나라 어딘가에 있을 하나님과 세브를 생각했다. 그 순간 하늘나라가 바이런 힐에서 수백 수천만 킬로미터 멀리 떨어진 듯 보였다.

그때 달을 가리고 있던 구름이 걷혔다. 우리 집 진입로 끝 웅덩이 근처에 분필로 쓴 '슈퍼 세브'라는 글씨가 희미하게 남아 있었다.

세브가 떠나고 나서 처음으로 눈물이 차올랐다. 동생이 아주 가까이 있는 느낌이었다. 세브는 하늘나라로 떠났지만, 동시에 내 마음속에 머물고 있다. 가슴 아프고 슬프고 아름답고 행복하고 두렵고 안전한 느낌이 동시에 차올랐다. 나는 입을 열어 말했다.

"사랑해, 세브."

그 말은 자연스럽게 흘러나왔다. 그날 밤 잠든 뒤에도 세브가 나를 내려다보는 것 같았다. 다음 날 아침 일어나자마자, 나는 내가 무엇을 해야 할지 깨달았다.

대화가 필요해

그날 아침 나는 누구나 가끔은 해야 하는 일을 했다. 아빠에게 솔직하게 고백한 것이다. 진실을 몽땅 털어놓지는 않았다. 만약 내가 셸던 선생님에 관한 잔인한 글을 블로그에 올렸다는 사실을 알게 된다면, 아빠는 충격을 받아 심장마비에 걸릴지도 모른다. 그저 나만의 생각일 수도 있지만, 가족을 또 잃고 싶지는 않았다.

"아빠, 만약에 실수로 누군가를 다치게 했다면 어떻게 해야 해?"

"글쎄, 그때그때 다르겠지. 우선 사과부터 하는 게 좋겠지."

"그럴 수 없다면 어떡해?"

"아, 알겠다. 그렇다면 미안한 마음을 전할 만한 일을 해야겠지. 네 엄마가 세브를 가졌을 때 일인데, 내가 엄마에게 몸이 점점 커지는 것 같다고 했거든. 칭찬이랍시고 한 말인데 엄마는 속상해했지. 그래서 꽃과 함께 '테이크 댓' 앨범을 선물했어. 이제 엄마가 뭔가에 과민하게 반응할 때면 요령껏 대처하지."

"내 얘기 하는 거 다 들려!"

엄마가 주방에서 머리를 내밀고 소리쳤다.

"코스튬 파티에 가려던 참인데, 아빠가 모비 딕으로 분장하라잖아."

내가 멍한 표정으로 바라보자 엄마가 설명을 덧붙였다.

"모비 딕은 아주 큰 고래야. 내가 당신을 용서했다고 착각하지 마."

우리는 웃음을 터뜨렸다. 백만 년 만에 처음 웃는 것 같았다. 그날 아침 나는 휴대폰과 국립우주센터에서 돌아오는 길에 세브에 관해 쓴 시를 앞에 두고 침대에 걸터앉았다. 그 일이 있은 지 벌써 백만 년은 흐른 듯 느껴졌다. 아랫부분에 카터 선생님이 적어 준 글귀가 있었다.

'언젠가 네가 직접 이 시를 읽어 주면 좋겠구나.'

나는 심호흡하고 눈물이 날 것 같은 마음이 수그러들길 기다렸다가 녹음 버튼을 눌렀다. 시를 낭독하고 메이너 중학교 홈페이지로 들어가 영어 과목 게시판을 클릭한 뒤 카터 선생님의 이메일 주소를 찾았다. 옥타비아 선생님이 항상 말하던 작은 발걸음을 떠올렸다. 전송 완료 알림과 함께 휴대폰이 '슈욱' 소리를 내자 엄청나게 큰 발걸음을 뗀 것 같았다.

그날 오후 우리는 묘목을 사러 화원에 갔다. 세브를 추모할 나무를 살 예정이었다. 나는 과학 전시회 발표 준비를 도와준 셸던 선생님에게 드릴 화분을 사도 되겠냐고 아빠에게 물었다. 아빠는 이상하다는 눈빛으로 나를 보았지만, 엄마는 흔쾌히 허락했다.

"정말 좋은 생각이다! 뭐든 마음에 드는 걸로 사!"

이런 분위기라면 내가 화원 입구에 서 있는 벌거벗은 동상을 사겠다고 해도 괜찮다고 할 것 같았다. 엄마는 작은 자작나무 묘목을 샀고, 나는 실내에서 기를 수 있는 작은 식물 세 개를 골랐다. 우리는 클레어 거리 아래쪽에 있는 공원으로 갔다. 엄마가 구석진 자리에 나무 심을 장소를 고르고 말했다.

"나무 아래 앉아 세브 생각을 하면 참 좋겠다. 세브는 여기서 노는 걸 좋아했거든."

"휴가 가려고 모은 돈을 어린이 병동에 기부하려고 하는데, 넌 어때?"

아빠가 물었다. 나는 고개를 끄덕였다. 병동 사람들이 세브에게 친절했기 때문에 아주 마음에 드는 아이디어였다. 세브도 없는데 이집트에 가고 싶은 마음도 없었다. 하지만 그 돈으로 하고 싶은 것이 따로 있었다.

나무를 심고 나서 엄마는 세브를 얼마나 사랑하는지 모른다며 엄마 마음속에 세브는 영원히 살아 있을 거라고 했다. 아빠는 세브가 생일 소원으로 젤리로 만든 집에서 살고 싶다고 빌었을 때를 잊을 수 없다고 했다. 내 차례가 되었는데 사람들이 우리 옆으로 지나갔다. 아빠는 말했다.

"걱정하지 마, 로절린드. 말하지 않아도 괜찮아."

나는 휴대폰을 꺼내서 전에 녹음해 둔 파일을 실행시켰다. 시 낭송이 끝나자 나는 하늘나라가 있다고 생각하는 곳을 바라보며 아주 작은 목소리로 말했다.

"세브, 넌 나의 멋진 남동생이자 멋진 친구였어. 사랑해."

그리고 마음속으로 덧붙였다. '하나님에게 회오리 폭풍 오줌을 누게 해 달라고는 하지 마라.'

집에 돌아와서 엄마 아빠를 컴퓨터 옆에 앉으라고 한 뒤 내가 생각했던 휴가비 사용 아이디어를 구글에 검색했다. '별에 이름을 지어 주세요' 프로젝트였다. 검색하는 내내 엄마는 눈물이 그렁그렁했다. 아빠는 검색 링크를 제대로 읽어야 한다며 계속 뒤로 가기 버튼을 누르라고 했다. 우리는 가장 밝은 별인 초신성을 선택해서 '슈퍼 세브'라는 이름을 붙였다.

"세브는 언제나 우리 옆에서 행운의 별이 되어 줄 거야."

다정한 엄마의 말에 아빠는 그 별을 살펴볼 수 있도록 망원경을 설치하겠다고 했다. 세브가 우리 곁에 없다는 느낌이 더는 들지 않았다.

○

부활절 휴일이 끝난 금요일, 다시 학교에 갔다. 엄마는 하루만 지나면 주말이니까 금요일이 더 편할 거라고 했다. 아빠는 우리가 평소에 하던 일을 계속해 나가는 것이 최선이고, 그게 세브가 원하는 일이라고 했다. 세브가 젤리로 만든 집에 살고 싶다고 했던 걸 생각해 보면 별로 납득이 가지 않았다. 하지만 불평하거나 꾀병을 부리거나 학교에 가지 않게 해 달라고 소원을 빌지 않았다. 이번만큼은 꼭 하고 싶은 일이 있었다.

아빠가 학교에 일찍 태워 주었다. 나는 소지품을 사물함에 넣고 화원에서 산 식물을 담은 작은 상자를 들고 과학관으로 가서 과학실 문을 두드렸다. 셀던 선생님께 드릴 식물들을 과학실 비커에 넣어도 괜찮겠냐고 과학 실험 보조 선생님인 피터슨 선생님에게 물어볼 생각이었고, 무슨 말을 할지도 미리 연습해 둔 상태였다.

피터슨 선생님이 문을 열고 나를 의심스러운 얼굴로 바라보면서 "무슨 일이니?"라고 물었다. 나는 연습했던 대로 심호흡을 했다. 하지만 말을 꺼낼 준비가 되기도 전에 피터슨 선생님은 말했다.

"지금 장난하는 거니? 바빠 죽겠는데 뭐야? 어서 말해!"

그러자 하려던 말들이 입 밖으로 나오는 대신 엉망진창 난장판으로 뒤

섞여 버렸다. 입을 열 수도 없었다. 내가 덜덜 떠는 바람에 식물이 든 상자가 흔들렸고, 선생님은 진짜 짜증 났다는 걸 보여 주려는 듯이 땅이 꺼져라 한숨을 쉬며 "그건 왜 가져온 거니?"라고 말했다. 보나 마나 대답하지 못할 테니 나는 그냥 어깨를 으쓱하고 바닥만 쳐다보았다. 피터슨 선생님은 "진짜 구제불능이구나!"라고 말하고는 문을 닫았다.

보통 같으면 이런 상황에서 나는 다 포기했을 거다. 하지만 오늘은 달랐다. 깰 수 없는 약속을 했기 때문이다. 나는 문장 카드와 공책을 꺼낸 다음 다시 과학실 문을 두드렸다. 선생님은 문을 열더니 "또 너니!"라고 했다. 나는 고개를 끄덕이고, 선생님에게 다음과 같이 적힌 카드를 건넸다.

'저는 로절린드 뱅크스입니다. 1학년 1반이에요. 저는 말하는 일이 굉장히 어렵습니다. 저에게 대답하라고 하지 말아 주세요. 대신 제가 할 말을 적도록 허락해 주세요.'

선생님이 카드에 적힌 문장과 비커를 부탁하는 메모를 읽는 동안 나는 입 모양으로 작게 "부탁해요"라고 말했는데, 거의 소리가 나지 않았다. 기분상으로는 이 세상에서 가장 큰 소리로 말한 것 같았다.

"알았다. 하지만 셸던 선생님에게 전달했는지 내가 꼭 확인할 거다. 너 같은 아이들이 무슨 짓을 할지는 하나님만 아시겠지!"

나는 고개를 떨구지 않고 미소 지었다. 하지만 비커를 꺼낼 때 손이 덜덜 떨렸다. 유리창으로 셸던 선생님이 있는 과학실을 들여다보았다. 선생님은 고개를 숙인 채 책을 읽고 있었다. 노크하고 과학실로 들어갔다. 선생님이 고개를 들고 식물을 든 내 모습을 보더니 마치 울 것 같은 표정을 지었다. 전혀 예상하지 못한 반응이었다.

"로절린드! 세상에! 다시 학교에 나와서 정말 기뻐! 그거 나한테 줄 거니? 고마워! 어쩜 이렇게 상냥하니! 덕분에 힘이 난다!"

내가 선생님을 힘이 나게 했다니 정말 기뻤다. 한편으로는 정말 마음이 아팠고 무척 겁이 났다. 무엇보다 내가 선생님에 관한 끔찍한 글을 쓴 장본인이기 때문이다. 셀던 선생님은 식물의 라틴어 명칭을 알려 주면서 어디서 잘 자라는지, 어떻게 씨를 맺고 왜 그 식물을 좋아하는지 들려주었다. 나는 생각했다. '맙소사, 선생님은 과학에 진짜 큰 재주가 있는 분이잖아.' 선생님이 말하는 동안 나는 심호흡을 하고, 입술을 조금씩 움직였다. "셀던 선생님"이라고 말하고 싶었지만 '셀'을 발음할 때 더듬거렸고 숨이 가빠졌다. 그때 피터슨 선생님이 문을 열고 머리를 들이미는 바람에 나는 소스라치듯 놀랐다. 피터슨 선생님은 커다란 목소리로 말했다.

"비커를 받으셨는지 확인하려고요, 셀던 선생님."

"네, 받았어요. 감사합니다. 이 학생은 걱정하지 않으셔도 괜찮아요."

셀던 선생님이 나를 보며 덧붙였다. "참 좋은 아이예요!"

피터슨 선생님이 문을 닫았다. 마치 엄청나게 높은 곳에서 추락하는 느낌이었다. 뱃속이 이리저리 뒤집히고 머리가 팽팽 돌았다. "잠자코 있어야 할 때도 있지만 말을 해야 할 때도 있다"라는 말을 생각했다.

이제 깊게 심호흡하고, 말해야 한다.

내 목소리가 들리나요

브라이언트 선생님이 반 아이들에게 세브 이야기를 한 것이 틀림없었다. 교실에 들어가는데 아무도 음소거 개미라고 속닥대거나 비웃지 않았다. 코너조차 책상 위 내 물건을 바닥으로 떨어뜨리지 않고 그냥 지나갔다. 이제는 '말 못 하는 별난 애'가 아니라 '남동생이 죽은 별난 애'가 된 듯했다. 좀 황당한 방식이지만 사회적으로 한 단계 올라간 기분이었다.

조회 시간에 내 주변에서 별나게 굴지 않는 유일한 사람은 아일사뿐이었다. 절친이 있어서 좋은 점이기도 했다. 그런 친구가 안아 주면 커다란 애착 담요로 둘둘 감싼 느낌이 들고, 모든 일이 잘 풀릴 것만 같다. 그렇지 못할 확률이 아주 높더라도 말이다. 점심시간에 우리는 도서관에 갔다. 구데이커 선생님이 말했다.

"언제라도 마음 내킬 때 도서관에 오렴, 로즈메리. 월요일부터 도서 주간이 시작되니까, 네 기분도 분명히 나아질 거다."

래짓 오빠가 내 등을 토닥이면서 말했다.

"준비를 아주 잘했어. 휴가가 필요하면 말해. 물론 도서 주간이 끝난 다음에."

윌리엄 오빠가 기네스북을 들고 오더니 작은 목소리로 "래짓 형이 도서 주간에 사용한답시고 미러볼을 주문했거든. 구데이커 선생님이 그 얘길 듣고 어떤 표정을 지었는지 보여 줄까?"라면서 세상에서 눈알이 최고로 많이 튀어나온 것으로 기네스북에 오른 여성의 사진을 보여 주었다.

수지 언니는 커다란 쿠키 상자를 내밀면서 "집에서 만든 쿠키를 가져왔는데 좀 줄까?"라고 했다.

나는 신발로 눈길을 떨구지 않고 도서관 특공대를 향해 살짝 웃어 보였다. 점심시간에 쿠키를 먹으면서 지금까지 줄곧 메이너 중학교의 모든 학생이 얼마나 나쁜지만 블로그에 썼다는 생각을 했다. 물론 진짜 모두를 뜻한 건 아니었다. 내가 눈치채지 못한 묘한 침묵의 기적이 일어나는 동안, 도서관 특공대는 줄곧 내 친구가 되어 주었다.

우리는 오후 수업을 듣지 않아도 된다는 허락을 받았다. 책상을 치우고 새 책을 박스에서 꺼내고 안내판을 붙이고 풍선을 불고 스티커를 붙이고 배지를 꺼냈다.

래짓 오빠가 "내가 모든 행사를 관리하는 중이야"라고 했다. 오빠는 선글라스를 끼고 '쉬는 날에 나는 드래곤을 죽이러 간다'고 적힌 조끼와 티셔츠를 입고 있었다. 또 손에 든 무전기를 계속 두드리며 "선생님, 제 말 들리세요? 오버"라고 했다. 나는 구데이커 선생님이 무전기를 꺼 버렸을 거라고 생각했다. 마지막 장식을 달며 나는 아일사에게 물었다.

"우리가 본 그 면상 얻어터질 놈인가 하는 게시물 말인데, 혹시 그 뒤로 래짓 오빠가 얻어맞았어?"

"아니, 래짓 오빠는 그 주 내내 저 선글라스를 끼고 다녔어. 구데이커 선생님은 계속 벗으라고 했고."

"아무도 래짓 오빠 얼굴을 때리지는 못할걸?"

수지 언니 말에 나랑 아일사가 어리둥절한 표정을 지었다.

"워크래프트 게임을 금지당한 뒤로 종합격투기 영상만 보더라고."

수지 언니 말에 우리는 래짓 오빠에게 시선을 돌렸다. 오빠는 계속 무전기를 두드려 대며 반복하는 중이었다.

"응답하세요, 선생님! 종이 클립이 필요하다고요, 오버!"

"저 오빠는 버스에서 격투 동작을 연습하대! 누가 감히 건드릴 생각을 하겠어. 그리고 미스 노바디를 사칭한 게시물들은 이제 다 삭제됐어."

수지 언니가 말했다.

"가짜 미스 노바디는 3학년 언니래. 이름이, 음, 크리시라고 했던가, 아무튼 그 비슷한 이름이었어."

나는 대뜸 "크리스털?" 하고 되물었다.

"맞아, 크리스털, 그 이름이었어. 누군지 알아?" 아일사가 물었다.

내가 대답하기 전에 수지 언니가 설명했다.

"크리스털 언니 퇴학당했어. 메이지를 저격하는 게시물들도 그 언니가 만든 거고. 미스 노바디인 척하면서 메이지한테 쪽지로 못된 말을 보냈대. 미스 노바디 블로그에 자기에 관한 글이 올라와서 복수하려고 그런 거지. 게다가 미스 노바디한테 살해 협박까지 했다지 뭐야. 엔더비 교장 선생님이 그 언니 복제 인간들을 모두 면담했는데, 몇몇이 자백했다나봐. 우리 반 애들 말로는 크리스털 언니의 복제 인간들 중 한 명이 미스 노바디일 거래. 크리스털 언니를 좋아하지 않았던 복제 인간이겠지."

"그건 사실이 아니야."

내 말에 아일사와 수지 언니가 동시에 나를 쳐다보았다.

"어머, 넌 누군지 아는 거야?"

수지 언니가 물었다. 나는 옥타비아 선생님이 알려 준 방법을 실행했다. 호흡을 가다듬는다. 잠깐 기다린다. 그리고 말한다.

"그건 나였어."

마지막 글

그게 어제 일이다. 그리고 지금 나는 여기에 있다. 나 혼자 세브의 나무 옆에 앉아 있다. 공원은 한산하다. 여기서 내 이야기는 끝나고 다시 시작한다.

엄마가 사 준 새 캘리그래피 공책을 가져왔다. 이 역시 나를 위한 새로운 시작을 의미한다. 엄밀히 말하자면 지금 나는 외동딸이지만, 전혀 그런 느낌이 들지 않는다.

헤드폰을 끼고 세브가 처음 병원 입원했을 때 들으라고 만들어 준 플레이리스트에서 한 곡을 선택했다. 음악이 흐르자 세브 생각이 났다. 세브가 죽고 내 마음 한쪽에 생긴 커다란 틈새가 내가 사랑했던 세브의 모든 것으로 다시 채워지고 있다. 마음 한구석에 똥에 관한 농담들이 쌓여 있다면 늘 슬픔에 빠져 있기 어렵다.

지난번 옥타비아 선생님을 만났을 때, 선생님 목에 걸린 사무실 열쇠가 짤랑짤랑 소리를 냈다. 나는 선생님이 갇혀 버린 내 말을 풀어 줄 마법 열쇠를 가지고 있으면 좋겠다고 말했다. 선생님은 마법의 열쇠가 아니라, 지금까지 내가 한 모든 것들이 조금씩 내 말을 풀어 주고 있다고 했다. 그 덕분에 내가 덜 불안하고, 덜 겁먹고, 덜 혼란스러워질 거라고 했다. 작은 발걸음이 모였고 이 모든 것을 내가 해냈다고 말이다. 나는 생각했다.

선생님 말이 맞을지도 모른다고.

(아마도.)

나는 공책의 첫 장을 펼쳐 글을 쓰기 시작했다. 그리고 쓰고 있는 글을 작은 소리로 읽었다. 근처에서 한 남자가 개와 산책 중인데, 어쩌면 내 목소리를 들었을지도 모른다. 음악 소리 때문에 내 목소리가 들리지 않았다. 그다지 신경 쓰이지 않았다(개가 내 목소리를 듣는 건 상관없다). 내가 쓴 글을 옮겨 본다.

진짜 미스 노바디

메이너 중학교에서 신원을 오해하는 사건이 발생했습니다. 이 사건을 해결하지 않은 채 방치할 수는 없다고 생각했습니다. 해명하고자 합니다. 이 블로그를 시작할 때, 누군가 읽으리라는 확신이 없었습니다. 대부분은 내 존재를 알지 못했기 때문에 학교에서 가장 유명한 학생이 되리라고는 전혀 예상하지 못했습니다. 사람들은 미스 노바디를 오해하고 있습니다. 그건 옳지 않습니다. 몇 가지 사실을 솔직히 털어놓겠습니다. 나 자신은 해피엔딩을 꿈꾸기 어렵지만, 적어도 미스 노바디는 진실한 결말을 맞이해야 합니다. 내가 메이너 중학교 학생들에 관해 무언가를 썼던 유일한 공간은 바로 이곳, 블로그였습니다. 여기 말고는 아무 데도 없습니다. 이곳은 진짜 미스 노바디를 만날 수 있는 유일한 온라인 공간입니다.

유일한 미스 노바디는 이제 온라인 활동을 접으려고 합니다. 내 마지막 블로그 게시물을 실시간으로 (그리고 내가 누구인지) 확인하고 싶다면, 월요일 점심시간에 도서관으로 오기 바랍니다.

세브의 나뭇가지에 손을 올렸다.

"너도 그 자리에 와야 해, 슈퍼 세브."

미스 노바디는 단 한 가지 이야기만 남겨 두고 있다. 그건 세상에서 가장 하기 어려운 말일 것이다.

뜻밖의 이메일

내가 전혀 예상하지 못한 일이 벌어졌다.

미국에 헨리 오켈리라는 이름을 가진 사람은 382명뿐이다.

그중에서 65세인 사람은 여덟 명.

내가 찾아 헤매던 헨리 오켈리 씨를 발견하는 데는 그리 오래 걸리지 않았다.

헨리 오켈리 씨를 쉽게 찾을 수 있었던 또 한 가지 이유는 그분이 이다 퀸니 씨를 오랫동안 찾고 있었기 때문이다. (오켈리 씨는 유튜브 채널을 운영한다.)

오켈리 씨는 건강을 위해 열심히 운동하면서 하나님을 위해 봉사하는 어르신들의 온라인 모임을 이끌었는데, 모임 이름이 '헨리 오케이 당신도 오케이!'였다. 오켈리 씨는 성경 이야기와 함께 건강 비법을 담은 영상을 올렸다. 예를 들면 '10초 동안 하늘을 향해 온몸을 쭉 편 다음 기도해요!' '마셔요, 주님을 위한 주스!' '채소 스프 한 그릇 들고 거룩한 하루를!' 같

285

은 영상이다.

오늘 아침 메일함을 열자 이메일이 와 있었다.

안녕, 로절린드!

네 이메일을 받고 얼마나 기뻤는지 모른다! 이다 퀸니 씨를 찾으려고 2년을 백방으로 알아봤거든. 나에게 연락을 줘서 정말 고맙다.

이다 씨에게 전해다오. 우리가 함께 봉사했던 일, 나에게 대접해 주었던 훌륭한 저녁 식사를 잊지 않았다고! 참, 이다 씨는 최고로 맛있는 건포도 빵을 구워 주곤 했어. 정말 오래전 일이구나. 50년이 더 되었다니! 나는 네가 보내 준 사진을 찍은 때와는 많이 달라졌단다.

이다 씨와 이야기하고 싶은데, 이번 주에 영상 통화를 할 수 있게 도와주지 않겠니? 이다 씨를 컴퓨터 앞으로 데려와 주기만 해도 좋겠구나! 이다 씨가 이메일 주소도 갖고 있지 않다니, 이 무슨 말도 안 되는 소리니. 어쨌든 이다 씨를 찾아 얼마나 기쁜지 몰라. 말로 할 수 없는 존경과 감사를 전하며.

헨리 오케이

아빠는 이 사건이 브리태니커 백과사전보다 구글이 훨씬 진화한 증거라고 인정해야 했다.

존재감 제로의 결말

마리 이모는 세브의 장례식 때 나에게 유니콘 브로치를 주면서 잘 간직하라고 했다. 브로치를 내 방 서랍장 위 보관함에 얹어 두었는데, 볼 때마다 마음이 무척 아프고 동시에 마법같이 신비로운 기분이 들었다. 오늘아침, 그 브로치를 교복 재킷에 꽂았다. 그다음 짧게 기도했다. 유니콘 브로치가 마법의 결계를 쳐서 나를 보호해 주길, 유니콘이 내뿜는 마법의힘이 옹가히어로의 초능력보다 훨씬 강하길 바란다는 내용이었다. 진심이었다. 오늘 나는 마법이 필요하다. 오프라인에서 미스 노바디로 활약하는첫날이자 마지막 날이기 때문이다.

아빠가 학교에 일찍 데려다주었다. 차에서 내리는데 아빠가 "로절린드,네가 정말 자랑스럽구나"라고 말하며 이마에 입을 맞췄다.

"너 같은 딸을 두다니 나랑 엄마는 정말 운이 좋아."

나는 모든 것이 엉망이 되어도 아빠가 그 말만은 꼭 기억하길 바랐다.

점심시간에 곧장 도서관으로 갔다. 끝이 보이지 않는 롤러코스터를 타는 기분이었다. 구데이커 선생님은 '도서 주간입니다!'라고 적힌 플래카드를 고정하는 중이었다. 주말 동안 아일사가 엄마와 책 속지로 가장자리를 둘러 장식해 만든 플래카드였다.

"로즈메리, 이거 정말 멋지지 않니!"

구데이커 선생님이 립스틱을 바른 건 처음이었다. 사서 선생님에게 도서 주간은 저녁 식사 초대랑 맞먹는 행사임이 틀림없었다. 내가 고개를 끄덕이는데 래짓 오빠가 나타났다. 선글라스와 마이크가 달린 헤드셋을 끼고 있었다. 래짓 오빠는 손에 클립보드를 들고 구데이커 선생님에게 클립보드에 끼울 방문객 목록을 달라고 했다.

"래짓, 내가 백만 번쯤 말했을 텐데. 방문객 목록 같은 건 없어. 학생과 교직원 모두가 온다고 했잖니!"

선생님은 래짓 오빠의 클립보드를 쳐다보더니 한마디 덧붙였다.

"VIP석도 없다."

래짓 오빠가 어색하게 웃더니 줄을 쳐서 구분해 둔 구석 자리 테이블 쪽으로 고갯짓을 했다.

"세상에!"

구데이커 선생님이 눈을 휘둥그레 뜨더니 그쪽으로 향했다. 래짓 오빠가 선생님을 쫓아가며 같은 반인 쌍둥이 가레스와 거스를 보안 요원으로 문에 서게 해 달라고 부탁했다. 아일사가 나에게 괜찮냐고 물었다.

"그런 것 같아."

전혀 괜찮지 않았지만, 그렇게 대답했다. 맑은 날 창밖을 내다보다가 저 멀리 떠 있는 잿빛 구름을 발견했는데, 그 구름이 이쪽으로 올지 다른 쪽으로 갈지 알 수 없을 때와 비슷한 기분이었다.

지난 몇 달 동안 나는 여러 가지 일을 해냈고, 꽤 자랑스럽게 생각한다. 하지만 그중 몇 가지는 그렇지 못했다. 나는 완전히 새롭게 시작하고 싶다. 그러려면 이 일을 꼭 해내야만 한다. 나는 약속했다. 옥타비아 선생님은 만에 하나 (메이너 중학교의 모든 학생이 내 얼굴에 주먹을 날리는) 최악의 상황이 온다 해도 그냥 말했다는 사실만으로 마음이 훨씬 편해질 거라고 단언했다. 옥타비아 선생님은 언어 치료사지만 나는 선생님의 예언을 전적으로 믿는다. 어쨌든 일이 완전히 잘못돼서 퇴학당한다면 엄마 아빠가 홈스쿨링을 허락해 줄 거다. 창가 쪽에 우리 지역에서 활동하는 작가가 이야기를 들려줄 작은 무대가 설치되었다.

비가 오기 시작하자, 구데이커 선생님이 몇 사람은 더 오겠다며 좋아했다. 그 말은 정확히 내가 듣고 싶은 말의 반대였다. 나는 어두운 하늘을 올려다보았다. 하나님이 나에게 뭔가 말하려는 것은 아닐까. 그게 무엇이든 여기서 그만두지 않을 생각이다. 이제 신의 계시는 바라지 않기로 했다. 사람들이 입장했다. 윌리엄 오빠가 무대 앞자리로 안내했다. 턱수염을 기른 남자가 구데이커 선생님에게 다가가서 말했다.

"늦어서 정말 죄송합니다. 보안 요원들을 통과하다 문제가 생겨서요."

래짓 오빠가 전화기에 대고 통화하는 시늉을 했다. 손에 땀이 나고 목이 바짝바짝 말랐다. 사람들이 와서 자리가 찰수록 미스 노바디에 관해 속닥거리는 소리도 늘었다. 미스 노바디가 여기 어딘가에 있다는 얘기였다. 사람들은 블로그를 하는 마술사가 펑 소리와 함께 자욱한 연기 속에서 나타나기를 기대하듯 주변을 둘러보았다. 내가 마술사를 별로 좋아하지 않는다는 사실을 고려할 때 그건 절대 일어날 리 없는 일이다. 구데이커 선생님도 래짓 오빠가 연기를 만드는 장치가 필요하다고 하자 바로 안 된다고 못 박았다.

다리가 후들후들 떨렸다. 심호흡을 몇 번 했다. 그러고 나서 셸던 선생님을 보았다. 선생님이 미소를 지으며 양손 엄지를 들어 보였다. 지금 나에게 무슨 능력이 있든 (아니면 없든) 갑자기 성스럽고 은혜로운 하나님과 식물 전문가이자 최고로 상냥한 셸던 선생님만큼은 확실히 내 편이라고 생각했다.

머릿속에 떠오르는 수많은 말이 엉키고 뒤섞이면서 평소처럼 거대한 난장판으로 변했고, 나는 한마디도 꺼내지 못하는 상황에 이르렀다. 하지만 모두 예상했던 일이다. 나는 모든 준비를 마쳤다. 어제 캘리그래피로 정성껏 적어 둔 카드를 꺼냈다. 카드에는 이런 말이 적혀 있었다.

옥타비아 선생님 :

호흡을 가다듬어. 호흡이 얼마나 중요한지 잊지 마. 사람은 음식 없이 몇 주간 살 수 있고 물 없이 며칠은 버틸 수 있지만, 호흡하지 않으면 몇 분 동안만 생존 가능해. 단순히 숨을 쉬는 일이 얼마나 강력한 힘을 발휘하는지 꼭 기억하렴. 숨을 골라. 준비되면 말이 나올 거야. 사람들도 기다려 줄 거야. 심호흡해 봐. 그다음 준비한 말을 하면 돼.

셸던 선생님 :

누군가 실수를 저질렀다고 그 사람을 탓하고 원망했다면 나는 선생님이 될 수 없었을 거야! 실수했다고 죄책감을 느끼지는 마. 특히 용기 내서 사과한다면 더 그래. 나는 괜찮아. (엄지를 들어 보임.)

엄마 :

네가 하려는 이야기가 듣는 사람에게도 중요하다면 그 말은 반드시 해야 한단다. 말하려고 애쓰는 일이 너무너무 힘들더라도 말이야. 무슨 일이 일어나도 엄마는 너를 사랑해.

아빠 :

앞에 앉은 사람들이 발가벗었다고 상상해 보라는 사람도 있더라. 네 경우에 그런 상상은 적절하지 않겠다. 잠옷이라든가 뭐 그런 걸 입고 있다고 생각하면 어떨까. 아니면 그냥 우리한테 말한다고 상상해도 괜찮겠지. 다른 사람은 없는 거야. 그냥 나랑 엄마만 있다고 생각해.

아일사 :

나는 변함없이 네 친구야! 우린 영원한 친구잖아. (정말 소중한 우정을 나누는 일생의 친구 말이야.)

퀸니 아주머니 :

잠자코 있어야 할 때도 있지만 말을 해야 할 때도 있단다.

세브를 마지막으로 보던 날을 떠올렸다. 카디프 성으로 현장학습을 다녀온 다음 날이었다. 우리는 세브와 함께 밤을 지새웠다. 해가 막 뜨기 시작할 즈음이었다. 밖에서 새들이 지저귀는 소리가 들렸지만 아무도 커튼을 열지 않았다. 세브의 방은 옅은 오렌지빛으로 가득 찼다. 세브는 침대에 누웠는데 너무 약해져서 움직이기 힘든 상태였다.

"있잖아, 피라미드를 보러 가겠다는 생각이 바뀌었어."

세브가 작은 목소리로 말했다. 죽음이 다가오고 있는데도 세브는 나를 웃게 했다.

"'꿈을 이루어드립니다' 단체에서 소원을 말해 보라고 한다면 누나가 원할 때 말할 수 있게 해 달라고 할 거야. 누나는 정말 멋진 말만 하잖아."

가슴이 벅찼다. 세브가 다시 입을 열더니 "음, 아니면 우주여행을 시켜 달라고 해야지"라고 말하고는 웃으며 작은 목소리로 "낚였지롱!" 하고 말했다. 세브는 내 손을 잡고 말했다.

"누나는 누나가 가진 초능력이 이상하게 변해 간다고 했지만, 나는 누나가 멋진 사람이 되고 있다고 생각해."

전에 친구를 사귀고 싶다고 생각하면서 남동생을 친구로 인정하지 않았다. 하지만 동생도 친구다. 그것도 아주 중요한 친구. 엄마와 아빠, 모르는 간호사 선생님이 함께 있었지만, 나는 모든 이야기를, 미스 노바디의 진실을 힘들이지 않고 술술 말했다.

세브는 나와 내가 들려주는 이야기 덕분에 늘 행복하다고 했다. 또 내가 백혈병을 앓는 자신을 기쁘게 한 것처럼 미스 노바디에 관한 진실을 말하면 된다고 했다. 지금 한 것처럼만 하면 된다고 말이다. 세브는 자신이 좋아하는 우주 비행사 크리스 해드필드 이야기를 했다. 해드필드는 고소공포증이 있지만 늘 꿈꾸던 우주 비행사가 되었고, 고소공포증이 있는 채로 지구상의 누구보다 높이 올라갔다. 세브는 나에게 목소리를 내서 반드시 꿈을 이루겠다고 약속해 달라며 남매와의 약속은 무엇보다 중요하다고 했다. 나는 카드를 꺼냈다.

내 슈퍼 남동생이자 가장 친한 친구 세브가 해 준 말 :
말하기 위해 노력하겠다고 약속해 줘. 아무리 겁나도 꼭 시도해야 해.
누나에게는 진짜 초능력이 있어. 내 누나니까 틀림없어.

구데이커 선생님이 마이크를 설치했다. 아일사가 내 손을 꼭 쥐었다.

"넌 할 수 있어! 나랑 수지 언니가 쿠키를 들고 여기 서 있을게."

아일사가 속삭였다. 나는 아주아주 깊게 숨을 들이쉬었다가 내쉰 뒤 살짝 웃으며 속삭였다. "고마워."

유니콘 브로치를 만졌다. 차가운 기운이 느껴졌다. 내 손이 뜨거웠기 때문이다. 내 슈퍼 동생을 생각했다. 그 애의 별은 저 하늘 어딘가에서 밝게 빛나고 있다. 눈에 보이지 않지만 그건 사실이다. 내가 하고 싶은 말을 생각했다. 또 내가 말하지 않았던 말을 생각했다. 천천히 호흡을 가다듬었다. 그래도 너무너무 두려웠다.

발걸음을 옮겨 무대로 올라섰다.

"먼저 한마디 해도 될까요?"

구데이커 선생님에게 말했다. 선생님의 얼굴에 당혹스러움과 놀라움이 스쳤다. 구데이커 선생님이 고개를 끄덕였다.

"말 못 하는 애 아니야?"

몇몇 아이들의 목소리가 들렸다.

"닥쳐! 다 뻥이야. 쟤 말할 수 있어!"

코너가 소리쳤다. 코너에게도 드디어 도덕적 잣대라는 것이 생긴 모양이다. 코너의 말은 틀리지 않았다. 나는 말할 수 있다. 그래서 말했다.

"제 이름은 로절린드 뱅크스입니다. 제가 바로 미스 노바디입니다. 하찮고 존재감 없다는 뜻의 노바디가 아닙니다. 그건 여러분도 마찬가지예요."

누군가의 도움이 필요하다면,
아래 연락처로 연락 주세요.

학교 폭력 전화·문자 상담(117)
푸른나무재단(청소년폭력예방재단) 1588-9128
한국아동청소년 심리상담센터 02-511-5080

미스 노바디의 뒷이야기
:작가 인터뷰

로절린드와 마찬가지로 페이스 잭슨은 책을 아주 좋아합니다. 초등학교 저학년 무렵에는 책을 읽는 데 애를 먹었지만, 열세 살쯤 되자 한 해에 1151권을 읽었죠. 아직 십 대라기엔 좀 이른 감이 있지만 페이스는 여전히 책을 많이 읽어요. 읽다가 마음에 든 책은 @272BookFaith라는 트위터 계정에 올리고 있어요. 페이스야말로 탐신 윈터 작가와 『아마도 존재감 제로』를 인터뷰할 적임자겠지요.

페이스: 이 책이 정말 마음에 들어요. 마지막 부분에선 가슴이 미어졌는데 그것 역시 좋았죠. '미스 노바디'라는 아이디어가 특히 마음에 들었어요. 저도 책이랑 도서관을 엄청나게 좋아하거든요! 말을 못 하는 주인공의 시점으로 이야기가 전개된다는 점도 참 흥미롭더라고요. 무엇이, 혹은 누가 작가님에게 이 책을 쓸 마음이 들게 했나요?

탐신: 책을 쓰기로 마음먹고 생각을 정리하던 중이었어요. 늘 하던 대

로 이런저런 상상을 하는데 갑자기 강렬한 이미지가 떠올랐죠. 머리카락 색이 짙은 한 여자아이가 고개를 푹 숙인 채 교실에 앉아 있어요. 누구도 그 애에게 신경 쓰지 않고 그 애는 입을 꾹 다물죠. 하고 싶은 말이 머릿속에 잔뜩 있지만, 한마디도 하지 못해요. 그 아이가 로절린드 뱅크스였어요. 그 애의 이야기를 써야겠다고 마음을 굳혔죠.

페이스: 등장인물들의 이름은 어떻게 지으신 거예요?

탐신: 로절린드는 제가 가장 좋아하는 이름이에요. 서로 생일을 축하하면서 가족끼리 잘 알고 지내는 친구의 이름이기도 하고요. 로절린드를 상상하는데 퀴니 아주머니의 이름이 불쑥 떠오르더라고요. 좀 옛날 사람처럼 들리는 이름을 짓고 싶었거든요. 나머지 인물들의 이름은 어떤 모습인지, 어떻게 행동할지를 생각하는 동안 함께 떠올랐죠. 구글에 이름을 검색하느라 시간을 꽤 보냈어요!

페이스: 어린이와 청소년의 관점에서 글을 쓰는 일이 어려웠나요?

탐신: 어린이와 청소년 시절을 저는 아주 생생하게 기억해요. 지난 15년 간 청소년들과 함께 일하면서 많은 이야기를 듣기도 했고요! 로절린드의 목소리는 매우 독특해서 그 애의 입장에서 쓰는 일이 자연스럽게 느껴졌어요. 저는 여러 책을 '소리 내 말하며' 썼어요. 그래서 로절린드와 다른 인물들의 목소리로 말하는 일이 어색하지 않았어요. 이런 방식이 글을 쓰는 데 참 좋다는 생각도 했고요. 하지만 카페에서 그러고 있으면, 다른 사람들이 이상하게 쳐다보죠.

페이스: 이 책에서 작가님의 경험을 바탕으로 하거나 아는 사람 이야기를 쓴 부분이 있나요?

탐신: 로절린드가 하는 걱정과 두려움 대부분이 자라면서 경험했던 것

과 아주 비슷해요. 이유는 다르지만 말이에요. 책 앞부분에 나오는데, 로절린드가 어린 시절 겪은 마술사에 관한 기억은 '너무 예민하게 군다'고 비난받은 부분까지 제가 어렸을 때 겪은 일과 비슷해요. 그런 작은 순간이 모여서 세상을 이해하는 방식이 만들어지죠. 우리는 겉으로 보이는 모습보다 조금 더 약하지 않나 싶어요.

페이스: 작가님이 가장 좋아하는 인물은 누구인가요?

탐신: 굉장히 어려운 질문이네요. 가족 중에서 누구를 가장 좋아하냐는 질문이랑 비슷해요! 저에게는 등장인물 모두가 실제로 존재하는 사람 같은데, 상상 속에서 정말 많은 대화를 나눴기 때문일 거예요. 주인공 로절린드는 늘 특별한 존재죠. 로절린드의 남동생 세브는 몸이 아프지만 작은 햇살 같은 아이고요. 세브는 로절린드랑 무척 가깝게 지냈는데, 세브가 세상을 떠나는 부분을 쓸 때 무척 애를 먹었어요. 퀸니 아주머니의 뒷이야기를 쓸 때는 참 좋았어요. 퀸니 아주머니는 엄청나게 많은 이야기를 가지고 있죠. 글을 쓰는 동안 가장 많이 웃게 해 준 인물은 래짓이에요. 도서 주간을 위해 래짓이 세운 터무니없는 계획 때문에 배꼽을 잡았다니까요.

페이스: 작가님이랑 가장 비슷한 인물은 누구인가요?

탐신: 몇몇 인물들을 섞어 놓은 모습이 저인 것 같아요. 불안과 걱정도 많고, 어떤 생각을 하다 보면 '최악의 시나리오'로 치달을 때가 많아요. 로절린드처럼요. 또 옥타비아 선생님처럼 외향적이고 말하는 걸 좋아하고 유머 감각도 날카로운 편이죠. 퀸니 아주머니와 비슷한 면도 있어요. 고양이한테 보닛 모자를 씌우는 사람이 저거든요. 진짜예요.

페이스: 작가님은 이 책을 언제, 어디서 쓰셨나요?

탐신: 이 책을 쓰기 시작한 건 몇 년 전이에요. 영국, 스위스, 이탈리아, 두바이에서 일부를 썼죠. 그러고 보니 한 책을 꽤 여러 곳에서 썼네요! 시골길에서 긴 산책을 하면서 쓰기도 했어요. 머릿속에서 이야기 조각을 이어나가면서 특정 장면을 어떻게 묘사할지 정했죠. 새벽 세 시에 마지막 부분을 완성했어요. 완성을 축하하기엔 너무 늦은 시간이었죠. 누구한테 원고를 끝냈다는 이야기도 못 했어요. 글을 써서 좋은 점은 어디서든 일할 수 있다는 거예요. 그건 글쓰기의 단점이기도 하죠. 뇌를 꺼둘 틈이 없다니까요.

페이스: 글쓰기에 도움이 되는 팁이 있나요?

탐신: 아이디어가 너무 많이 떠올라서 미처 다 적지 못할 때가 있어요. 한 페이지를 간신히 채우는 날도 있고요. 그럴 때는 머릿속에서 장면을 영화처럼 연출해 보면 정말 도움이 되더라고요. 밖으로 나가서 세상을 찬찬히 관찰하며 세세한 것들에서 흥미로운 점을 찾으려고 노력해요. 할 수 있다고 되뇌기도 하고요. 책을 쓰는 건 정말 힘든 일이에요. 땅콩버터 샌드위치를 얼마나 먹었는지 몰라요. 그것도 도움이 되었죠.

페이스: 로절린드를 통해서 전하고 싶은 특별한 메시지가 있나요?

탐신: 가장 큰 메시지는 목소리를 내는 일의 중요성이라고 생각해요. 사람들 앞에 서서 자기 생각을 말하는 걸 두려워하지 마세요. 혹은 두렵더라도 일단 해 보는 거죠. 어린이와 청소년에게는 정말 힘든 일이잖아요. 또 가까운 사람을 떠나보내는 과정을 보여 주고 싶었어요. 동시에 가까운 사람을 지켜 주는 모습도요. 친구를 사귀는 일이 너무나 중요하다는 점은 말할 것도 없죠. 그리고 도서관도요!

페이스: 작가님은 소셜 미디어를 어떻게 생각하세요?

탐신: 교사로 지내면서 소셜 미디어가 아이들에게 미치는 부정적인 영향을 많이 보았어요. 예를 들면 사이버폭력, 사생활 노출, 소셜 미디어 중독 때문에 자존감이 낮아지고, 모든 것이 거짓으로 전시되는 것 말이에요. 소셜 미디어가 비슷한 생각을 하는 사람들끼리 연결해 주고 변화를 위한 긍정적인 힘을 발휘하며 사람들이 목소리를 내도록 용기를 준다는 점에서 얼마나 놀라운 역할을 하는지도 보았어요. 이 책에서 그걸 탐구하고 싶었어요. 내가 십 대였을 때 소셜 미디어가 없어서 천만다행이라는 생각도 들어요. 너무 순진했거든요. 파마가 기발하다고 생각하는 식이었죠.

페이스: 이런 책을 앞으로 더 쓰실 계획인가요?

탐신: 두 번째 소설을 쓰는 중이에요. 이 책과 상관없는 완전히 새로운 인물들의 이야기죠. 재미있고 변덕스러우면서도 다정한 소녀가 주인공으로 등장해요. 로절린드보다는 훨씬 적극적인 아이죠. 주인공의 가족도 아주 달라요. 훨씬 제각각이고 다사다난하달까요! 그 이야기에서도 조금은 마법 같은 일이 벌어져요. 대부분 엉뚱한 방향으로 흐르지만요. 인간으로 살아간다는 건 모든 일이 엉망이 되어도 다시 바로잡을 방법을 찾는 일 같아요. 그렇게 우리는 조금 더 나은 존재로 성장해 나갈 거예요.

아마도 존재감 제로

초판 1쇄 펴냄 2021년 4월 30일
      4쇄 펴냄 2022년 4월 29일

지은이 탐신 윈터
옮긴이 김인경

펴낸이 고영은 박미숙
펴낸곳 뜨인돌출판(주) | 출판등록 1994.10.11.(제406-251002011000185호)
주소 10881 경기도 파주시 회동길 337-9
홈페이지 www.ddstone.com | 블로그 blog.naver.com/ddstone1994
페이스북 www.facebook.com/ddstone1994 | 인스타그램 @ddstone_books
대표전화 02-337-5252 | 팩스 031-947-5868

ISBN 978-89-5807-806-7 03840